rowohlt
POLARIS

Bad Vilbel, 19.7.2014

Dietrich Faber

TOTE HUNDE BEISSEN NICHT

Bröhmann ermittelt wieder

•••

Kriminalroman

Für Christine!
Tausend Dank auch
beim 2. Mal für die

Rowohlt Polaris

Einladung und die
Gastfreundschaft!
Herzlich, Dietrich Faber

Originalausgabe
Veröffentlicht im Rowohlt Taschenbuch Verlag,
Reinbek bei Hamburg, März 2014

Umschlaggestaltung yellowfarm gmbH, Stefanie Freischem
(Abbildung: GK Hart/Vikki Hart/Getty Images; Viktor Pravdica,
Phase4Photography, Dmitri Stalnuhhin – Fotolia.com)
Satz Quadraat PostScript, PageOne,
bei Dörlemann Satz, Lemförde
Druck und Bindung CPI books GmbH, Leck
Printed in Germany
ISBN 978 3 499 26760 4

Für Berend und Tine

Prolog

Ich finde es nicht gut, erschossen zu werden.

Es ist dafür schlicht und ergreifend zu früh, und irgendwie ist es auch viel zu unvermittelt und unsympathisch. Auch wenn wir hier auf einem Friedhof sind und der Tod somit nicht fern liegt, so bleibe ich dabei, ich will es nicht. Ich will nicht sterben. Und schon gar nicht in Berlin.

Wenn es schon so kommen muss, dann möge es doch bitte im Vogelsberg geschehen, von mir aus auch in der Wetterau, aber nicht hier.

Um mich herum wird aufgeregt geschrien. Ich will auch schreien, doch es kommt kein Ton heraus. Nur die Knie zittern. Mein Vater liegt schon neben mir auf Boden und Bauch, ehe ich mich, da meine Knie nun endgültig nachgeben, zu ihm in die Waagrechte geselle.

Eben gerade noch lauschten wir der Grabrede auf irgendeinen alten Berliner Polizisten, da knallte es. Ein Schuss, fürchte ich.

Ich bin mit einem Mal ganz ruhig. Eine interessante Erfahrung: Wenn ich erschossen werde, bleibe ich also cool. Hätte man vorher nicht unbedingt gedacht. Ich hätte eher erwartet, dass ich in so einer Situation meinem Naturell gemäß zu lamentieren anfinge. Nun, da Selbstmitleid endlich einmal angebracht wäre, mag sich so gar keines einstellen. Schau mal einer an, ich bin also *doch* ein verdammt harter Hund.

Jetzt müsste mich Franziska einmal sehen.

Nun wäre eigentlich zu erwarten, dass in meinem Kopf mein Leben wie ein Film abläuft oder so etwas Ähnliches. Tut es aber nicht. Vielleicht auch besser so. Spannend auch, dass ich im Sterben gar nicht meine Schusswunde spüre.

Vielleicht liegt es aber auch nur daran, dass ich gar keine habe. Dass ich gar nicht getroffen wurde.

Aber ich habe eben doch so ein Zischen gespürt, ganz nah an meinem Körper. Ich öffne die Augen, blicke in den Himmel über Berlin.

Ich drehe mich zur Seite und sehe meinen Vater dort liegen. Er liegt mit dem Rücken zu mir gedreht auf der Seite und atmet schwer. Gut, dass meine Mutter nicht mitgekommen ist. Dass sie das hier nicht sehen muss.

«Papa», flüstere ich. «Papa, ist alles in Ordnung?» Langsam dreht er sich um. Wir sehen uns lange an und stellen fest, dass wir leben. Das beruhigt. Ungemein. Trotz aller familiären Spannungen.

«Ein Arzt, ein Arzt, gibt es hier einen Arzt?», schreit plötzlich irgendein Mann in unmittelbarer Nähe. «Hat jemand den Notruf angerufen?»

«Nicht nötig», sage ich. «Meinem Vater und mir geht es gut, wir sind unverletzt.»

Da sehe ich, dass wenige Meter hinter uns einem Mann Blut aus dem Mund läuft.

Kapitel 1

• • •

Freundlich und gutgelaunt, ja nahezu beschwingt grüße ich alle Beamten, Wärter und sonstigen Angestellten der Justizvollzugsanstalt 3 Frankfurt-Preungesheim, die ich auf meinem langen Fußweg durch die weitläufigen Gänge zu Gesicht bekomme. Unzählige Türen werden für mich geöffnet und hinter mir wieder verschlossen. Jedes Mal bedanke ich mich höflich.

«Büdde schön», murmelt ein untersetzter, fast kahlköpfiger Wärter und winkt mich durch eine weitere Tür.

«Hey, das gübt's doch nüch, warte mal», ruft er mir hinterher. «Wenn das mal nüch der Bröhmannhenning ist?»

Ich bleibe stehen und drehe mich um. «Ja?», frage ich leicht verunsichert nach.

«Kennste mich nüch mehr?»

«Nee, sorry, tut mir leid. Ich weiß jetzt nicht ...»

«Ich bin's, der Böschi!»

Der Böschi stiert mich mit erwartungsfrohen Augen und offenem Mund an. Dabei nickt er wild, als könne er meinem Gedächtnis mit dieser Geste auf die Sprünge helfen.

«Der Böschi», ruft er noch mal. «Na? Klingelt's?»

«Aaaach natürlich, der Böschi», trällere ich und weiß noch immer nicht, wer er ist.

«Endlich», sagt der Böschi, «das wär ja auch ein Ding, wenn du dich nüch mehr an mich erinnern könntest, was?»

«Ja wirklich, das wär ja ... also das wär ja ... nee, wirklich ...?», stottere ich.

«Und was treibt dich hierher?»

«Was?», rutscht es mir etwas zu schnell und hektisch heraus.

«Haste ein Date hier mit einer von den Ladys?»

«Hehe», mache ich und grinse.

Die Situation wird mir langsam, aber sicher zu unangenehm. Bekannte zu treffen, die man nicht mehr erkennt, ist das eine. Ihnen hier und jetzt in diesem Etablissement zu begegnen ist das andere.

«So, ich muss dann wirklich mal los, Bröschi, bin schon etwas zu ...»

«Böschi!»

«Was?»

«Böschi, nicht Bröschi», korrigiert er mich ein wenig gekränkt.

«Klar doch», sage ich und reiche meine Hand zum erhofften Abschied, doch stattdessen sagt er: «Komm, ich brüng dich hin. Haste jetzt ein Verhör?»

«Ich?»

«Na, wer denn sonst?!»

«Ach so, jaja, so was in der Art. Aber ist wirklich nicht nötig, mich zu begleiten, ich kenne den Weg.»

«Umso besser», bleibt der Böschi hartnäckig. «Ich arbeite erst seit letzter Woche hier. Da kennst du dich wahrscheinlich besser aus als ich, was?»

Ich zucke mit den Schultern und antworte darauf nichts. Der Böschi blättert in einem dicken Schnellhefter herum, den er schon die ganze Zeit in seiner linken Hand hält.

«Ich bin ja hauptsächlich für die Angehörigenbesucher zuständig», fährt er fort, «für die armen Säue, weißte, für alle, die hier ihre Mutter, Frau oder Tochter oder so besuchen müssen. Würklich unfassbar, dass Frauen Kinder in die Welt setzen und trotzdem krüminell werden. Da muss ich mich erst noch dran gewöhnen ... wie gesagt, bin ja noch neu hier.»

Verständnislos schüttelt er seinen dicken Kopf. «Wo hast du denn jetzt deine Befragung?»

Während ich noch nach einer Antwort suche, ruft er plötzlich: «Das gibt's ja nüch!», und deutet auf eine Liste in seinem Schnellhefter. «Hier bei uns sitzt eine ein, die heißt auch Bröhmann. Das ist ja ein Zufall.»

Zunächst lacht er, der Böschi, dann so ganz langsam, so nach und nach verebbt sein Lachen, und am Ende ist er stumm, der Böschi, und blickt mich nur noch sehr nachdenklich an.

«Ja, ich weiß», sage ich. «Franziska Bröhmann, meine Frau, Totschlägerin im minder schweren Fall und die Mutter meiner beiden Kinder. Die treffe ich jetzt da drüben im Besucherraum. Tschüs, Böschi, mach's gut, wer immer du auch bist.»

Ich lasse den Böschi mit offenem Mund da stehen, wo er ist, und gehe zielstrebig weiter.

Heute habe ich mich allein aufgemacht, da unser Sohn Laurin sich an diesem Samstag auf einem F-Jugend-Fußballturnier abwechselnd von bildungsfernen Trainern und akademischen Fanmüttern anschreien lässt und Tochter Melina am Eröffnungshappening eines amerikanischen Hähnchenmüllrestaurants in Gießen teilnimmt.

Sosehr diese Besuche Routine geworden sind, so unwirklich kommen sie noch immer daher. Schlappe fünf Prozent aller Häftlinge in Deutschland sind Frauen, und ausgerechnet meine eigene ist eine von ihnen.

Inzwischen haben wir uns damit arrangiert. Was bleibt uns auch anderes übrig? Es ist nun mal so, wie es ist. Am besten scheint Franziska selbst mit dieser Situation klarzukommen. Jedenfalls macht sie den Eindruck.

In der Gefangenschaft wirkt sie befreiter als noch im letzten

Jahr, bevor sie zur Polizei gegangen ist und alles gestanden hat. Sie hatte versucht, ein normales Leben zu führen, keine Frage. Ich auch, der sie dazu überredete, die Tat nicht zu gestehen. Für mich war sie nie schuld. Doch wen interessiert das schon? Ich gebe zu, ich bin nicht ganz objektiv, und als Polizeibeamter dürfte ich so etwas nicht einmal denken.

Drei Jahre ohne Bewährung. Der Fall war längst abgeschlossen, sie hätte es nicht tun müssen. Doch sie musste reinen Tisch machen. Für sich und für uns, ihre Familie. Davon abhalten konnte sie keiner, auch wenn sie wusste, dass sie ihre Kinder wieder alleine lassen würde. Das war der Preis, den sie zahlen musste, den wir alle zahlen müssen. Sie erzählte die ganze Wahrheit, bis auf ein winziges Detail: Mich als Mitwisser hielt sie aus der Sache raus, sodass ich weiter den Beruf des Hauptkommissars im Polizeirevier Alsfeld ausüben darf. Beziehungsweise muss.

«Hallo, du minder schwerer Fall», begrüße ich Franziska launignervös, setze mich ihr gegenüber an den kargen Holztisch und versuche, ihr tapfer in die Augen zu sehen.

«Hast du die Säge dabei?», flüstert sie.

«Nein, aber dafür das Heroin», scherze ich etwas zu bemüht zurück.

Meist albern wir in dieser Art herum, wenn wir uns hier sehen. Das geht am einfachsten. So halten wir uns auf einem gut zu ertragenden Abstand, und es tut nicht ganz so weh. Wir geben uns sarkastisch, ironisch und manchmal auch zynisch, vor allem dann, wenn die Kinder nicht dabei sind. Wir lachen, blödeln, erzählen uns ungehemmt Nichtigkeiten und hatten lange nicht mehr so viel Spaß zusammen wie während meiner Besuche in der Justizvollzugsanstalt 3 zu Frankfurt-Preungesheim.

Manchmal aber gelingt es nicht. Dann halten wir uns an den Händen, sehen aneinander vorbei und schweigen.

«Und, freust du dich?», fragt sie mich nach einer dieser Gesprächspausen und lächelt angestrengt.

«Auf was? Auf Berlin?»

Franziska nickt.

«Ja, auf Berlin an sich schon, auf meine Eltern im Gepäck allerdings weniger.»

Man muss wissen, meine Eltern sind recht anstrengend. Vor allem, wenn sie im Doppelpack auftreten. Jeder für sich alleine ist es allerdings auch.

«Das wird schon», macht mir Franziska Mut. «Melina und Laurin sind als Puffer doch auch dabei.»

Meine inzwischen sechzehnjährige Tochter ist seit Tagen mit nichts anderem beschäftigt, als sich auf diesen Trip zu freuen. Wer mag es ihr verdenken? Sie lebt seit ihrer Geburt in einem sehr, sehr stillgelegten Kurort am Rande des sehr undicht besiedelten Vogelsbergs. Da möchte sie auch einmal etwas anderes sehen als Wiesen, Felder, Felder und Wiesen.

Auch der siebenjährige Laurin fiebert der Reise entgegen und freut sich besonders darauf, mit Prominenten aus Wachs fotografiert zu werden.

«Und Berlusconi und Hitler kommen auch mit, oder? Dann müsst ihr unbedingt zum Olympiastadion, da wird sich Hitler doch ganz besonders freuen», switcht Franziska zurück in den Scherzmodus.

«Charlie», korrigiere ich und hebe mahnend den Zeigefinger. «Er heißt Charlie, nicht Hitler.»

«Du hast ihn doch immer so genannt.»

«Jaja, ich weiß, aber ich reiß mich zusammen, wegen der Kinder.»

Das Problem: Berlusconis unehelicher Sohn sieht eben leider so aus.

Er hat in der Mitte seiner flachen hellen Schnauze ein schwarzes Fleckchen, und die schwarzweiß gescheckte Stirn gleicht einer strengen Scheitelfrisur.

Offiziell aber heißt unser Jüngster nun Charlie. Nach Charlie Chaplin.

Ich schaue auf die Uhr. Noch zehn Minuten, dann ist die Zeit um. Dann steht Franziska auf und schlendert zurück in ihre Zelle, während bei uns die Sommerferien beginnen.

«Ich bekomme Stressgefühle», klage ich, «wenn ich im Zusammenhang mit einer Bahnfahrt an meine Eltern, an zwei Hunde, an unsere Kinder und an die siebzehn Koffer meiner Mutter denke.»

Franziska grüßt derweil eine Häftlingskollegin, die sich am Nebentisch zu einem Mann setzt, den ich bitte niemals nachts alleine im Parkhaus treffen möchte. In solchen Momenten fällt mir wieder ein, wo ich hier bin.

Ich wiederhole meinen selbstmitleidigen letzten Satz und ernte erneut kein Mitgefühl. Eher werde ich subtil ausgelacht.

«Du hast gut lachen. Machst dir hier in diesem Wellnesshotel für Schwerverbrecher ein schönes Leben und lässt mich mit der Großfamilie Bahn fahren.»

Franziska grinst weiter.

Ich hasse Bahn fahren. Wann immer es irgend möglich ist, benutze ich das Auto. Ökologie hin oder her. Das mag vor allem daran liegen, dass man im Vogelsberg im Nahverkehr die sogenannte Hessische Landesbahn, kurz HLB, zu benutzen hat. Eine Bahn, die nicht selten von gehbehinderten Fußgängern überholt wird und alle drei Minuten mit quietschenden Bremsen an irgendeinem Misthaufen stoppt. Wenn neben so einem Misthaufen noch eine Gartenhütte und ein Schild zu erkennen sind, dann sprechen wir hier von einem Bahnhof.

Doch auch das Bahnreisen per ICE in die große weite Welt versuche ich zu meiden. Das liegt nicht nur an der Bahn an sich, sondern vor allem an den Menschen. Es sind einfach zu viele auf zu engem Raum. Jedenfalls in der zweitklassigen Gesellschaft, zu der ich mich aufgrund meines eher mäßig bezahlten Polizeiberufes zählen muss. Ich möchte aber weder Schulter an Schulter mit schwer atmenden Geschäftsmännern sitzen noch Knie an Knie mit rülpsenden Bundeswehrsoldaten.

«Henning, hörst du mir überhaupt zu?», reißt mich meine Knastgattin aus den Gedanken.

«Ja, klar», lüge ich, und dann ist die Zeit auch schon um.

Wir verabschieden uns kurz und unaufgeregt, ehe ich zu meinem Auto zurückkehre, wenig später am Bad Homburger Kreuz im Stau stehe und mir dabei laut fluchend die Nachteile des Autofahrens bewusstmache.

Es wird guttun, einmal etwas anderes zu sehen als die ewig gleichen oberhessischen Hügel. Diese Hügel, die ich seit meiner Geburt kenne.

Man mag es mir kaum glauben, aber ich freue mich auf die Berliner Großstadthektik. Ich werde es genießen, nicht jeden Menschen, der mir entgegenkommt, grüßen zu müssen. Vergesse ich das hier nämlich einmal leichtfertig, wenn ich beispielsweise verträumt meinen Gedanken nachhänge, dann werde ich mit einem «Aahhh, der Herr Bröhmann kennt einen auch net mehr» aus gesicherter Entfernung abgestraft. Den Vogelsberg dauerhaft zu verlassen ist mir früher nicht in den Sinn gekommen. Doch in den letzten Monaten nahm dieser radikale Gedanke immer mehr Besitz von mir. Ich fühlte mich immer fest verankert in meiner

Heimat, nun fühle ich mich eher festgehalten, fast gefangen. So wie Franziska. Nur anders.

Warum nicht noch einmal ganz neu starten? Ich bin doch kein alter Mann, auch wenn ein Blick in den Rückspiegel deutlich macht, dass wieder ein paar Haare mehr Platz für Kopfhaut machen. Und Melina und Laurin würde das doch auch guttun, mal etwas komplett anderes zu erleben. Von Franziska ganz zu schweigen.

Auf der Höhe der Raststätte Wetterau, noch immer im Stau stehend, klingelt mein Handy, das natürlich schon längst kein Handy mehr ist, sondern ein Smartphone.

Mein Vater.

«Hallo, Papa, na, freut ihr euch schon? Morgen geht's los, ne?» singsange ich ihn an.

«Muss man jetzt schon hergehen und so gefühlsduselig mit mir reden, als sei ich ein seniler alter Mann?», bellt er zurück.

Ich schweige. Auch davon habe ich die Schnauze voll. Ich würde tatsächlich gerne einmal erleben, wie es sich anfühlt, mehr Abstand zu den Eltern zu haben, vor allem geographisch.

Mein Vater war jahrelang Polizeipräsident in demselben Präsidium, in dem auch ich meine Arbeit verrichte. Heute ist er im Ruhestand, offiziell, auf dem Papier. Dass ich auch Polizist wurde, hat sich einfach so ergeben. Ich wusste schlicht nichts Besseres mit mir anzufangen und war zu träge, eine eigene Idee zu meiner Berufswahl zu entwickeln. Mein Vater hatte eine, und so fand ich mich, da es mir zu anstrengend war, mich zu wehren, in der Polizeischule wieder. Als ich kurz davor war, die Ausbildung hinzuschmeißen, wurde ich selber Vater, mit 24, und zog mit Franziska, die damals Lehramt studierte, in eine Doppelhaushälfte nach Bad Salzhausen, dem allerstillsten Stadtteil von Nidda.

So blieb ich der Polizei treu und wurde am Ende sogar noch Hauptkommissar, um nicht ein Leben lang mit Uniform durch die Gegend rennen zu müssen. Als Hauptkommissar darf ich mich zivil kleiden.

«Ich wollte dich nur daran erinnern, Sohn, an die Reiseunterlagen zu denken. Nicht dass wir morgen ohne jene welche im Zug sitzen, nicht wahr?», brüllt mich mein Vater aus meinen Gedanken. Aufgrund seines Misstrauens allen kabellosen Telefonen gegenüber schreit er immer, wenn er mich am Handy hat.

«Ja, klar denke ich dran», sage ich so leise wie möglich. «Ich muss die Tickets nur noch ausdrucken.»

«Ausdrucken, ausdrucken! Kann man heutzutage nicht mehr hergehen und die Dokumente wie vernünftige Leute beim Bundesbahnschalter holen? Muss man die jetzt also auch schon wieder ... aus ... drucken? Das haut dann doch wieder vorn und hinten nicht hin.»

Meinen Vater, den Polizeipräsidenten a. D., hatte es von Beginn an empfindlich gestört, dass er nicht die alleinige Reiseorganisation innehatte. Ich wollte mich aber selber um Tickets und Reservierung kümmern, da das ja auch mit den beiden Hunden irgendwie organisiert werden musste.

Die früheren Familienurlaube mit meiner Mutter, meiner älteren Schwester Ulrike und mir waren stets generalstabsmäßig geplant. Ich blickte immer voller Neid auf meine Mitschüler, die sich in Rimini, Mallorca oder Ibiza sinnentleert von der Sonne verbrennen oder von Animateuren gängeln ließen, während wir spätgotische Kirchen im Schwarzwald besichtigten oder die Loreley erwanderten. Die Urlaube mit meinem Vater waren seit jeher Bildungsreisen, die für elfjährige Jungs natürlich eine geminderte Attraktivität haben. Wir fuhren *niemals* ins Ausland, denn man muss ja erst einmal seine eigene Heimat kennenlernen, bevor man durch die Weltgeschichte juckelt, nicht wahr?

«Und dann möchte ich um Pünktlichkeit bitten. Man muss ja nicht immer hergehen und alles auf den letzten Drücker machen, nicht wahr? Du weißt, wie nervös deine Mutter dann immer wird», legt mein Vater nach.

Jaja. Wer da nervös wird, das weiß ich!

«Ach, und Papa, über unsere Treffpunktszeit am Bahnhof wollte ich trotzdem noch mal mit euch reden. Ich finde, eine Stunde bevor der Zug kommt, schon etwas sehr früh, zumal wir schon um 7.46 Uhr starten ... Papa? Papa???»

Doch der Herr Vater hat das Gespräch schon souverän beendet.

Kapitel 2

Melina ist so gut gelaunt, wie sechzehnjährige Mädchen es nun einmal sind, wenn sie in ihren Sommerferien um 5.30 Uhr aufstehen müssen, um dann am Bahnhöfchen von Nidda-Bad Salzhausen mit ihrem Bruder, ihrem Vater, ihren Großeltern samt zwei Hunden dazu verdammt zu sein, eine Stunde lang auf einen Zug warten zu müssen.

Charlie scheißt auf den Bahnsteig, und der Himmel über Oberhessen vergießt darüber ein paar Tränen. Ich bereinige den Schaden, während mein Vater aggressiv lautlos vor sich hin pfeifend seit zwanzig Minuten den Fahrplan studiert.

Meine Mutter erzählt Laurin, der den gereichten Apfelschnitz nicht essen will, Hungersnotgeschichten aus der Nachkriegszeit, und Berlusconi bellt die morgenzwitschernden Vögel an. Dann beginnt es endlich richtig zu regnen, und kurz darauf tuckert unser heißersehnter Nahverkehrszug ein.

«So, einsteigen bitte», ruft nicht der Schaffner, sondern mein Vater. Ich helfe meiner Mutter, ihre drei Koffer, für jeden Reisetag einen, in das Abteil zu hieven. Laurin hat Charlie an der Leine, Melina Berlusconi.

Wir fahren zunächst nach Friedberg, steigen dort in den Zug nach Frankfurt um, ehe es dann per ICE weiter nach Berlin geht. So ist der Plan.

«Sooo, nun erreichen wir Ober-Widdersheim-Häuserhof, fahrplangemäß, will sagen pünktlich», schnarrt mein Vater, nachdem wir gerade einmal vier Minuten unterwegs sind.

«Ach, Günther», sagt meine Mutter einfach mal so.

Ob das hier alles so eine gute Idee war? Der Plan, mit den Kindern mal nach Berlin zu reisen, existiert ja schon länger. Und als meine Eltern erzählten, dass ein langjähriger Polizeikollege meines Vaters, der vor einigen Jahren nach Berlin zog, verstorben sei, wuchs in mir die Idee, sie bei Anreise und Beerdigung zu begleiten, zusätzlich Kinder und Hunde einzupacken und noch ein paar Tage dranzuhängen, wenn die Eltern wieder weg sind. Den letzten Teil bereue ich nicht, den ersten schon jetzt ein wenig.

«Sooo, nun müssten wir gleich in Gettenau-Bingenheim einfahren», höre ich meinen Vater wieder. «Und klar, das ist ja klar, da hamm wers: zwei Minuten Verspätung schon! Kann man als Deutsche Bundesbahn nicht einmal ausnahmsweise hergehen und pünktlich sein?»

«Die Deutsche Bundesbahn gibt's schon seit zwanzig Jahren nicht mehr», nuschle ich genervt, mehr für mich als für die Allgemeinheit bestimmt.

«Sei nicht so frech», sagt meine Mutter.

In vierzig Minuten halten wir zwischen Nidda und Friedberg an neun Haltestellen, die allesamt von meinem Vater kommentiert werden. Melina tut das einzig Wahre und schaltet sich mit Mini-Kopfhörern und Smartphone ab. Meine Mutter redet trotzdem auf sie ein, und Laurin verfüttert derweil alle für die gesamte Reise kalkulierten Leckerlis an die Hunde.

Irgendwie schaffen wir es trotzdem, ohne größere Zwischenfälle zweimal umzusteigen, und sitzen nun auf unseren reservierten Plätzen im ICE nach Berlin. Glücklicherweise konnten wir ein Sechser-Abteil für uns ganz alleine in Beschlag nehmen. Denn wir als Gesamtfamilienkunstwerk sind in dieser Zusammensetzung einem Großabteil, also der Allgemeinheit, nicht zuzumuten. Sonst halte ich mich von allen Orten fern, an denen der Mensch an sich in vielfacher Ausfertigung auf engem Raum zusammentrifft, in diesem Falle aber muss die Masse vor *uns* geschützt werden. Wir verstauen unser Gepäck in den engen Ablagen und stopfen Jacken, Hundefutter und Wasserflaschen dazwischen.

«Melinchen, sag mal, hast du eigentlich schon Pläne für die Zukunft?», beginnt meine Mutter völlig unvermittelt ein riskantes Gespräch.

«Was?» Melina tut alles dafür, um so zu wirken, als habe sie die Frage nicht gehört.

«Na ja, weißt du denn schon, in welche Richtung es beruflich bei dir gehen soll?»

Dazu muss man wissen: Melina hat gerade die 10. Klasse wiederholt und plant nun in der Gesamtschule Schotten einen weiteren Anlauf in Richtung Oberstufe.

«Ei ja, Abitur», murmelt sie gekonnt undeutlich.

«Und danach? Hmm? Melina, danach? Weißt du noch gar nicht, wo es hingehen soll? Noch so gar keine Idee?»

Melina reagiert nicht weiter. Meine Mutter wartet eine Weile, blickt kurz zu ihrem Mann, wischt Kekskrümel von ihrem Schoß und richtet sich schlussendlich an mich: «Hat sie wirklich so gar keine Idee? Wirklich nicht? Ich meine, die jungen Menschen sollten in dieser heutigen Zeit doch schon eine Idee haben, wo es mal hingehen soll, oder? Weiß sie da noch gar nichts? Nein? Noch so gar keine Idee?»

«Sie wird schon ihren Weg gehen, Mutter, keine Sorge», antworte ich, obwohl ich am liebsten auch einfach nur im Melina-Ton «Ei ja, Abitur» geraunt hätte.

«Wir hängen schon wieder sechs Minuten», schaltet sich mein Vater wieder ein, tippt auf seine Armbanduhr und schüttelt gleichzeitig den Kopf. «Laut Fahrplan müssten wir schon längst in *Hannover* sein.»

«Ach, Günther», sagt meine Mutter und beginnt nun auf ihrem Tischchen adrett ein paar weitere Apfelschnitze zurechtzuschneiden.

Die Erschöpfung drückt meine Augenlider für eine kurze Zeit nieder.

«Die Fahrscheine bitte», ertönt eine gravitätische Stimme. Im ersten Moment denke ich, es sei mein Vater, dann aber reckt ein Schaffner die Hand ins Abteil.

«Henning, reiche dem Herrn Schaffner bitte die Dokumente», befiehlt mein Vater und fuchtelt in Richtung Ablage. Ich stehe auf und krame in meinem Rucksack.

«Mein Sohn wird hergehen und Ihnen die passenden Dokumente zur Ansicht und Prüfung aushändigen respektive vorzeigen, wenn er denn mal so weit ist.»

«Das geht sooo aber nicht», sagt der Schaffner nun, mit Blick auf Berlusconi und Charlie. «Die Hunde haben Maulkörbe zu tragen.»

«Maulkörbe? Oh, das wusste ich nicht», entgegne ich zaghaft. «Die habe ich ... äh, jetzt nicht.»

Der stämmige Bahnangestellte, der ein bisschen aussieht wie eine Mischung aus Axel Schulz und Joschka Fischer, wiederholt stoisch und konsequent an mir vorbeiblickend: «Die Hunde haben Maulkörbe zu tragen.»

«Entschuldigung, wie gesagt, das ist mir entgangen, wie soll ich denn jetzt, also woher bekomme ich denn jetzt ...?»

«Die Hunde haben Maulkörbe zu tragen!»

Melina tut das Falscheste und zischt: «Ja, Mann, wir haben's ja jetzt gehört.»

«MELINA», schimpft ihre Großmutter.

«Dann muss ich Sie bitten, in Hannover auszusteigen.»

«Das kann doch nicht Ihr Ernst sein», entfährt es mir. «Wir

passen doch auf und bleiben mit den Hunden bis Berlin hier im Abteil.»

Der Schaffnerriese schüttelt den Kopf: «Die Hunde müssen ...»

«... Maulkörbe tragen», beendet nun Laurin den Satz.

«Sie können uns doch nicht allen Ernstes in Hannover aus dem Zug werfen», sage ich in flehendem Tonfall.

«Und ob ich das kann!»

«Schauen Sie mal, ich habe sehr alte Menschen dabei, das können Sie denen doch nicht antun.»

Ich ernte vernichtende Blicke von meinen Eltern.

Nun gibt es nur noch eine Chance. Hopp oder topp, ich spiele die letzte Karte.

«O. k.», sage ich, stehe auf und gehe auf den Schaffner zu. «Hauchen Sie mich doch bitte einmal an.»

«Wie bitte?», bellt er zurück.

«Hauptkommissar Henning Bröhmann», schmettere ich ihm ins Gesicht und zücke meinen Dienstausweis. «Ich habe leider den Verdacht, dass Sie nicht vollkommen nüchtern Ihren Dienst verrichten. Wollen Sie, dass ich das überprüfen lasse?»

Bitte, bitte, lieber Schaffner, flehe ich stumm, bitte, bitte, hab was getrunken, sei ein nettes kleines Säuferlein, das sich gern mal das ein oder andere Schnäpschen in den Morgenstunden gönnt.

Der Mann bleibt stumm.

«Oder liegt es auch in Ihrem Interesse, dass wir uns anderweitig einigen?», lege ich nach. Ich warte auf seine Antwort. Er starrt mich ausdruckslos an.

«Anderweitig find ich gut», sagt er dann und verlässt ohne ein weiteres Wort das Abteil.

Melina kichert, Laurin ist stolz, meiner Mutter steht der Mund offen, und mein Vater maßregelt mich: «Junge, wie kann man nur hergehen und seinen Polizeidienstgrad derart missbrauchen? Es fällt mir sehr schwer, darüber hinwegzusehen ... Außerdem liegen wir nun schon acht Minuten hinter der fahrplanmäßigen Zeit.»

Bei der nächsten gemeinsamen Reise packe ich Maulkörbe ein, so viel steht fest. Drei!

Warum kann ich meine Eltern nicht einfach mal nett finden? Ich komme mir vor wie ein Dauervierzehnjähriger, dem nichts peinlicher ist als seine Erzeuger. Mit nunmehr vierzig sollte man diese Phase doch eigentlich überwunden haben. Meine sechs Jahre ältere Schwester Ulrike hat es vermutlich richtig gemacht. Sie hat damals die Zeichen der Zeit erkannt und ist direkt nach dem Abitur in die Ferne gezogen. Kommt sie einmal im Jahr zu einem Familientreffen zu Besuch, wird sie von unseren Eltern wie eine Kaiserin empfangen, während ich von meiner Mutter angeherrscht werde, ich soll meiner Schwester Kaffee nachschenken. Das Verhältnis zu Ulrike ist, nicht nur deswegen, sagen wir mal ... distanziert.

Wenn man in Betracht zieht, dass es so etwas wic cinc naturgegebene Liebe von Eltern zu ihrem Kind und umgedreht gibt, wird hier einmal mehr bewiesen, dass das Spektrum der Liebe sehr breit zu fassen und überhaupt ein weites geheimnisvolles, unergründliches Feld ist. Ich weiß, es gehören zwei Parteien dazu, wenn es in einer Beziehung nicht stimmt. Aber ich versuche es doch! Ich gehe doch Schritte auf sie zu. Warum sonst sitze ich hier mit meinen Eltern im Zug und tue mir das an? Es war *mein* Angebot, meine Eltern auch auf die blöde Beerdigung zu begleiten. Ich kenne diesen alten Kollegen meines Vaters nicht. Er ist nach Berlin gezogen, da war ich zwanzig, und mein Vater war der große Zampano in der Polizeidirektion.

«Hat sie wirklich noch so gar keine Idee?», reißt mich Mutter aus meinen Gedanken, und Vater flucht: «Diese Klimaanlagen, die sind viel zu kühl. Immer! Immer viel zu kühl, viel zu kühl sind die. Moderner Mist!»

JVA Butzbach, 26.9.1991

liebe kirsten. ich weiß nicht, ob du dich freust, wenn du das liest. ich weiß noch nicht mal, ob du das hier überhaupt lesen kannst und diesen brief erhältst, da, wo du bist. wo auch immer das ist. vielleicht muss ich mich bei dir entschuldigen, ich weiß es nicht. ich weiß aber nicht, wie. ich weiß nur, dass ich dich vermisse. das ist die strafe. diese zelle hier und all die jahre, die ich hier verbringen muss, könnte ich ertragen, wenn ich dich nur danach wiedersehen könnte. ich werde mich hier durchbeißen. ich habe vor niemandem mehr angst, ich lass nicht mehr auf mir rumtrampeln, ich lass mich von keinem mehr verarschen. und sie werden es alle bereuen, das sage ich dir. vielleicht interessiert dich das jetzt nicht mehr, nach alldem. doch ich weiß, dass du zu mir hältst. weil du mich liebst, kirsten, oder? du liebst mich doch??? noch immer, oder? da, wo du bist!

kirsten, nur du und ich, nur wir beide kennen die wahrheit. wir wissen, was und wie es geschah. das ist unser geheimnis, für immer. und ich werde es hüten, für dich. dann können sie, so oft, wie sie wollen, mit mir reden oder psychologen auf mich ansetzen. für dich sitze ich die jahre nun ab. für dich lasse ich mir von diesem penner mirko aufs maul hauen. mir ist das egal.

eigentlich sind nur arschlöcher hier. nur mit einem, mit jan, komme ich ganz gut klar. der ist in ordnung. der hat seinen vater erschlagen.

es gibt essen nun, ich meld mich wieder, versprochen!

Kapitel 3

Die Bundeshauptstadt zeigt sich von ihrer bewölkten, windigen, pieseligen Seite, als wir mit unserem Zug endlich ankommen.

«Aha, das ist also der Hauptbahnhof», stellt mein Vater messerscharf fest und deutet mit dem Finger irgendwohin.

«Na ja, da wir mit dem Zug gefahren sind, glaube ich auch, dass dies hier nicht der Flughafen ist», nörgele ich spätpubertär und befeuere die leicht aggressive Grundstimmung.

«Sei nicht so frech», sagt meine Mutter und sieht dabei blass aus.

Ich frage sie in aufrichtig sorgenvollem Ton, ob ihr nicht gut ist.

«Ach, das geht schon», winkt sie ab. «Macht euch mal um mich keine Gedanken.»

Meine Mutter ist keine Memme. Nicht so wie ihr Sohn. Sie nervt einen mit dieser Selbstlosigkeit, die für Frauen ihrer Generation nicht ganz untypisch ist.

Wir zerren unsere jeweiligen Koffer, Hunde, Mütter, Väter, Söhne und Töchter über diverse Gleise, Rolltreppen, an unzähligen Geschäften und Restaurants vorbei, durch irrsinnige Menschenmassen hindurch, und steuern am Bahnhofsvorplatz einen Taxi-Van an. Ein kleiner Mann mit Brille, der ein wenig wie Hermann Hesse aussieht, packt unser Gepäck in den Kofferraum. Er schwäbelt, und ich bin ein klein wenig überrascht, da ich immer davon ausging, dass hier alle Taxifahrer berlinern, schroff und unfreundlich oder wenigstens Inder mit Turban sind.

Unser Fahrer erzählt auf der kurzen Strecke zum Hotelkettenhotel in der Chausseestraße mit freundlicher, weicher Stimme, dass er derzeit an einem Krimilyrikband schreibt, in dem er assoziativ reale Kriminalfälle aus Böblingen in Versform verarbeitet. Es sei schwer, für solch ein Projekt einen Verlag zu finden, meint er, zumal sein Buch gut 700 Seiten haben würde. Berlusconi, der unruhig auf meinen Schoß haart, knurrt eine Ampel an. Charlie, der in Laurins Gewahrsam sitzt, sabbert. Melina lässt sich von ihrem Smartphone orten.

«Kann man nicht mal hergehen, Melina, und rausschauen, wenn man schon mal in Berlin ist?», unterbricht mein Vater den Redefluss des schwäbelnden Dichterfahrers. «Weiß man denn überhaupt, wie der Fluss heißt, den wir linker Hand fließen sehen?»

«Keine Ahnung», nuschelt Melina fast so wie Til Schweiger. «Themse?»

Eins muss man meinen Eltern lassen. Sie haben mich und die Kinder großzügig in ein Vier-Sterne-Hotelzimmer in «Toplage» nahe Regierungsviertel eingeladen. Wir schlafen in einem fast geräumigen Doppelzimmer Standard mit Zustellbett, meine Eltern richten sich im Zimmer neben uns ein.

Melina nimmt den skandalösen Umstand, ein Doppelbett mit ihrem Vater teilen zu müssen, erstaunlich gelassen hin. Ich selber hätte ihr gerne ein eigenes Zimmer gegönnt, kann es mir aber derzeit schlicht und ergreifend nicht leisten, da wir zurzeit «sparen» müssen. Ich hasse das. Doch zu hoch sind die Schulden und die monatlichen Abschlagszahlungen für unsere Doppelhaushälfte in Bad Salzhausen, und zu wenig verdient Franziska als inhaftierte Totschlägerin dazu. Ich wollte meinen Eltern nicht auch noch Mehrkosten für ein weiteres Zimmer aufbürden, schon alleine, weil ich ihnen nicht noch mehr dankbar sein will. Wenn sie in drei Tagen zurückreisen, ziehen wir in eine billige, im Internet bei «hau-ab.de» oder so ähnlich gebuchte Pension um. Irgendwo weit draußen in Westberlin, wo seit der Wende keiner mehr hinwill.

An diesem frühen Abend allerdings schleppen wir uns dahin, wo alle Touristen hinwollen: zum Brandenburger Tor und zum Reichstag.

Müde und erstaunlich friedlich nehmen wir danach ein gemeinsames Buffet-Abendessen im Restaurant unseres Hotels ein, ehe sich jeder zum Schlafen in sein Zimmer zurückzieht.

Am nächsten Morgen betritt mein Vater den stickigen Frühstücksraum unseres Hotels und hält nach mir und den Kindern Ausschau. Wir frühstücken bereits seit einer knappen Viertelstunde und winken ihn zu uns. Hunde haben zu diesem Raum zu Recht keinen Zutritt und sind somit im Zimmer zurückgeblieben.

«Wo ist denn Mutter?», frage ich ihn, nachdem wir uns alle wechselseitig einen guten Morgen gewünscht haben.

«Sie hat die ganze Nacht gespuckt», sagt er.

«Wohin?», fragt Laurin, der sich gerade ein siebtes Bratwürstchen auf seinen Teller geholt hat.

«Oje», mache ich.

«Und warum?», fragt Laurin nach. «Warum spuckt die Oma die ganze Nacht?»

«Na, weil ihr blümerant zumute war», antwortet mein Vater und nimmt an unserem Tisch Platz.

Laurin blickt mich fragend an.

«Ei, gekohotzt, Mann, Laurin, gekotzt hat sie. Spucken heißt kotzen», bollert Melina durch den Frühstücksraum, dass die Gespräche an den anderen eng aneinandergestellten Tischen schlagartig verstummen.

«Darf es für Sie auch Kaffee sein?», fragt in diese Stille eine scheue, winzige rothaarige Hotelangestellte mit albernem Schürzchen meinen Vater.

Die Ruhe im Raum wird allerdings jäh durchbrochen, als acht Frauen am Nachbartisch Platz nehmen. Sie tragen allesamt türkise T-Shirts, die wie Pellen an ihren Körpern kleben. «Bowling Bitches Bottrop», lese ich auf ihren Rücken. Nicht alle Rücken können entzücken. Die «Bowling Bitches» haben gute Laune, sehr gute Laune, und alle sollen es wissen.

Und das tun wir dann auch sehr schnell, ob wir wollen oder nicht.

«Dann kommt Mutti wohl nicht mit zur Beerdigung, oder?», frage ich meinen Vater. Er schüttelt den Kopf. «Ich denke, da bleibt man besser im Bett.»

«Ich kümmere mich um Oma», sagt Melina friedlich und nippt an ihrem O-Saft. Im ersten Moment traue ich dem Frieden nicht. Da muss doch noch irgendwas Patzig-Pubertäres nachkommen. Tut es aber nicht. Da ändert sich schon seit geraumer Zeit mal wieder etwas bei meiner Tochter.

Voll innerem Frieden blicke ich zu meinen beiden Kindern, da kreischen mit einem Mal die Bottroper Wurstpellenbitches vom Nachbartisch kollektiv so spitz auf, dass mein Vater vor Schreck Kaffee verschüttet. Normalerweise ist es doch schön, wenn Menschen Freude haben und lachen. Hier nicht. Vielleicht bin ich aber auch nur ein wenig neidisch, da ich es beispielsweise nie hinbekommen habe, unbeschwert geselligkeitsspaßig mit Bollerwagen und anderen Mitmännern an «Vatertagen» durch Wälder zu saufen oder gute Laune bei Junggesellenabenden zu entwickeln. Die Bowlingbratzen erheitern sich im Übrigen ausgelassen an Zweideutigkeiten rund um das Wort Ei.

Als der Lautstärkepegel so weit nach oben ausschlägt, dass es auch an unserem Tisch nahezu unmöglich wird, sein eigenes Wort zu verstehen, steht mein Vater, der in der Nacht aufgrund seiner sich übergebenden Ehefrau kaum ein Auge zugedrückt hat, von seinem Platz auf, knöpft sich mit all seiner angeborenen Autorität sein dunkles Jackett zu, zieht die Krawatte nach, geht mit ruhigen Schritten zum Bitches-Tisch, räuspert sich kurz und spricht mit klarer, durchdringender Stimme:

«Kann man hier nicht mal hergehen und sich so verhalten, wie es sich für Damen Ihres Alters geziemt? Ein störendes, ja würdeloses Verhalten ist man hier zu beobachten gezwungen. Ich möchte gerne mit meinem Sohn und den dazugehörigen Enkelkindern in einer für diesen Ort angemessenen Ruhe das Frühstück einnehmen. Ich hoffe, dass dies nicht zu viel verlangt ist und ab nun möglich sein wird. Verbindlichen Dank für Ihre Aufmerksamkeit.»

Am Nachbartisch ist es still geworden. Die Bowlinghyänen schauen sich gegenseitig mit offenem Mund an, mein Vater kehrt zu seinem Platz zurück, setzt sich, lächelt den Kindern und mir zufrieden zu und nippt an seiner Tasse Kaffee. Für solche Auftritte liebe ich ihn.

Kurze Zeit später fällt mir ein, dass ich vergessen habe, zum Wohle des Zimmermädchens an unserer Zimmertür das «Bitte nicht stören»-Schild anzubringen. Dort würde sie nämlich von Berlusconi und Charlie vermutlich etwas zu stürmisch «begrüßt» werden. Unsere Hunde sind zwar harmlos, aber das kann man ja nicht ahnen, wo doch der eine aussieht wie Hitler und der andere Berlusconi heißt. Wie kann sie sicher sein, dass nicht auch noch ein Strauss-Kahn im Badezimmer lauert?

Dieser Gedanke lässt mir keine Ruhe, sodass ich mein Frühstück schneller beende, als ich ursprünglich vorhatte.

Es liegt kein Zimmermädchen zerfleischt auf dem Hotelzimmerboden. Stattdessen springen in dem Moment, in dem ich die Tür öffne, beide Hunde hektisch und schuldbewusst vom Bett herunter.

Ich bin beruhigt, sie haben wenigstens ein schlechtes Gewissen.

Folglich tue ich so, als würde ich schimpfen, fege dabei mit der Hand ein paar Haare vom Laken und stopfe ihnen zur Strafe ein paar Leckerlis in die Mäuler. Dann putze ich die Zähne, rasiere mich, setze ich mich aufs Klo und lese neben dem Spiegel:

> **Können Sie sich eigentlich vorstellen, wie viele Tonnen Handtücher jeden Tag in allen Hotels der Welt UNNÖTIG GEWASCHEN WERDEN und welch ungeheure Wassermenge dafür nötig ist?**
> **Mit Ihrer Entscheidung, das Handtuch ein weiteres Mal zu benutzen, helfen Sie mit für eine saubere und bessere Umwelt.**

Kann man sich gut vorstellen, allerdings frage ich mich, ob hier tatsächlich der Umweltgedanke im Vordergrund steht oder ob sich die Hotelführung schlicht und ergreifend davor drücken möchte, teure Wasserrechnungen zu bezahlen. Ich tendiere zu Letzterem und schmeiße alle Handtücher zu Boden. Der eine pubertiert früher, der andere etwas später, ich vermutlich immer.

Wenig später bitte ich Melina, mit den Hunden eine kleine Runde zu drehen, und Laurin, nicht die Erdnüsse aus der Minibar zu essen und den Fernseher auszulassen. Keine Antwort; die Anweisungen werden also angekommen sein.

Ich klopfe an die Zimmertür meiner Eltern, um nach meiner Magen-Darm-Mutter zu schauen.

«Komm mir nicht zu nah, Junge», stöhnt sie auf ihrem hochgestellten Bett und schaut Frühstücksfernsehen.

«Geht's dir denn wieder etwas besser?», frage ich sanft, während auf dem Bildschirm eine mäßig talentierte deutsche Schauspielerin schnattert, die der Auffassung zu sein scheint, durch gesichtsstraffende nasenkorrigierende botoxeinspritzende Maßnahmen in Zukunft häufiger besetzt zu werden.

«Ach, ist alles halb so schlimm», sagt meine deutlich würdevoller gealterte Mutter. «Macht euch mal um mich keine Sorgen. Ich denke, ich hab's jetzt hinter mir. Habe mir bestimmt nur den Mag...»

Im nächsten Moment sehe ich auf dem Teppichboden vor mir, dass sie es noch nicht hinter sich hat. Ich hole Handtücher aus dem Badezimmer, begieße sie mit Haarshampoo, bin ein guter Sohn und wische die Mutti-Bröckchen auf. Dann wasche ich die Tücher aus und lege sie am Ende auf den Fußboden des Badezimmers, denn:

Handtuch am Halter hängen lassen heißt: Ich benutze es ein weiteres Mal, Handtuch auf dem Fußboden heißt: Bitte waschen.

«Erhol du dich gut, ich gehe mit Papa allein auf die Beerdigung», sage ich beim Hinausgehen. «Falls was sein sollte, ruf Melina oder melde dich bei der Rezeption.»

«Ach Quatsch, Junge, doch nicht wegen so einer Lappalie. Macht euch mal um mich ...»

«... keine Sorgen, ich weiß.»

So schlüpfe ich hastig in meinen schlechtsitzenden dunklen Anzug, weise ein weiteres Mal Kinder und Hunde in alle zu befolgenden Verhaltensregeln ein und mache mich dann mit meinem Vater auf den Weg zum Friedhof nach Berlin-Wilmersdorf.

Schon von weitem sind unzählige stracke Männer in Polizeiuniformen zu erkennen, die ihrem ehemaligen Kollegen, Kriminaloberrat a. D. Viktor Gummer, die letzte Ehre erweisen möchten. Ich selber versuche das Tragen einer Uniform wann immer möglich zu vermeiden, da mich seit jeher der Drang deutscher Männer nach Uniformen, Rängen, Orden und Abzeichen befremdet, sei es beim Militär, bei der Polizei, im Schützenverein oder bei Faschingssitzungen. Aber das ist eine andere Geschichte.

Ein Herzversagen brachte Viktor Gummer mit nur siebzig Jahren in jene hellbraune Kiste, die vor uns Trauergästen in der Friedhofskapelle steht. Gummer hat in den siebziger und achtziger Jahren gemeinsam mit meinem Vater in der Polizeidirektion Alsfeld gearbeitet. Sie waren Freunde oder das, was mein Vater dafür hielt. 1990, nach dem Fall der Mauer, bekam Gummer ein Angebot aus dem nun angeschlossenen Ostberlin, welches ihm so reizvoll erschien, dass er dafür sogar den schönen Vogelsberg verließ. Als mir mein Vater dies vorhin erzählte, meinte ich einen leisen Anflug von Neid und persönlicher Enttäuschung herauszuhören. Jedenfalls scheint er ihn gemocht zu haben, diesen Gummer. Seine Trauer nämlich ist deutlich zu spüren, als das Polizeiorchester brachial zu musizieren beginnt.

Ich stelle mir vor, wie es wäre, wenn mein Vater an der Stelle von Viktor Gummer hier liegen würde, und bekomme daraufhin die seltene Anwandlung, nach seiner Hand zu greifen. Doch das lasse ich lieber.

Wir erheben uns, sprechen das Vaterunser und lauschen anschließend den bemerkenswert langweiligen und nichtssagenden Worten irgendwelcher Polizeioffiziellen. Nach dem Ende des Trauergottesdienstes schreiten wir gemeinsam mit der Gemeinde andächtig hinter den Sargträgern zum Grab. Dort stehen wir eine Weile still, dann spielt wieder das uniformierte Blasorchester auf. Wieder sprechen einige Menschen kurze, unpersönliche Worte. Dann wird der Sarg Stück für Stück langsam ins Grab hinabgelassen. Nun stellen sich nahe Angehörige, seine Frau und die beiden Kinder nebst Ehepartner ans Grab und schütten leise weinend Erde hinein. Andere tun es ihnen gleich und kondolieren anschließend. Wir alle stehen im Halbkreis in einer Art Schlange um das Grab, das von mächtigen Bäumen umrahmt ist.

Dann knallt es.

Kapitel 4

Man kann es drehen und wenden, man kann es wahrhaben wollen oder nicht: Es steht ohne jeden Zweifel fest, dass auf uns geschossen wurde.

Nur, was heißt das genau: auf uns? Auf mich? Auf meinen Vater? Auf alle? Jedenfalls hat uns der Schuss nur um Haaresbreite verfehlt. Die Kugel zischte zwischen uns beiden hindurch, das habe ich mir nicht eingebildet.

Ich mache Anstalten, vom Boden aufzustehen, da stürzt sich irgendein Polizeikollege auf mich und drückt mich wieder zu Boden.

«Liegen bleiben», schreit er.

Recht hat er, der Kollege. Wir wissen ja nicht, ob nicht noch weitere Schüsse fallen.

Um uns herum herrscht eine Mischung aus entsetzter Stille und nervösem Geschrei. Ich blicke auf die Hände meines Vaters. Sie zittern.

Unzählige Beamte rennen mit ihren Waffen auf dem Friedhof herum und suchen nach dem Täter. Doch der Schütze scheint entkommen zu sein, trotz der vielen Polizisten.

Endlich bekommen wir die Erlaubnis, vom Boden aufzustehen. Unversehrt. Äußerlich jedenfalls. Mein Vater wirkt noch wackliger auf den Beinen als ich.

«Papa, setz dich am besten irgendwohin», rede ich ihm mit brüchiger Stimme zu.

«Ach», herrscht er mich an und winkt ab.

«Oh Gott, er ist tot, er ist tot!», schreit plötzlich eine Frau um die vierzig ganz in unserer Nähe. Ich erschrecke, schaue um mich und erschrecke gleich noch einmal. Nur zwei Meter hinter uns liegt ein Mann in seinem Blut. Die Frau beugt sich über ihn und hält sich die Hände vors Gesicht.

Ich springe hinzu, ebenso wie ein weiterer Trauergast, der sofort beginnt, verzweifelte Erste-Hilfe-Praktiken anzuwenden. Man muss kein Arzt sein, um sehen zu können, dass es dafür wohl zu spät ist. Der Schuss hat offenbar mitten in die Brust getroffen. Nur kurze Zeit später erscheint der Notdienst. Drei Männer rennen zu dem Mann am Boden, nesteln noch kurz und hektisch an ihm herum, bis ihre Handlungen sichtbar langsamer werden. Dann blicken sie sich zu uns anderen um und erklären den Mann für tot.

Mein Gott, was ist hier nur los? Ein paar Zentimeter weiter rechts, und mein Vater würde hier liegen, ein paar Zentimeter weiter links, dann hätte es mich erwischt. Tot in Berlin-Wilmersdorf. Gestorben auf dem Friedhof.

Ich versuche immer wieder, Kontakt zu meinem verwirrt wirkenden Vater aufzunehmen. Doch er winkt harsch ab und starrt mit leerem Blick auf einen Punkt in der Ferne.

«Papa, ist wirklich alles o. k. mit dir?»

«Ja, wieso denn nicht, Herrschaftszeiten noch mal? Das gehört für einen Polizisten zum Alltag. Sind die Angehörigen verständigt?»

Ich greife erneut nach seinem Arm, doch wieder schlägt er meine Hand weg.

«Kommen Sie», ruft darauf ein junger Kollege in deutlich zu großer Polizeiuniform zu uns und führt uns vom Tatort weg.

«Setzen Sie sich am besten erst mal dorthin», sagt er und deutet auf die Friedhofskapelle, in der wir uns von diesem Schock ein klein wenig erholen sollen. Wir folgen den Anweisungen, nehmen auf einer Außenbank der Kapelle Platz und schauen zu, wie die polizeilichen Arbeiten rasant vonstattengehen. Es wird fieberhaft telefoniert und gefunkt. Polizeiwagen treffen ein, andere fahren weg, und auch die Absperrarbeiten sind inzwischen in vollem Gange.

«Man wird sich gleich um Sie kümmern», sagt der junge Mann noch und zieht sich die zu weite Hose hoch.

«Unnötig», nuschelt mein Vater. «Ich bin Polizeipräsident, ich weiß, was zu tun ist. Sind die Angehörigen schon verständigt?»

Etwas irritiert nickt der junge Kollege und läuft zum Tatort zurück. Ich stehe auf und gehe ein paar Schritte, um meine Nerven zu beruhigen.

«Henning», ruft ein paar Minuten später hinter mir jemand.

«Das gibt's doch gar nicht! Was machst du denn hier?»

Ich erkenne die Stimme sofort und drehe mich um. Tatsächlich, es ist Miriam Meisler!

Ich bin gleichermaßen fassungslos wie erfreut. Was für eine Überraschung. Miriam! Wir umarmen uns herzlich, dann begrüßt sie meinen Vater, der allerdings bloß abwesend vor sich hin nickt.

Miriam Meisler, meine alte Lieblingskollegin. Unglaublich, zwei Jahre ist es nun schon her, dass sie zu ihrem Freund nach Berlin gezogen ist und sich in Kreuzberg zur Kommissarin ausbilden ließ. Ein paar Monate hielten wir danach noch per Mail Kontakt, doch schon bald hörten wir nichts mehr voneinander. Wie das manchmal eben so ist. Wir arbeiteten damals sehr gern und eng zusammen. Vor zwei Jahren sogar einmal ein bisschen zu eng. Ich wurde gerade von Franziska verlassen, suhlte mich weinselig im Selbstmitleid, war ein einsamer Wolf, na ja, sagen wir mal Wölfchen, da wurden wir in dieser einen Nacht zueinandergetrieben. Es blieb bei dem einen Mal, und der Zwischenfall beeinträchtigte unsere Zusammenarbeit keinesfalls. Miriam ist Ende zwanzig, also immer noch sehr jung, doch in vielen Dingen kam sie mir schon damals reifer vor, als ich es jemals sein werde.

Sie hat sich in diesen beiden Jahren äußerlich nur wenig verändert, stelle ich fest. Noch immer ist sie äußerst schmal und zierlich und auch ihren dezenten, aber aparten New-Wave-Dings-Style hat sie nicht vollends aufgegeben. Die Haare sind etwas länger, die lange rote Strähne, die ihr damals noch übers kantige Gesicht fiel, musste in den letzten beiden Jahren dran glauben. Schminke ist weiterhin ihr Feind, ein Lidstrich war schon immer das höchste der Gefühle, und ihr leuchtender Blick hat noch das gleiche Feuer wie zu Vogelsberger Zeiten.

«Bist du jetzt *hier* im Einsatz?», frage ich sie und kann noch immer nicht fassen, sie hier unter diesen Umständen anzutreffen. «Ich dachte, du arbeitest in Kreuzberg?»

«War ich, ja, doch ich bin letztes Jahr hier nach Wilmersdorf gewechselt. Aber lass uns wann anders plaudern. Wenn wir mehr Zeit haben. Die Kollegen sagten mir, dass der Schuss euch beide nur knapp verfehlt hat?»

Ich nicke und erzähle ihr den Hergang.

Miriam schüttelt den Kopf. «Was sind denn das bitte für Zufälle? Das gibt's doch gar nicht. Dass wir uns jetzt hier wiedertreffen. Unglaublich! Ich dachte, nur im Vogelsberg ist die Welt so klein.»

Ich stimme ihr zu und bemerke, dass auch meine Hände zu zittern beginnen und mir der Schweiß ausbricht. Nun hat er also auch mich erfasst, der Schock.

Ich setze mich wieder, atme so ruhig wie möglich und trinke aus einem Becher Wasser. Danach geht es etwas besser.

Aus der Ferne brüllt mit spitzer Stimme ein kleiner Mann.

«Mirrrriam, jetzt komm haltemal gschwind her. Wo bleibst du denn? Icke such dir schon die janze Zeit. Wir müssen die Bersonalien von dem Doden aufnehmen.»

Miriam berührt meine Hand und sagt kurz: «Mein Chef.»

«Wie redet *der* denn?»

«Wieso? Ach so, ja, er ist Mittelfranke, meint hier aber den Berliner raushängen lassen zu müssen», antwortet sie, verdreht die Augen auf eine Weise, wie es nur Miriam kann, und verschwindet in Richtung Tatort.

So sitze ich noch eine Weile neben meinem schweigenden Vater und tue gar nichts. Ich blicke zum Himmel und beobachte, wie die dunkler werdenden Wolken heitere Kunststückchen vorführen.

Es beginnt mich zu nerven, hier so blöd herumzusitzen. Ich muss irgendetwas tun, trotz wackliger Beine und zittriger Hände.

So zieht es mich zum Tatort. Ich will da auch hin, da, wo Miriam gerade mit ihren Kollegen um die Leiche herumsteht. Ich bin schließlich auch ein bisschen Hauptkommissar, und so will ich mich nun einbringen, wissend, dass ich heute und hier alles andere als zuständig bin und noch weniger gebraucht werde.

«Wer iss'n des?», fränkelt Miriams Chef in meine Richtung, als ich mich unter dem Absperrband ungelenk hindurchducke.

«Bröhmann mein Name. Hauptkommissar Henning Bröhmann», sage ich etwas zu jamesbondig und reiche ihm die Hand.

Er nimmt sie widerwillig entgegen und erwidert mit laschem, feuchtem Druck meinen Handschlag.

«Hauptkommissar Brrrunschel von der Krrrimanbolizei Wilmersdorf», bellt er mir in einem Tonfall zu, dass ich befürchte, er fängt gleich an zu salutieren. «Ick dachte, det ist unser Fall. Von welcher Dienststelle sind Sie denn?»

«Ach so, nein, ich arbeite nicht in Berlin», wiegele ich ab. «Ich bin nur zu Besuch hier, war Gast auf der Beerdigung. Ich arbeite in Alsfeld in Hessen. Der Schuss gerade ging haarscha...»

«Wo?», unterbricht er mich.

«Bitte?»

«Wo kommen Sie her?»

«Alsfeld, das ist im Vogelsberg, in der Mitte Hessens.»

«Nie jehört.»

Danach lacht er etwas verächtlich in sich hinein und blättert wieder in irgendwelchen Unterlagen.

«Bei Gießen liegt das ...», füge ich noch hinzu, da hat dieser Brunschel sich aber schon längst abgewendet.

«Ich bin eben fast getroffen worden. Der Schuss hat mich nur um Haaresbreite verpasst», rufe ich ihm nach, um wieder wahrgenommen zu werden.

«Ja, ick weeß», antwortet er, ohne mich anzusehen. «Meine Kollegin dud sich gleich a weng mit Ihnen unterhalten.»

«Alles klar ... joh, gut, also ... wenn Sie sonst irgendwie Hilfe brauchen ... ich stünde dann zur Verfügung ...», nuschele ich und rudere fahrig mit den Armen.

«Hmm», macht Brunschel.

«Darf ich mal?», sagt ein weiterer Beamter und schiebt mich aus dem Weg.

Da stehe ich nun also nichtsnutzig im nieselnden Regen auf diesem Wilmersdorfer Friedhof im Weg und beobachte, wie weltgewandt und professionell die Großstadtkollegen mit topmoderner Ausstattung zu Werke gehen. Ich denke an meine Kinder, die im Hotel auf mich warten. Um ein Haar wäre ihr Vater gerade totgeschossen worden, wo doch schon ihre Mutter im Gefängnis sitzt. In diesem Moment kippe ich dann doch endlich um.

Als ich die Augen öffne, sitze ich wieder neben meinem Vater in der Kapelle und blicke in das vertraute Gesicht der Miriam Meisler. Sie lächelt. Das tut gut. Ich versuche es auch, doch es gelingt mir nicht. Stattdessen sammle ich mich, richte mich etwas kraftlos auf, trinke einen Schluck Wasser und frage dann sachlich:

«Habt ihr den Täter fassen können? Gibt es schon Spuren?»

«Nein und ja», antwortet Miriam. «Er hat vermutlich ein Fahrrad an der Seitenstraße abgestellt, mit dem er dann kurz nach dem Abfeuern der Schüsse verschwunden ist.»

«Wieso nur vermutlich?», unterbricht uns plötzlich mein Vater. Er spricht also wieder. «Wieso kann man nicht hergehen und sich darüber inzwischen im Klaren sein?»

Gott sei Dank, er ist wieder der Alte.

Miriam lächelt die Bemerkung souverän weg.

«Wir fragen uns natürlich nun, ob es ein Gestörter war, der einfach wahllos in eine Herde von Polizisten geschossen hat, oder ob die Schüsse jemand Spezielles treffen sollten, ob es also ein zielgerichteter Anschlag war. Dem gehen wir jetzt nach.»

Beide Bröhmänner nicken.

«Der Tote», fährt sie fort und blättert in ihren Notizen, «heißt Roland Dürrstein, ist 37 Jahre alt und der Neffe von Viktor Gummer. Wir klappern nun sein Umfeld ab.»

«Hat man die Angehörigen verständigt?», bringt sich mein Vater wieder ein.

«Ja, hat man», antwortet Miriam gelassen. «Wir bringen euch jetzt zurück zum Hotel. Dort erholt ihr euch, und wir sprechen dann morgen in Ruhe miteinander.»

«Ich wusste nicht, dass wir per Du sind, junge Frau», sagt mein

Vater und richtet sich auf. «Ich kenne Sie doch. Nun sagen Sie schon, woher kenne ich Sie denn?»

Mein Vater wird aufgeklärt, und wir machen uns auf den Weg zu einem weiteren Kollegen, der uns nach Mitte zurück zum Hotel, zu den Kindern, den Hunden und der speienden Mutter bringt.

Als ich wenig später mit meinem Vater vor seiner Hotelzimmertür stehe, versuche ich unter dem Eindruck dessen, was wir gerade durchgemacht haben, etwas unbeholfen so etwas wie eine Umarmung.

«Erhol dich gut», sage ich dabei. Mein Vater hält mich mit seinen Armen dabei so kunstvoll auf Distanz, dass ich lachen muss.

«Warum lachst du?», fragt er.

«Ach, nur so.»

Dann versucht er die Zimmertür zu öffnen, hält allerdings seine Magnetkarte mehrmals hintereinander falsch herum vor die Klinke. «Kann man nicht mal hergehen und vernünftige Schlüssel aushändigen?», brummt er nervös.

Ich versuche ihm zu helfen, da harscht er mich an: «Lass das, ich bin doch noch kein alter Tattergreis.»

Eine gefühlte Stunde später gelingt es ihm, die Tür zu öffnen, und ich sehe durch den Spalt meine Mutter friedlich schlafend auf dem Bett liegen, sodass ich mich guten Gewissens in mein eigenes Zimmer zurückziehen kann.

Ich öffne die Tür und werde von einer riesigen Vagina begrüßt.

Auf einem Flachbildschirm. Davor sitzt gebannt mit offenem Mund ein siebenjähriger Junge, der keine Anstalten macht, seine Augen von diesem Schauspiel abzuwenden. Laurin hat, wie es scheint, Bekanntschaft mit dem Hotel-Pay-TV-Angebot geschlossen. Ich stürme zum Fernseher, schalte ihn hektisch aus und frage verärgert, wo denn Melina sei.

«Die ist unten in der Bar», antwortet er, während die Hunde freudig japsend an mir hochspringen.

Ich rufe bei der Rezeption an und lasse die Bezahlsender sperren. Zu spät zwar, aber besser jetzt als nie mehr.

Laurin deutet auf meine verschmutzte Hose. «Was hast du denn gemacht?», fragt er.

«Bin ausgerutscht», antworte ich und entscheide mich, zum einen nicht von Schüssen auf Beerdigungen zu berichten und zum anderen auf ein erstes Aufklärungsgespräch zu verzichten. Es ist jetzt nicht die Zeit dafür, zu erklären, dass im wirklichen Leben nicht alle Frauen in durchsichtigem Nachthemdchen einem Handwerker zunächst die Tür und wenig später die Beine öffnen.

«Komm, wir gehen mit den Hunden raus», befehle ich ihm. Ein bisschen frische Luft wird der verdorbenen Jungenseele guttun.

«Och nöööö, kann ich nicht noch ein bisschen fernsehen?»

«Du kommst mit, keine Diskussion.»

Melina sitzt lässig bis damenhaft an der Bar und schlürft verwegen an ihrem dritten Cocktail. Es steht ihr, ich verbiete ihr aber trotzdem die Bestellung eines vierten. Dies sage ich auch dem Barkeeper, der sich unterwürfig dafür entschuldigt, einer Minderjährigen Alkohol ausgeschenkt zu haben. Er habe sie für zwanzig gehalten. Das braucht auch kein Nachspiel zu haben, er müsse eben nur die Cocktails von der Rechnung löschen. Er nickt stumm. Melina verdreht die Augen und trinkt zum Abschluss eine legale Cola.

Auch ihr erzähle ich erst einmal nichts von den Vorfällen auf der Beerdigung. Wie das in Zukunft zu handhaben ist, weiß ich noch nicht. Gerade in solchen Momenten fehlt mir Franziska sehr.

Nach einem kurzen Spaziergang mit Laurin und den Hunden durch Abgase und Nieselregen und nach all dem, was in den letzten Stunden geschehen ist, sehne ich mich intensiv nach so etwas wie Ruhe oder Entspannung. In unserem Familienzimmer scheint das nicht möglich. Zu sehr nerven mich laufende Fernseher, zappelige Siebenjährige oder schnippische Pubertierende.

So beschließe ich kurzerhand, den Wellness-Spa-Bereich unseres Hotels aufzusuchen. Warum auch nicht: Dafür ist er doch da.

Ich fackele nicht lange und lasse mir an der Rezeption einen weißen Bademantel in Einheitsgröße reichen und Badeschuhe, die diesen Namen nicht verdienen. Den Bademantel trage ich bei meiner Körpergröße von eins neunzig als keckes Minikleid.

Trotzdem freue mich nun auf den ersten Moment der Ruhe, seit ich heute früh aus dem Bett stieg, betrete den Wellnessbereich, dusche mich kurz ab und setze mich in eine Sauna, in der ständig albern das Licht wechselt.

Ich schließe die Augen, atme tief durch, beginne zu schwitzen, komme tatsächlich ein kleines bisschen zur Ruhe, da höre ich von einer der beiden älteren Damen, die über mir auf der Bank schwitzen:

«Haste das gehört vom Günndä?»

«Puuh ja, schlimm, gelle?»

Oje, Landsmänninnen, denke ich. Hessinnen. Muss ich nach Berlin fahren, um am Abend in der Sauna Hessisch zu hören? Offenbar ist es so.

«Duut der einfach zum Arzt gehe, Routinedings ... und zack, Kräpps.»

«Näh, net Kräpps, Hirntumor.»

«Na, das ist doch das Gleische. Macht de Bock aach net fett, oder net?»

«Drei Woche späder ist er dooht. Zack!»

«Schlimm, schlimm!»

«So schnell kann's gehe.»

«Kerlekerle.»

«Hör mir uff.»

Ich höre auch uff, verlasse schon nach vier Minuten die Sauna, dusche mich ab, umbademantele mich wieder mit meinem neckischen Kleidchen und batsche in meinen Einweg-Badeschläppchen den Weg zurück ins Hotelzimmer.

Am nächsten Morgen geht es meiner Mutter körperlich viel, psychisch allerdings so gar nicht besser. Sie wolle sofort abreisen aus dieser grausamen Stadt, in der wahllos auf Beerdigungen herumgeschossen wird.

Kurz versuche ich noch, sie von diesem überhasteten Beschluss abzubringen, doch schnell ist klar, dass ich keine Chance habe. Und ein klein wenig kann ich sie auch verstehen.

«Ich glaube, dein Vater braucht nun die Ruhe des Vogelsberges. Er muss sich da jetzt dringend erholen», sagt Mutter, doch ich bin sicher, dass sie von sich selber spricht.

Mit gepackten Koffern und gehetztem Blick steht sie in der Lobby, während mein Vater an der Rezeption die eigentlich noch ausstehende Nacht kostenfrei zu stornieren versucht. Nach einer kurzen Diskussion mit einem zu häufig lächelnden großzahnigen Hotelangestellten erreicht er schlussendlich sein Ziel. Ich bringe das Gepäck zu dem vor dem Eingang wartenden Taxi, und meine Eltern begeben sich auf ihre überstürzte Heimreise.

JVA Butzbach, 18. 4. 1992

kirsten! ich konnte nicht schlafen heute nacht. weil ein gedanke mir nicht aus dem kopf gehen wollte. was wäre passiert, wenn ich dich nicht gerettet hätte? was hätte dein vater mit dir gemacht? ich hätte das nicht ertragen können. ich hätte dich ihm niemals überlassen. es war mir egal, was unsere eltern über uns dachten. das weißt du. was wussten die schon über uns? überhaupt wusste niemand was über uns. ich hab immer mitbekommen, wie die männer bei der arbeit über mich redeten. über uns redeten. sollten sie doch. lachen, ihre witze machen. sie haben eben keine ahnung, was es bedeutet, füreinander bestimmt zu sein. manchmal, wenn du nicht um punkt 4 bei der lichtung warst, sondern erst um vier nach oder so, dann waren das die schmerzhaftesten minuten meines lebens. die waren länger als die drei jahre bisher hier im knast. ich stellte mir vor, dass dir etwas passiert war oder schlimmer: dass du gar nicht mehr kommen willst. da wurde meine kehle immer ganz trocken.

ich weiß, dass du jetzt gerade an mich denkst, ich weiß es. ich tue hier nichts anderes. die schläge, die ich hier einstecke, machen mir nichts aus. jedes mal, wenn mir dieser mirko-wichser ins gesicht schlägt, stelle ich mir dich vor und höre deine stimme. jeder schlag bringt mich näher zu dir. für dich, mein engel, stecke ich das alles ein. das ist kein problem. und ich weiß, dass du das auch tun würdest. dein maik

Kapitel 5

Die Polizeidirektion 2 in Berlin-Charlottenburg macht für einen Sehrkleinstädter wie mich schon so einiges her. Ein riesiger Bienenstock, in dem unzählige Polizeibeamte geschäftig umherrennen und dabei vermutlich im Sekundentakt die ganz großen Dinger aufklären. Hier geht es rund um die Uhr um Mord, Mafia und Menschenhandel, da bin ich mir sicher. Da ist es bei uns etwas anders. Ruhiger, will ich mal sagen. Es ist durchaus beeindruckend, wenn zum unmittelbaren Einsatzbereich das Olympiastadion, die Waldbühne oder das Internationale Congress Centrum zählt. Wir haben solche Dinge im Vogelsberg eher nicht. Statt ICC heißt es bei uns DGH. Dorfgemeinschaftshaus!

Dementsprechend klein und provinziell fühle ich mich, während ich im Wartebereich dieses irrsinnig großen Baus auf Miriam warte und zwei nervös hechelnde Hunde an der Leine vergeblich zum Sitzen zwinge. Berlusconi hörte noch nie gut auf meine Kommandos, und Charlie lernt sehr viel von seinem Vater. Verlässlich springen sie zu jedem «Sitz»-Ausruf an mir hoch und erwarten eine Leckerli-Belohnung.

Ich bin froh, dass mich gleich Miriam abholen wird und ich ihr Büro nicht alleine suchen muss. Ich würde kläglich scheitern, sodass über Lautsprecher durchgesagt werden müsste:

«Der kleine Henning Bröhmann aus dem winzigen, provinziellen Oberhessen hat sich bei der großen Berliner Polizei verlaufen und möchte bitte von seiner ehemaligen Assistentin Miriam Meisler, die inzwischen den Absprung in die Weltstadt geschafft hat, im Spieleparadies abgeholt werden.»

Während ich weiter warte und Charlie unaufhörlich vor sich hin fiept, denke ich an meinen Arbeitsalltag zu Hause: an meinem Kollegen Teichner, den ich nun seit neun Jahren fast täglich sehe und fast genauso lange hasse. O. k., Hass ist ein starkes Wort, ich weiß, doch Abneigung wäre ein bisschen untertrieben. Er könnte einem eigentlich auch leidtun oder zumindest egal sein. Doch dann dürfte ich nicht so eng mit ihm zusammenarbeiten. Manchmal allerdings, zugegebenermaßen äußerst selten, hat es auch etwas Gutes, jemanden wie Teichner im Team zu haben. Ich kann mich zu jeder Zeit über ihn ärgern und zur Belohnung anschließend hemmungslos mit meinem geschätzten Kollegen Markus Meirich lästern. Fiele das weg, entstünde da eine Lücke, und ich würde diese vermutlich am Ende mit Selbstbeschimpfung kompensieren. Das wäre nicht gesund. So jemand wie Teichner würde hier in dieser Westberliner Polizeidirektion niemals überleben können. Davon bin ich felsenfest überzeugt.

Ich stelle mich vor ein Schwarzes Brett und überfliege flüchtig die Aushänge. Ich bin kein sonderlich religiöser Mensch, und auch Schicksalsgläubigkeit ist mir eher fremd, doch dass ich während all dieser Gedanken in diesem Moment die Stellenausschreibung entdecke, halte ich nun einfach mal für Bestimmung.

Ein Polizeihauptkommissar wird gesucht. Ab September. Unbefristet. Aha.

Und hier, liebe Berliner, hört mal her, hier steht er, euer zukünftiger Hauptkommissar. Warum mich immer kleiner machen, als ich bin? Warum immer von mir selber behaupten, dass ich kein guter Polizist sei? Wer hat denn in den letzten beiden Jahren all diese Morde im Vogelsberg aufgeklärt? Ich! Also fast, okay, manchmal mischte auch Kommissar Zufall etwas mit. Oder Kollegen halfen. Aber egal, warum mich nicht einfach mal was trauen?

«Henning?»

Warum nicht einfach mal die Scheiß-Heimat hinter sich lassen? Ich bin jetzt vierzig! Wenn nicht jetzt, wann dann? Nicht immer alles zerdenken, einfach mal machen, Herr Bröhmann. Also, der Entschluss steht fest!

«Henning, huhu?»

«Wuff!»

Ich werde mich hier bewerben. Punkt! Und ich weiß, jawohl, ich werde sie bekommen, diese Stelle. Denn es ist kein Zufall, dass ich an diesem Tag in diesem Moment an diesem Ort stehe und diesen Aushang sehe. Und es ist erst recht kein Zufall, dass gestern diese Schüsse fielen und dass dann auch noch Miriam Meisler aufgetaucht ist.

«Hallooo, Häääänning.»

Nein, das alles sind Zeichen. Zeichen der anstehenden Veränderung. Weltstadt, ich komme! Ich weiß, du hast auf mich gewartet.

«HENNING!»

«WUFFWUFF!»

Ich zucke zusammen. Berlusconi bellt, und Miriam steht hinter mir.

«Oh, ja, hallo, ah, da bist du ja ...»

Sie blickt mich gleichermaßen prüfend wie spöttisch an: «Alles klar bei dir?»

«Ja sicher, warum denn nicht?»

«Weil ich dich schon ein paarmal angeredet habe und du nicht reagiert hast.»

«Oh, Entschuldigung, ich war etwas in Gedanken.»

Wir umarmen uns zur Begrüßung, und ich gebe ihr intuitiv einen Kuss auf ihre Wange. Miriam lächelt gelassen, und in mir flackern kurz hitzige Bilder unserer Liebesnacht auf. Sachlich machen wir uns dann aber auf den Weg zu ihrem Büro. Die Hunde zerre ich mit. Beziehungsweise sie mich. Währenddessen blicke ich mich immer wieder um und weiß: Das, mein lieber Henning Bröhmann, wird vielleicht nicht alles mal deins sein, das nicht, aber arbeiten, arbeiten wirst du hier!

In Miriams Büro sitzt ihr Kollege und Vorgesetzter Rafael Brunschel, mit dem ich ja bereits auf dem Friedhof das Vergnügen hatte.

«Guten Tag», sage ich mit betont fester, selbstbewusster Stimme und halte ihm die Hand hin.

«Momendle noch», sagt er, ohne vom Computer aufzublicken. Ich ziehe meine Hand zurück, stehe wie ein Schulbub vor ihm, blicke auf sein dünnes Haar und auf das hochgegelte schwarze Resthaarzipfelchen über seiner Stirn

«So», schmettert er dann, blickt zu mir auf und ruft: «Aaaaah, unser Vögelsberger Kolleeehsch.» Das Wort «Kolleeehsch» wiederholt er noch mal, sodass mir bitter klar wird, dass er den hessischen Dialekt scherzhaft zu imitieren versucht. Er landet damit allerdings weder bei mir noch bei Miriam. Ich lächle wenigstens höflich.

«Dit ist schon a weng beeindruckend hier, was?», sagt er, breitet dabei seine Arme aus und dreht sich um die eigene Achse.

«Wieso, was meinen Sie?», frage ich nach.

«Na ja, icke weeß doch, wie das ist. Wenn man vom Land kommt. Dit war ein Kuldurschock, als icke vor ein paar Jahren ausm Frrränggischen hierherkam. Icke bin auch vom Dorf, wissen Se? Aus der Nähe von Erlangen, Nürnberch, die Egge ... Ich hab schon a weng gebrrrraucht, mich zu assimilieren, wenn Sie wissen, was ick meene.»

Brunschel spricht wie Lothar Matthäus in der Rolle des «Hauptmanns von Köpenick». Wenn sein antrainiertes Berlinerisch ähnlich gekonnt ist wie der klägliche Hessisch-Versuch, wird er bei seinen Kollegen ganz oben auf der Beliebtheitsskala stehen.

«Ich schlage vor, wir fangen mal an», unterbricht Miriam ihren Chef in erfrischend klarem Hochdeutsch. «Wir haben bisher eigentlich nur Fragen und keine Antworten. War es ein gezielter Mordanschlag? Und wenn ja, wen sollte er treffen? War der Tote, Roland Dürrstein, das Ziel des Täters? Steht die Tat in Zusammenhang mit dem Beerdigten, also mit Viktor Gummer? Dürrstein war Gummers Neffe. Er war kein Polizist, sondern Bauingenieur und lebte in Braunschweig. Sollte es die Polizei im Allgemeinen treffen? Oder waren es wahllos abgefeuerte Schüsse? Es waren allerdings nur deren zwei, die beide in die gleiche Richtung zielten, sodass man einen klassischen Amoklauf ausschließen kann.»

Miriam macht eine kleine Pause und studiert mit der ihr eigenen Ruhe ihre Aufzeichnungen. Ich spüre einen stechenden Schmerz in der linken Brusthälfte und gehe selbstverständlich von einem Herzinfarkt aus. Wie immer denke ich nie an Muskelverspannungen und dergleichen. Ich denke in diesen Dingen immer an das Schlimmste. Ich hatte schon 47 Infarkte, 18 Schlaganfälle, 32 Hirntumore. In meiner Phantasie.

Diesmal aber ist es ernst. Da bin ich sicher. Mein Herz schlägt schneller, ja, es rast. Ich will mir aber nichts anmerken lassen. Nicht vor diesem berlinfränkischen Hessenparodisten.

«So kommen wir zwangsläufig zu dir und deinem Vater, Henning», fährt Miriam fort. «Wie schon gesagt, beide Schüsse wurden in die gleiche Richtung abgefeuert, könnten also auch euch gemeint haben. Wir können das nicht ausschließen, auch wenn es sehr unwahrscheinlich ist. Schließlich muss man nicht nach Berlin reisen, um euch umzulegen, das kann man vermutlich doch besser bei euch im Vogelsberg erledigen, ist doch deutlich überschaubarer», witzelt sie und erwartet von mir eine entsprechende Reaktion. Doch ich bin damit beschäftigt, meinen Infarkt zu vertuschen, und schwitze stark.

«Alles o. k., Henning?», fragt sie.

«Dit war doch nur ein Spässla», fügt Brunschel hinzu, und erst jetzt fällt mir auf, dass er die hässlichste Brille trägt, die ich jemals gesehen habe.

«Jaha, ich weiß», presse ich heraus und versuche, dabei die Contenance zu wahren. Schließlich werde ich hier bald arbeiten, und da wäre es blöd, wenn ich nun gleich vom Stuhl kippte.

«Habt ihr denn schon irgendwelche Verdächtigen?», frage ich, bemüht, die Aufmerksamkeit von mir zu lenken.

«Wie haben elf Leute verhört, die sich zur Tatzeit in der Nähe des Friedhofs aufhielten. Einige Kollegen haben nach den Schüssen schnell reagiert und sie vernehmen können. Es ist so gut wie ausgeschlossen, dass einer von denen der Täter war.»

Brunschel streichelt Berlusconi. «Dit ist ja ein janz Lieber ... wie heißt der denn?»

«Knurr», sagt Berlusconi, und das sagt er sonst eher selten. Doch er hat eine gute Menschenkenntnis.

«Fiffi», antworte ich matt, um Nachfragen zu vermeiden.

Miriam nimmt den Faden wieder auf. «Es ist bisher wahnsinnig schwer, ein Motiv zu finden, da wir ja noch nicht einmal wissen, ob das Todesopfer überhaupt getroffen werden sollte. Wir tappen da also extrem im Dunkeln.»

Noch immer will sich dieses innere Rasen, dieses hektische Aufgeregtheitsgefühl in mir nicht legen. Noch immer schlägt mein Herz viel zu schnell.

Jetzt schaltet sich Brunschel ein: «Wir beginnen unsere Ermiddlungen, indem wir einfach mal davon ausgehen, dit es keen Zufall war, dass der Mord auf der Beerdigung von Viktor Gummer geschehen ist. Dass die Dahd also mit Gummer in Zusammenhang steht. Wie gut kannten Sie denn den Gummer?»

«Was, ich?», haspele ich wirr. «Gar nicht, also so gut wie gar nicht. Mein Vater kannte ihn von früher, er hat jahrelang mit ihm zusammengearbeitet. Vielleicht waren sie auch so etwas wie Freunde. Viel mehr weiß ich da auch nicht.»

«Wir sollten dann auch sehr bald mit deinem Vater reden, sobald er sich wieder etwas von dem Schock erholt hat», sagt Miriam und pumpt einen Pappbecher Kaffee in einem Zug ab. «Vielleicht kann ich ihm ja später ein paar Fragen in eurem Hotel stellen?»

Als ich darauf zu bedenken gebe, dies ginge nicht mehr, da meine Eltern heute früh bereits abgereist seien, lese ich an Miriams und Brunschels Blicken ab, dass es wohl ein Fehler gewesen ist, dies zuzulassen.

«Dit ist aber nun schon a weng bleed», bemerkt Brunschel und schüttelt mit dem Kopf. Eine etwas peinliche Stille tritt ein, die so lange anhält, bis Berlusconi einen mit Kaffeetassen beladenen vorbeihuschenden Polizeikollegen anbellt.

«Berlusconi, ruhig!», blaffe ich ihn an.

«Berlus... was?», fragt Brunschel und schüttelt darauf noch mehr seinen Kopf.

Kapitel 6

• • •

Ich habe ein schlechtes Gewissen. Ich wollte meinen Kindern Berlin zeigen, mit ihnen richtig viel Zeit verbringen, Spaß haben, auf andere Gedanken kommen.

Stattdessen musste ich Melina bitten, auf ihren Bruder aufzupassen, während ich im Charlottenburger Polizeipräsidium herumturne.

Und schon wieder protestierte sie nicht, was mich erneut mehr als verwunderte. Sie sagte einfach: «Klar, kein Problem. Ich geh dann einfach mit ihm zu dem Madame-Tussaud-Dingsbums.»

Was ist denn da eigentlich los? Melina war in den letzten Jahren der fleischgewordene Protest. Sie pubertierte alles in Grund und Boden, war patzig, laut, unverschämt und in der Schule schlecht. Doch seit ein paar Monaten ändert sich da etwas. Sie ist ruhiger, höflicher und mitunter sogar direkt hilfsbereit. Immer wieder packt sie im Haushalt mit an, ohne dass ich sie dafür bezahlen muss. Damit kann ich kaum umgehen, es ist so ungewohnt. Zu gut hatte ich mich auf das puberale Dauerfeuerwerk eingestellt, und nun höre ich nicht einmal mehr ihr «Hohh Mann».

Nur in der Schule, da ist sie immer noch schlecht. Gott sei Dank, wenigstens diese Konstante bleibt.

Sie liegt auf Bauch und Hotelbett und blättert in einer Berliner Szene-Zeitschrift, die in unserem Zimmer auf einem runden Glastisch ausgelegt wurde. Laurin ist soeben auf seinem Beistellbett eingeschlafen, ich sitze auf dem Hotelsessel, trinke einen hellroten Minibar-Rotwein, der genau so schmeckt, wie er aussieht, und grüble darüber nach, ob ich es Melina nicht schuldig bin, ihr von den Schüssen auf der Beerdigung zu erzählen.

Nachdem ich die Charlottenburger Polizeidirektion mit beiden Hunden am Mittag verlassen hatte, verabredete ich mich mit meinen Kindern am Brandenburger Tor und verbrachte endlich mal mit ihnen die Zeit in der Art, wie es sich für einen Touristen-Vater aus der Provinz geziemt. Wir ließen uns, ohne zu zögern, mit fremden Männern in falschen russischen Uniformen fotografieren und bezahlten auch noch Geld dafür. Wir besichtigten die lange Schlange vor dem Reichstag und liefen hinüber zum Kanzleramt, wo wir vergeblich auf Angela Merkel warteten. Dann ließen wir uns sogar in einer affigen Rikscha zum übermotivierten Sony Center kutschieren, dessen Größe vor allem Laurin tief beeindruckte. Für ihn war bisher die Einkaufsgalerie von Gießen das höchste der Gefühle. Anschließend erklärte ich ihm, dass das Holocaustdenkmal mit den vielen Steinen nicht zum Versteckspielen einladen soll. Dann fuhren wir zum Alexanderplatz, bestiegen nicht den Fernsehturm, gingen auch nicht über Los, aßen aber stattdessen überteuertes wässriges Eis und schauten einem Straßenpantomimen zu, der mit seinem Herumgehample nichts anderes verdiente als einen leeren Hut.

Nach einem abschließenden Besuch der Altberliner Traditionsgaststätten Starbucks und Subways kehrten wir zufrieden und erschöpft in unser von meinen Eltern gesponsertes Vier-Sterne-Hotelzimmer zurück.

Auch die Hunde sind müde und schnarchen mit Laurin gemeinsam ein fröhliches Lied. Gerade beschließe ich, Melina doch nichts von den Friedhofsschüssen zu erzählen und ihr somit ein weiteres Drama zu ersparen, da richtet sie sich auf dem Bett auf, lehnt sich mit dem Rücken an die Wand, blickt mich eine Weile mit gerunzelter Stirn an und fragt dann: «Was war denn da gestern los auf der Beerdigung?»

«Was, wieso?», stammele ich nervös.

«Na, irgendwas muss doch passiert sein. Oder warum sind Oma und Opa so schnell abgereist?» Sie fixiert mich mit ihren blauen Augen.

Ich versuche gelassen zu wirken und antworte: «Oma ging's doch schlecht, da hast du doch mitbekommen. Sie hatte sich doch den Magen verdorben, da wollte sie halt schnell wieder heim ...»

«Hmm», macht Melina skeptisch und wartet eine kurze Weile, ob da vielleicht nicht noch was kommt. Da ich jedoch schweige, dreht sie mir den Rücken zu und legt sich wieder auf den Bauch, um weiter in den Hotelzeitschriften zu blättern.

«Danke, dass du dich heute so um Laurin gekümmert hast», flüstere ich ihr leise zu, um Laurin nicht zu wecken. «Und danke überhaupt dafür, dass du mich in letzter Zeit so gut unterstützt.»

«Kein Problem», nuschelt sie, ohne sich umzudrehen.

«Morgen müssen wie ja hier aus dem Hotel raus, ne?», versuche ich das Gespräch etwas krampfhaft aufrechtzuerhalten. «Die Pension, in die wir dann ziehen, die ist dann nicht mehr so, na ja, so luxuriös ...»

«Kein Problem.»

Dann klingelt mein Handy. «Miriam mobil» kündigt sich an. «Ah, ich muss noch mal kurz telefonieren», flöte ich meiner Tochter zu und husche auf leisen Sohlen zur Zimmertür. «Bin gleich wieder da, ist, äh, wichtig ...»

«Kein Problem», sagt Melina, während ich die Tür schließe und im Hotelflur Miriams Anruf entgegennehme.

Ob ich meinen Vater schon erreicht hätte. Nein, antworte ich, ohne zu sagen, dass ich es auch gar nicht versucht habe.

«Ich habe vorhin in Ruhe mit Viktor Gummers Frau reden können, nachdem sie sich von ihrem Schock ein wenig erholt hat. Ich war bei ihr», berichtet Miriam. «Sie erzählte, dass ihr Mann kurz vor seinem Herztod seltsam nervös gewesen sei und auf ihre Nachfragen merkwürdig unwirsch reagiert habe.»

«Nervös?»

«Ja, sie erwähnte, dass ihn irgendetwas vor seinem Tod belastet hätte.»

«Worauf willst du hinaus?», frage ich.

«Ich gehe einfach im Moment der Idee nach, dass die Schüsse nicht wahllos abgefeuert wurden. Es sollte Viktor Gummer geschadet werden, selbst nach seinem Tod. Ihm sollte sozusagen eine friedliche Beerdigung vereitelt werden. Seine Familie sollte noch mehr Schaden erleiden. Das ist meine Theorie. Und das ist dem Täter gelungen. Der Neffe ist tot. Nun befürchten wir, dass noch weitere Familienangehörige in Gefahr sind.»

«Oje», sage ich. Mehr fällt mir dazu nicht ein.

«Seiner Frau und der Familie Dürrstein wurde Polizeischutz gewährt», fährt Miriam atemlos fort. «Und nun machen wir uns auf dic fröhliche Suche nach etwaigen Feinden von Viktor Gummer.»

«Konnte dir seine Frau da Anhaltspunkte geben?», frage ich.

«Nee, eigentlich nicht, das wird wohl eine lange Suche. Aber es geht nun noch um etwas anderes. Es geht darum, was es zu bedeuten hat, dass Viktor Gummer vor seinem Tod von seiner Frau als nervös und angespannt empfunden wurde. Das könnte bedeuten, dass er vielleicht Kontakt mit dem Mörder vom Friedhof hatte. Vielleicht wurde er bedroht oder Ähnliches.»

Miriam spricht mit mir, als wäre ich noch ihr Kollege. Dabei habe ich mit diesem Fall doch beruflich rein gar nichts zu tun. Ich bin Provinzbulle aus dem Vogelsberg und weiß momentan auch überhaupt nicht, ob ich das alles so genau wissen will. Im Moment jedenfalls möchte ich viel lieber wieder zurück ins Zimmer zu meinen Kindern und mit ihnen Urlaub in Berlin machen. Doch irgendwie schmeichelt mir auch das Vertrauen, das sie mir da entgegenbringt. Das Freundschaftliche zwischen uns tut gut, auch wenn wir bisher keine Zeit hatten, über Privates zu sprechen, geschweige denn über ihren Chef Brunschel zu lästern. Wie auch?

«Wer weiß», sage ich einfach mal ins Blaue hinein, «vielleicht ist Viktor Gummer gar nicht sooo wahnsinnig natürlich gestorben. Vielleicht wurde er bedroht und zum Herzschlag sozusagen getrieben.»

«Ja, durchaus möglich», murmelt Miriam. «Ich werde auf jeden Fall mal mit Gummers Arzt sprechen. So, ich muss jetzt mal Schluss machen. Will noch ein paar Akten durchgehen und ...»

«Streber!», unterbreche ich sie.

Miriam kichert ein wenig, erinnert mich dann aber noch einmal in aller Ernsthaftigkeit daran, ich solle meinen Vater schon einmal darauf vorbereiten, dass er sich gleich morgen früh für Fragen der Berliner Polizei zur Verfügung zu stellen habe, und beendet danach unser Gespräch.

Ich kehre ins Zimmer zurück und stelle fest, dass inzwischen auch Melina eingeschlafen ist. Es ist kurz vor zehn, und ich beschließe, in der Hotelbar noch ein Glas Wein zu mir zu nehmen. Ich notiere dieses Vorhaben auf einen Zettel, lege ihn neben Melina, küsse sie auf die Stirn und mache mich auf den Weg.

In der nahezu lasziv abgedunkelten Bar setze ich mich an den letzten freien Tisch, bestelle ein Glas Grauburgunder, höre darauf zu meiner Freude ein stilvolles «Sehr wohl, der Herr», lehne mich zurück, schließe die Augen und atme tief durch.

«Ist dieser Platz noch frei?»

Als ich die Augen wieder öffne, blicke ich in das massiv geschminkte Gesicht einer üppig frisierten Dame um die sechzig. «Es ist sonst alles voll hier. Es ist doch in Ordnung, wenn ich mich noch dazusetze?»

Nein, ist es nicht, schreit es in mir. Ich hasse Dazusetzen. Schon immer, egal wo und wann, und jetzt erst recht. Ich will verdammt noch mal alleine sitzen und erst recht keine angespannte Konversation mit Fremden führen.

«Nein, kein Problem», antworte ich.

In der nächsten Stunde erfahre ich, dass die Dazusitzdame aus dem Ostharz stammt, dort auch lebt, 32 Jahre verheiratet war, ihr Mann aber leider vor drei Jahren einem Herzinfarkt beim Kegelsport erlag, sie nun endlich die Dinge tun kann, die sie schon immer mal machen wollte, Reisen nämlich und Malen, ihr Mann hätte sich darüber nämlich nur lustig gemacht, ob ich ihre Bilder denn mal sehen möchte, sie hätte einige dabei, und dass ihre Kinder in Köln lebten, sich aber nie melden würden und undankbar seien. Vor drei Wochen hat sie beim Fallschirmyoga einen sehr netten Mann kennengelernt, der will beim Sex allerdings geschlagen werden, was sie zunächst irritiert habe, nun aber nach der Lektüre aller «Shades of Grey»-Bücher sehe sie das ganz anders und ob ich so etwas auch schon mal ausprobiert hätte.

«Was?», schrecke ich aus dem selbstgewählten Koma hoch und sage, dass ich katholischer Priester sei und nun dringend meine Predigt vorbereiten müsse.

Kapitel 7

Gerade in dem Moment, als ich nach Koffer und Köter greife und mit meinen Kindern das Hotelzimmer zum Auschecken verlassen möchte, klingelt mein Handy. Unterdrückt meldet es sich. Es ist meine Mutter, das höre ich schon am Klingelton.

«Bröhmann», melde ich mich.

«Hmm? Was? Ja, ich weiß ... bist du das, Henning?»

Sie klingt etwas konfus. Also scheint alles in Ordnung zu sein.

«Ja, klar», antworte ich. «Seid ihr gut zu Hause angekommen?»

«Ja, äh, aber deswegen rufe ich nicht an, Junge. Du weißt, ich rufe dich auch nicht wegen jeder Bagatelle an. So eine von dieser Art Mütter, das weißt du, war ich noch nie. Auf der anderen Seite meldest du dich ja von dir aus nie, sodass ich dann bestimmt für deinen Geschmack zu oft anrufe und du schnell davon genervt ...»

«Quatsch, das stimmt doch so nicht», lüge ich.

«Doch! Aber darum geht es jetzt auch gar nicht, da müssen wir jetzt auch nicht drüber streiten. Ich möchte eigentlich niemals streiten, weder mit dir noch mit deinem Vater noch mit deiner Schwester, aber manchmal geht es halt nicht anders, da muss man auch mal sagen dürfen, was dem anderen nicht gefällt ...»

«Ja sicher, nur ist es im Moment gerade ...»

«Schlecht? Schlecht ist es mal wieder im Moment? Ja, ist es das? Schlecht? Wie immer! Immer, Junge, immer, wenn ich mal was von dir möchte, ist es schlecht. Nie passt es dem Herrn. Halte mich nicht für so eine dumme Mutter, die nicht merkt, wie du nach Ausreden suchst, um nicht mit mir telefonieren zu müssen. Nahein, so dumm bin ich nicht. Ist das wirklich so schlimm, mal kurz mit seiner Mutter zu telefonieren? Bin ich wirklich so ein

Drachen? Du weißt, ich bin nicht so eine Glucken-Mutter wie die anderen alle, die ständig bei ihren Kindern und Enkelkindern vor der Tür stehen. Das kannst du wirklich nicht von mir behaupten. Aber trotzdem bin ich noch deine Mutter. Ob du es willst oder nicht! Und als deine Mutter habe ich, so glaube ich jedenfalls, auch mal das Recht, dass es nicht ‹schlecht› ist, wenn ich bei meinem Sohn anrufe. Weißt du, wenn ich jetzt eine dieser anderen Mütter wäre, dann würde ich dich fragen, ob so etwas der Dank ist dafür, dass ich dich mit Liebe aufgezogen habe. Dass ich dich gegen deinen Vater immer verteidigt habe, dass ich wegen euch Kindern eben nicht fertig studiert habe. Sei froh, dass du keine Mutter hast, die dir so etwas an den Kopf wirft und dir am Ende noch Schuldgefühle macht. Ich habe so etwas nie zu euch gesagt. Aber ich habe ...» – Nun wird ihre Stimme sehr laut. – «... verdammt noch mal das Recht, dass es einmal nicht SCHLECHT ist, wenn ich bei meinem Sohn anrufe!!!»

Mit offenem Mund höre ich zu. Melina und Laurin stehen mit gepackten Koffern vor mir, die Hunde wuseln fiepend und unruhig um meine Beine, und meine Mutter dreht weiter am Rad.

«Als würde ich ständig etwas von dir wollen. Als würde ich euch nicht in Ruhe euer Leben führen lassen. Da würden sich andere Mütter schon fragen, was hat man da als Mutter falsch gemacht? Ist deine Mutter wirklich so unerträglich, dass es immer ‹falsch› ist, beim eigenen Sohn anzurufen?»

In dieser Form hat meine Mutter noch nie auf mich eingetrichtert. Natürlich nörgelt sie immer mal wieder herum, meist unterschwellig. Aber was ist denn das gerade, bitte?

So kenne ich sie wirklich nicht.

Klar, sie hätte gerne ein anderes Leben geführt als das einer Polizeipräsidentengattin. Aus einer schleswig-holsteinischen Pharmazeutenfamilie stammend, machte sie Mitte der sechziger

Jahre ein Einser-Abitur, wollte nach Frankfurt, um Germanistik zu studieren, lernte dort während der Zimmersuche meinen Vater kennen und wurde schwanger – noch bevor das Semester begann. Da zogen sie eben zusammen, mein Vater studierte, meine Mutter blieb zu Hause, so wie man es eben damals als schwangere Frau machte. Sechs Jahre später kam noch ich dazu, und wir zogen kurz nach meiner Geburt in den Vogelsberg in das sehr dörfliche Dorf nach Schotten-Rudingshain.

Um meine Mutter herum gab es immer Bücher. Wann immer sie konnte, las sie. Beim Stillen las sie, beim Wickeln las sie, beim Kochen las sie, beim Putzen las sie, wenn mein Vater über den Polizeiberuf dozierte, las sie. Sie las eigentlich immer. Meine Schwester schwört bis zum heutigen Tag Stein und Bein, dass sie Thomas Mann gelesen habe, während sie uns gleichzeitig Tom Sawyer und Huckleberry Finn vorlas. Bricht sich da gerade ein unerfülltes Leben Bahn?

«Mutter», versuche ich sie zu besänftigen, «du tust mir da unrecht. Es ist *wirklich* gerade schlecht, ich ...»

«Siehste!»

«Nein, nix siehste, wir stehen hier mit den Koffern im Zimmer und müssen nun auschecken. Ich rufe dich dann in einer Stunde an, dann ...»

«In einer Stunde?», schreit sie nun. «Wie soll ich das denn aushalten?»

Inzwischen ist ihr Schreien nahtlos zum Heulen übergangen.

«Mutter, bitte, was ist denn eigentlich los?»

«Was los ist?»

«Ja!»

«Dein Vater ist verschwunden. Das ist los.»

Pause.

«Er ist was?»

«Verschwunden! Ich mache mir Sorgen! Er ist nicht von seinem Morgenspaziergang zurückgekehrt!»

Ich frage vorsichtig, ob es nicht möglich sei, dass er einfach eine etwas längere Runde läuft.

«Nein», schreit meine Mutter wieder. «So ein Quatsch, er geht seit zwanzig Jahren niemals morgens länger als eine knappe Stunde. Und nun ist er schon zwei Stunden weg!»

«Warum sagst du das denn nicht gleich?»

In diesem Moment beginne ich mir Sorgen zu machen. Vielleicht ist er zusammengebrochen, hat einen Herzinfarkt oder Schlaganfall oder beides erlitten.

«Ich wollte es dir ja gleich sagen. Aber bei dir war es ja gerade so ‹schlecht›! Dein Vater ist verschwunden, und ich muss bei meinem Sohn um zwei Minuten Gesprächszeit betteln.»

Ich versuche die letzte Bemerkung, so gut es geht, zu ignorieren.

«Es ist bestimmt was Schlimmes passiert», presst sie zitternd hervor, «Herzinfarkt oder Schlaganfall oder so.»

«Quatsch», belle ich. «Der kommt bestimmt gleich nach Hause. Hat sich bestimmt irgendwo verquatscht oder so ...»

«Verquatscht? Dein Vater? Dein Vater soll sich verquatscht haben? Was für ein Quatsch! Da sieht man, wie gut du deine eigenen Eltern kennst. Du weißt doch gar nichts mehr über uns ...»

«Natürlich», protestiere ich.

«Quatsch!», schreit meine Mutter und legt auf.

Inzwischen haben sich meine Kinder auf den Boden gesetzt und den Fernseher eingeschaltet. Es läuft eine Wiederholung des «Quatsch Comedy Club».

Was nun, Herr Bröhmann?

Ich weiß es nicht. Ich stehe stumm in der Hotellobby und weiß einfach nicht weiter. Die Hunde zerren an den Leinen, wollen raus, die Kinder stehen vor mir und blicken mich ermattet an. Sieht so also der Bröhmann'sche Stadturlaub aus? Sie tun mir leid, die beiden, und ich mir auch. Wir haben etwas anderes verdient. Wenn Laurin und Melina wenigstens herumnölen und über ihr Schicksal hadern würden, dann wäre es leichter für mich. Ich könnte auf etwas reagieren. Doch sie schonen mich, und das fühlt sich am schlimmsten an.

Jede Sekunde hoffe ich, dass mein Handy klingelt und meine Mutter mitteilt, dass er wieder heimgekehrt sei, der Herr Vater.

Melina nimmt das Zepter in die Hand. «Lass uns doch ein bisschen spazieren gehen und Eis essen oder so. Dabei können wir ja überlegen, wie es weitergehen soll. Das Gepäck lassen wir einfach noch hier im Hotel. Das geht doch, oder?»

Es ist, als würde Franziska zu mir sprechen. Es ist der gleiche Tonfall der Vernunft. Nur, dass Melina erst sechzehn ist.

So machen wir es dann.

Wir durchschreiten eine parkähnliche Grünfläche, eine Mischung aus Hundetoilette, Kinderspielplatz, Joggingstrecke und Drogenumschlagplatz.

Bad Salzhausen hat auch seine Vorzüge, denke ich, als vor uns ein betrunkener Gaukler mit nacktem Oberkörper mit Bierdosen jongliert. Berlusconi und Charlie scheißen dorthin, wo es ihnen Millionen Berliner Köter bereits vorgemacht haben.

Als wir das Eiscafé ansteuern, klingelt mein Smartphone. Hektisch ziehe ich es aus der Hosentasche, bekomme es nicht richtig zu fassen, lasse es fallen, und schon ist ein Sprung im Display. Dabei hat nicht einmal meine Mutter angerufen, sondern Miriam.

«Ist es Oma?», fragen Melina und Laurin gleichzeitig. Ich schüttele den Kopf und lasse Miriam auf die Mailbox sprechen.

Sie hat, hinterlässt sie auf der Mailbox, inzwischen mit Gummers Arzt gesprochen. Sein Herztod habe ihn überrascht, Gummer sei eigentlich in guter körperlicher Verfassung gewesen. Nun plane die Berliner Polizei, den Leichnam zu exhumieren, um genauer nach der Todesursache zu suchen. Sie möchte definitiv ausgeschlossen haben, dass Viktor Gummer Opfer eines Verbrechens gewesen sein könnte.

Mich interessiert das alles nicht mehr. Ich habe andere Sorgen und stochere lustlos in meinem Bananensplit, während meine beiden aus ihren Milchshakes schlürfen.

«Na Kinder, und? Ist doch super ... Ferien ... keine Schule und so?», durchbreche ich in übertrieben heiterem Tonfall die Stille. Melina verdreht die Augen, und Laurin sagt: «Och, ich finde Schule super. Ich vermiss den Max und den Sören.»

«Na ja, klar», murmele ich und nicke ihm zu.

Nach einer kurzen Weile fragt er unvermittelt: «Papa, was ist eigentlich Hurensohn?»

Ich zucke kurz zusammen. «Was? Wieso?»

«Das sagen so ein paar aus der Schule zu mir.»

«Wer sagt so was?»

«Ich kenn die nicht, die sind schon in der Dritten.»

Da ich weiß, dass Begegnungen mit Drittklässlern für Erstklässler eine ähnliche Bedrohung darstellen können wie angetrunkene Neonazis für ein schwules Paar aus Nigeria, nehme ich seine Bemerkung ziemlich ernst.

«Und dann sagen die noch so Sachen wie ‹Mörderkind› und so. Wegen Mama, weißte?»

Ja, weiß ich.

Nun schaltet sich in bedrohlichem Ton Melina ein: «Sag mir, wer die Wichser sind, dann komm ich mal bei dir in der Schule vorbei und gebe denen so richtig Bescheid.»

«Lieber nicht», flüstert Laurin und blickt zu Boden. «Die schubsen mich auch so rum. Einfach so. Oder wenn ich in der Pause ein Buch lese, dann nehmen die mir das weg.»

«Du liest in der Pause Bücher?», frage ich verwundert.

«Ja klar, wieso nicht?»

«Nee klar, finde ich toll, Laurin. Hatte mich jetzt nur gewundert. Das machen die anderen Jungs aus deiner Klasse wahrscheinlich eher nicht so, oder?»

Laurin schüttelt den Kopf.

Melina fragt, ob er schon mal mit seiner Lehrerin darüber gesprochen habe. Nein, dann würde er ja noch mehr Ärger kriegen. Außerdem sei er keine Petze.

«Was soll ich denn jetzt machen, Papa?»

Hau ihnen auf die Fresse und sag ihnen, dass Gewalt keine Lösung ist, würde ich am liebsten antworten. Stattdessen aber sage ich: «Wenn die dich nur hänseln, versuch das einfach zu ignorieren. Wenn sie dir aber was tun, dann komm zu mir. Dann kümmere ich mich drum.»

Laurin nickt, er scheint aber noch nicht richtig überzeugt.

«Was hat dein Papa für einen Beruf?», lege ich nach. «Hm?»

Da hellt sich für einen kurzen Moment Laurins Gesicht auf: «Polizist», sagt er.

«Nahein, nicht nur Polizist, ich bin Kriminalhauptkommissar», korrigiere ich ihn und gucke sehr, sehr wichtig.

«Na ja, so oft ist es ja auch nicht», wiegelt er ab und blickt zu Boden. «Aber was ist denn jetzt ein Hurensohn?»

Da klingelt im rechten Moment mein Telefon. Doch wieder ist es leider nicht meine Mutter. Eine Vogelsberger Nummer immerhin erscheint im Display, sodass ich das Gespräch annehme.

«Isch bin's», meldet sich eine tiefe Männerstimme.

«Wer bitte?», frage ich nach.

«Ei, isch! Erkennste misch net, Henny?»

Oh nein, bitte nicht!

«Ei, isch! Klingelt's immer noch net? Isch bin's, de Manni ...»

Ich würde nicht behaupten, dass Anrufe von Manfred Kreutzer jemals passen würden, aber jetzt passt es wirklich ganz und gar nicht.

«Unn wie?», fragt er.

«Na ja, äh ...», stammele ich.

«Es muss, gelle? Als weiter, sach isch immer.»

Manni Kreutzer, ein Mann, der vor seinem recht frühen Vorruhestand bei einer Vogelsberger Heimatzeitung arbeitete, beehrte uns im vergangenen Jahr ein paar Wochen als Praktikant in der Polizeidirektion. Mein Vater, der ihn seit Jahrzehnten kennt, wurschtelte ihn rein, und wir durften die Konsequenzen tragen. Manni versuchte sich seit längerem im Schreiben eines Kriminalromans. Er plant eine «vierbändige Triller-Trillogie», wie er jedermann gern erzählt. Zu diesem Zweck schnappte er reale kriminalistische Luft und ließ sich von unserer gemütlichen Polizeidirektion inspirieren. Jedem, der ihm vor die Flinte kam, las er Auszüge vor, ob er wollte oder nicht. Die unfreiwillige Komik seines Werkes erschloss sich indessen leider keinem einzigen Verlag. So «unterbrach» er ein wenig frustriert seine schriftstellerischen Ambitionen und konzentrierte sich seitdem stärker auf die zweite Karriere als Countrymusiker. Mit seiner Combo «Manni & The Overhesse» zieht er durch Oberhessen, von Bierkneipe zu Bierkneipe, schmettert dort seine gewagten Eigenkompositionen, und wenn er Glück hat, kommt auch mal so etwas wie Publikum.

Manni hat den Kontakt zu mir nie abreißen lassen. Und mich hat er ja nicht gefragt. Wenn ich Glück habe, ruft er an, wenn ich Pech habe, steht er mit einem Packen Sixpack unangemeldet abends um zehn bei mir vor der Haustür.

Perverserweise mag ich ihn inzwischen sogar ein bisschen, den Manni, und manchmal treffen wir uns tatsächlich auch einmal auf ein Bier. Langweilig jedenfalls ist es mit ihm nie. Und von seiner Countryband bin ich heimlicher Fan. American Bluegrass Music auf Oberhessisch, das muss ihm erst einmal einer nachmachen.

«Hier, haste grad Internet?», röhrt er wie immer viel zu laut ins Telefon.

«Wie? Wie meinste das?»

«Ei, Indernet, kannste da grade mal rin?»

«Nee, im Moment ist gerade schlecht. Ich bin mit meinen Kindern in ...»

«Musste gugge, hier, Henny, ehrlich, musste dir angugge. Pass acht, schnall disch an. Die habbe misch genomme!»

Ich blase die Backen auf und atme tief durch. Die haben ihn genommen. Meine Kinder scheinen sich sehr zu amüsieren. So hat dieses Gespräch also doch auch etwas Gutes.

«Henny, haste gehört, genomme habbe die misch! Soll isch dir sage, wofür die misch genomme habbe?», fragt Manni weiter.

«Wer denn überhaupt?», frage ich genervt zurück.

«Ei, die von Indernet!»

Ich schweige.

«Ei, von In-der-net, die habbe misch uffgenomme, isch bin jetzt dabei, bei dene Jutupps!»

«Bei wem?»

«Jutupps!»

Was redet der Mensch?

«Ei, da wo diese viele Filmsche laufe ... schnall disch an, da isser jetzt auch dabei, dein guter Kumbel Manni!»

«Ach, *YouTube* meinst du?», wird mir dann endlich klar.

«Mit meiner Kauntri-Combo sind mir jetzt dabei. Isch fass es net, die habbe misch da wirklisch genomme. Weißte, mit dem

Grillschwenker-Song ... da sinn mer jetzt drin. Und da kannste lese, wie viel das schon angeguggt habbe, da stehe mir jetzt schon, halt disch fest, bei 38!»

Inzwischen giggeln Melina und Laurin. Vermutlich können sie Mannis Begeisterungsschreie auch mit einem Meter Abstand zum Telefon hören.

«O. k., Manni, ich schau's mir mal an und melde mich wieder, wenn ich ...»

«Das ist escht der Hammer, das Video. Hier, und das läuft net nur in Oberhesse oder in Dings ... Deutschland. Das wird *weltweit* ausgestrahlt. Isch glaub, jetzt habbe mer, wo mir auch beim Indernet so da vorne mitschwimme, ne gute Schangse, dass da mal Produzente uff misch uffmerksam werde. Weil, Henny, dieses Jutupp musste als Werbeplattform verstehe, weißtewieischmein? Maggdng!»

«Bitte?»

«Maggeding!»

Nun fuchtelt Melina mit den Händen vor mir herum, sodass ich kurz mein Handy zuhalte und sie frage, was denn los sei.

«Sag doch deinem Manni, dass ...»

«Das ist nicht mein Manni», falle ich ihr brüsk ins Wort.

Wieder kichert sie. «Ja, o. k., ich meine, frag doch deinen Manni mal, ob er nicht Opa suchen kann. Macht der doch bestimmt, oder? So langweilig, wie dem immer ist.»

Eine super Idee, da hat sie recht. Meine Kollegen von der Polizei als Suchtrupp loszuschicken wäre deutlich verfrüht. Manni aber kann man immer losschicken.

Als ich das Handy wieder an mein Ohr lege, hat Manni zu singen begonnen. Ich unterbreche ihn, schildere das morgendliche Verschwinden meines Vaters und beauftrage ihn mit der hobbypolizeilichen Suche. Manni ist Feuer und Flamme.

«Hier, Henny, du weißt, wenn Not am Mann ist, da bin isch da. Da wird net lang gefackelt. Da lass isch alles stehe und liege, da kenn isch nix. Da ist uff misch Verlass. Wenn Hilfe gebraucht wird, da zöger isch keine Sekunne. Und vor allem: unbürokratis-tisch und ... isch will dafür nix habbe, ne? Haste gehört, Henny, net, dass du dafür irgendwas zahle willst oder dergleische, lass mal stecke, gelle? Dafür kenne mir zwei uns viel zu gut, oder? Oder? Du weißt, dass du immer mit mir reschne kannst. Umgedreht weiß isch ja auch, dass ...»

«Ähm, Manni, würdest du dann ...?»

«... da weiß isch auch, wenn isch ma Hilfe brauch, eine kurzer Ruf, und du stehst bei mir uff de Matte.»

Einmal mehr atme ich tief durch. Vielleicht muss ich doch einen zu hohen Preis hierfür bezahlen.

Manni redet weiter: «Sei versischert, mein Lieber, isch werd misch da richtig rinnhänge und alles gebbe, dass isch dir da helfe kann, gelle? Das wär doch gelacht, wenn man deinen alten Herrn net wiederfinde würde, was? Vertrau mir, Henny, das kriege ...»

«Sorry, Manni, ich würde dich jetzt wirklich bitten ...»

«Nix für ungut, Henny, aber isch hab jetzt keine Zeit mehr, zu plaudern. Isch denk ma, das is auch in deinem Sinne, wenn isch misch jetzt gleisch uff die Such mache, oder? Rumplaudere, das könne mer dann ja später immer noch, gelle?»

Nun nicke ich einfach stumm, und einen kurzen Moment später legt Manni Manfred Kreutzer tatsächlich auf.

Kapitel 8

• • •

Das war es also mit unserem netten Berlin-Trip.

Es ist fast acht, wir rattern wieder auf Schienen durch Hessen und noch immer kein Lebenszeichen von meinem Vater. Miriam habe ich kurz vor unserer Abreise über die aktuelle Situation informiert. Auch sie zeigte sich besorgt. Es scheint, als ob sie sein Verschwinden mit den Schüssen auf dem Friedhof in Zusammenhang brächte. Ich verdränge diesen Gedanken, so gut es geht, und versuche, es nicht an mich heranzulassen. Verdrängen kann ich gut, auch wenn es selten dauerhaft hilft.

Wir spielen Mau-Mau. Ohne Zwei-ziehen-Verlängern. Das ist zwar langweilig, aber Laurin will das nicht, er könne so viele Karten nicht auf der Hand halten. Und es würde auch immer nur ihn treffen, da seine Schwester «mit Absicht» die 7er-Karten extra nur für ihn aufbewahren würde.

Sonst reden wir nicht viel auf der Zugfahrt. Jeder macht so sein Ding. Es rührt mich, wie Melina sich aus freien Stücken darum kümmert, dass ihr kleiner Bruder seine Sachen nirgends liegenlässt, und nun sogar wie ihre Oma auf der Hinfahrt Apfelstücke zurechtschneidet. Die Hunde fahren wieder maulkorbfrei durch Deutschland. Da sie allerdings während der Fahrscheinkontrolle friedlich schliefen, gab es diesmal keine Probleme. Ich weiß nicht, ob ich erneut die Kraft gehabt hätte, auf Verdacht dem Zugpersonal Alkoholismus zu unterstellen.

Meine Mutter dreht völlig am Rad. Sie ist außer sich vor Sorge und hat beschlossen: Ihr Mann ist tot. Meine Mobilbox ist voll von ihren Phantasien, was ihm alles passiert sein könnte. Wenn wir zu Hause sind, werde ich sofort zu ihr fahren und sie im Härtefall zu uns holen müssen. Das steht außer Frage.

Mir selbst fehlt komplett eine Vorstellung davon, was mit meinem Vater geschehen sein soll. Er war zwar noch niemals in New York, doch glaube ich weniger, dass er nach dem Berliner Vorkommnis aus seinem alten Leben ausgestiegen ist und unter falschem Namen in Lederjacke die Route 66 auf der Harley abfährt oder den Mount Everest ohne Sauerstoff besteigt. Es ist ebenso wenig davon auszugehen, dass er zu einer vierzig Jahre jüngeren schwangeren Geliebten nach Venedig gereist ist, um ab sofort täglich im Bötchen auf dem Kanal «O sole mio» zu singen. Wäre doch mein Vater nur ein ganz kleines bisschen so verwegen, dann stünden die Chancen besser, dass es ihm gutgeht. Wieder schiebe ich diese Gedanken weg und vergesse, «Mau» zu sagen.

Eine Stunde später, um kurz nach neun, steigen wir in Bad Salzhausen aus dem Zug der Hessischen Landesbahn. Während des gesamten Fußweges vom Bahnhof nach Hause sehen wir keine Menschenseele auf der Straße. Nicht einmal eine Katze macht die Hunde nervös. Wir hören auch nichts, außer Blätterrascheln. Bad Salzhausen schläft still vor sich hin und zeigt Berlin, dass man auch einfach mal die Klappe halten kann. Wir rattern mit den Rollen der Koffer über die verwaisten Straßen des Kurstadtteils und kommen uns vor wie krakeelende Ruhestörer.

Kaum zu Hause angekommen, springe ich schon in unseren drögen Golf-Kombi und rase wie ein Porschefahrer über die Landstraße, um so schnell wie möglich bei meiner Mutter in Schotten-Rudingshain zu sein.

Dort erlebe ich die nächste Überraschung: Ulrike ist da.

Ich überprüfe innerlich, wie ich das finde, und komme zu keinem Ergebnis.

Das Gefühl der Freude jedenfalls lässt sich nicht eindeutig feststellen, was daran liegen mag, dass meine sechs Jahre ältere Schwester und ich eben ein eher distanziertes Verhältnis pflegen. Das war schon immer so und ist in erster Linie wohl dem Altersunterschied geschuldet. Was soll auch schon ein dreizehnjähriges Mädchen mit einem siebenjährigen Buben anfangen? Und wenn dieser Bub dann auch noch in den Stunden, in denen die Eltern abends zu Polizeiorchesterkonzerten ausgingen, aus Angst vor dem Alleinsein keinen Millimeter von der Seite der Schwester wich, dann konnte dies eine geschwisterliche Beziehung auch mal dauerhaft belasten. Jedenfalls fanden wir auch ab der Zeit, in der ich mich dann endlich und viel zu spät in der Lage sah, zeitweise alleine in einem Zimmer zu bleiben, niemals richtig zusammen. So nimmt es mir Ulrike bis heute latent übel, dass sie es nicht wenigstens bei einem meiner Kinder zur Patentante geschafft hat.

Ihr rotes altes BMW-Cabrio parkt so platzeinnehmend vor dem Haus unserer Eltern, dass ich um die Ecke in ein Nachbarsträßchen fahren muss, um mein Auto abzustellen.

Ich betrete den Eingangsflur, und ehe ich mich's versehe, stürmt meine riesige, 1,87 große Schwester Ulrike laut meinen Namen rufend auf mich zu und umarmt mich sehr lange und ein bisschen fest. Jedenfalls fällt das Atmen schwer.

«Ist das nicht furchtbar, Henning, ist das nicht *furchtbar?*»

Noch immer hält sie mich an den Schultern fest. «Ist das nicht furchtbar?»

Ich bejahe, befreie mich langsam aus der schwesterlichen Umklammerung, blicke in ihr leicht verheultes Gesicht und sage: «Schön, dass du da bist.»

«Ja, das finde ich auch. Aber das ist doch Waaaahnsinn, Henning, oder? Sag doch mal, das ist doch furchtbar. Als Mama anrief, bin ich soooofort ins Auto gestiegen und hierhergefahren. Maaaaine Güte, Henning, was?»

Ich finde das ja auch alles schlimm, ich mache mir auch große Sorgen. Trotzdem wünschte ich mir in diesem Moment ein bisschen weniger Drama.

«Wo ist denn Mutter?», frage ich betont ruhig.

«Sie liegt in ihrem Bett. Ich habe ihr zur Beruhigung ein paar Nadeln gesetzt.»

Nadeln gesetzt!

Ich erinnere mich, dass meine Schwester zurzeit als «Heilerin», so nennt sie das, arbeitet. Vor ein paar Jahren hatte sie sich zur Heilpraktikerin ausbilden lassen und seitdem eine Zusatzausbildung nach der anderen runtergerissen.

«Akupunktur?», frage ich zögerlich nach.

«Na, du weißt doch, dass ich nebenher auch TCM praktiziere, Henning.»

Nein, weiß ich nicht, ich nicke aber zur Sicherheit. TCM bedeutet «Traditionelle Chinesische Medizin», schon mal gehört. Und ich weiß auch, dass dies eine jahrtausendealte seriöse Wissenschaft ist, die schon große medizinische Verdienste erworben hat und immer mehr auch in den westlichen Ländern Einzug hält. Selbst eingeschworene Schulmediziner wenden inzwischen immer häufiger Akupunkturbehandlungen an. Aber eines weiß ich genauso: Mit dem Halbwissen meiner Schwester werden keine weiteren Verdienste hinzukommen. Und «nebenher», wie sie sagt, sollte man das bestimmt nicht praktizieren.

Wieder wirft sie sich mir um den Hals, wieder sagt sie, wie gut es doch sei, dass sie jetzt hier ist, und wie furchtbar aber trotzdem alles sei, und während sie ihren Körper noch fester an mich drückt, stelle ich fest, dass gegen das Tragen eines BHs ganz klar von meiner Seite aus nichts einzuwenden gewesen wäre. Aber wir haben ja andere Sorgen.

Meine Mutter liegt rücklings mit ungefähr einer halben Million Nadeln besteckt bewegungslos in ihrem Bett. Ich küsse sie kurz an ein paar Nadeln vorbei auf die Stirn und verspreche, dass alles wieder gut würde. Sie glaubt mir nicht. Es beruhigt sie auch nicht, dass ich schon mit Ludwig Körber, meinem Chef und Patenonkel, gesprochen habe und dass die Fahndung vorbereitet wird. Auch die Presse ist informiert, und ich sage noch einmal, wie sicher ich mir sei, dass er bald wieder unbeschadet zu Hause sein wird.

Dann spüre ich die riesige, gut durchblutete Pranke meiner Schwester auf meiner knöchrigen Schulter. Ulrike hält die Augen geschlossen und drückt ihren Zeigefinger auf die Lippen. Sie gibt mir mit Kopfbewegungen und aufgerissenen Augen zu verstehen, ich solle den Raum verlassen. Ich blicke sie fragend an.

«Ich muss nachstimulieren», flüstert sie mir bedeutungsschwer zu.

Aha, denke ich und verlasse das Zimmer.

Durch den Türspalt beobachte ich, wie Ulrike die gesteckten Nadeln nachjustiert und meine Mutter bei jeder einzelnen leise wimmert.

Ulrike ist kinderlos und nach meinem aktuellen Kenntnisstand alleinstehend. Sie verließ kurz nach Beendigung ihrer Schulzeit die Vogelsberger Heimat und kehrte seitdem auch nur noch zu Kurzbesuchen an Weihnachten zurück. Zunächst studierte sie Sinologie in Heidelberg, brach dies allerdings nach zwei Semestern ab, wechselte daraufhin zum Studium der Islamwissenschaften nach Kiel und machte dort im zweiten Anlauf ihren Abschluss. Danach heiratete sie einen deutlich älteren erfolgreichen ägyptischen Urologen, zog mit ihm nach London und hielt ihm bei seiner akademischen Karriere den Rücken frei. Als er allerdings mit einer amerikanischen Kollegin von Weltrang auf einem Kongress in Zürich eine Affäre begann, verließ sie ihn umgehend, ließ sich scheiden und üppig ausbezahlen. Finanziell weitgehend abgesichert, zog sie nach Dresden und machte dort aus Langeweile eine Heilpraktikerausbildung. Seitdem heilt sie oder redet auf ihre Patienten so lange ein, bis diese sich geheilt fühlen.

Während meine Mutter noch eine Weile der Akupunkturstimulanz meiner Schwester nachwimmert, verlässt Ulrike das Schlafzimmer, packt mich bestimmend am Arm und zieht mich die Treppe hinunter bis ins elterliche Rustikalwohnzimmer.

«Nimm Platz», befiehlt sie.

Langsam lasse ich mich auf einen der Sessel fallen, da schiebt sie einen zweiten dazu, nimmt breitbeinig gegenüber Platz und greift nach meinen Händen. Dafür, dass wir seit Jahren so wenig Kontakt haben, ist mir das langsam ein bisschen zu viel Körperkontakt.

Großschwesterlich, nahezu mütterlich lächelt sie mich an.

«Henny-Boy, ich muss mal ernsthaft mit dir reden.»

Henny-Boy ist das Schlimmste, was sie mir je angetan hat. So nannte sie mich vor allem dann immer, wenn ich als Vierzehnjähriger picklig-coole Jungsfreunde zu Gast hatte. Es dauerte nicht lange, da rief mich die ganze Schule mitsamt dem Lehrerkollegium «Henny-Boy».

«Was ist denn los?», sage ich etwas schroff und entziehe meine Hände dem festen Schwestergriff.

«Ich mache mir Sorgen um Mutter», jomert sie nun im Heilerinnensingsang. «Hast du nicht in letzter Zeit bemerkt, dass sie, na, sagen wir mal, etwas verwirrt ist?»

«Nicht mehr oder weniger als sonst auch, wie kommst du darauf?»

Nun schaut Ulrike noch dramatischer. Ich dachte bis zu diesem Moment, das Maximum an opernhaften Gesichtsausdrücken und Tonfällen wäre bereits erreicht.

«Nein, Henny-Boy, ich meine ...»

«Nenn mich bitte Henning!»

Wieder fasst sie nach meinen wehrlosen Händen.

«Natürlich, entschuldige bitte, ich meine das anders. Ich ahne bei ihr leider eine einsetzende Demenz.»

Innerlich koche ich. Meine feine Schwester gibt dem Elternhaus nach Monaten mal wieder die Ehre, sieht ihre unter Schock stehende Mutter ein paar dürre Minütchen, spickt sie sofort mit unzähligen Nadeln und glaubt nebenher so einfach eine Demenz-Diagnose stellen zu können.

«Ich spüre an deinem Gesichtsausdruck, du willst das nicht hören ...», sagt sie und untermalt diese Feststellung mit dauerhaftem Nicken und einem: «Ne?»

«Da spürst du richtig», keife ich zurück. Derweil spüre ich für mein Teil, wie zwei ihrer Finger sich in die Innenseite meines Handgelenks bohren.

«Was machst du da?», frage ich sie so erschöpft wie verwundert.

«Deinen chinesischen Puls fühlen ... Energie und so ...»

Energie und so. Das bringt Ulrikes medizinische Kompetenz und Seriosität wunderbar auf den Punkt.

Ulli schließt die Augen, ich beobachte ihr Tun hilflos und bin zu lethargisch, um in irgendeiner Form zu reagieren.

«Oh, dein Puls scheint mir aber sehr, sehr, sehr, sehr, sehr dünn zu sein.»

Aha. Langsam reicht es mir, und ich entziehe meine unschuldigen Hände ein weiteres Mal der schwesterlichen Umklammerung.

Ulrike lächelt wie in der Kosmetikwerbung und gibt mir großherzig zu verstehen, dass es in Ordnung sei, wenn ich mich nicht gleich auf sie einlassen könne.

«Es geht hier nicht darum, ob ich mich auf dich einlasse oder sonst einen lasse, und es geht auch nicht darum, ob du Mutter für dement hältst oder auch nicht, sondern es geht um unseren verschwundenen Vater», donnere ich ihr nun ernsthaft sauer entgegen.

«Ja, aber genau das hat ja mit Mutter zu tun», spricht Ulrike in breitgezogenen Worten weiter. «Henny-Boy, reg dich jetzt nicht auf, wenn ich dir sage, dass sie schon etwas wirr daherredet. Sie phantasiert ständig so ein wirres Zeug. Sie faselte davon, auf Vater und dich sei in Berlin geschossen worden. Und wenn ich ihr dann sagte, dass das völliger Quatsch ist, dass sie sich das nur einbildet, dann wird sie richtig pampig. Fast so aggressiv wie du gerade. Kannst du dir das vorstellen?»

Und dann steht urplötzlich eine Voodoopuppe in der Wohnzimmertür. Es ist meine noch immer mit Nadeln im gesamten Körper verschandelte Mutter. Sechs im Ohr, zwei am Hals, acht an den Händen, 56 an den Unterarmen und 265 438 an den Füßen.

«Muuddili», jault Ulrike, wuchtet ihren Körper aus dem elterlichen Sessel und stürzt auf sie zu. «Du musst doch liegen bleiben.»

Meine Mutter sagt mit klarem Blick und fester Stimme: «Ich hatte gerade die Befürchtung, du hättest mich vergessen.»

«Aber nicht doch, Muddischatz», singt Ulrike in entmündigendem Tonfall. «Wie könnte ich dich vergessen?»

«Sachma, wie redest du denn mit mir?», schnarzt Mutter sie nun scharf an, und auch ich zucke zusammen, da es ein Tonfall ist, den ich seit meiner Pubertät nicht mehr zu hören bekommen habe. «Jetzt machma halblang. Du tust ja so, als hätte ich nicht mehr alle Tassen im Schrank! Schluss jetzt damit, auch mit diesem Nadelquatsch hier. Mach die mal raus da, verdammt noch mal!»

Ulrike verlässt mit meiner erkennbar undementen Mutter das Wohnzimmer, in dem ich noch eine Weile regungslos sitzen bleibe. Die Invasion meiner Schwester, das wird mir klar, hat einen großen Vorteil: Ich muss mich nicht alleine um Mutter kümmern, und solange Ulrike hier bei ihr ist, muss ich sie auch nicht zu uns nach Bad Salzhausen holen.

Es ist spät geworden, Zeit, sich auf den Heimweg zu machen. Ich rufe kurz nach oben, dass ich erstens nach Hause zu den Kindern müsse, zweitens alles wieder gut werde und ich drittens morgen anrufen wolle.

Von oben dringen nur die Schmerzenslaute meiner Mutter.

Auf meiner Mailbox warten zwei Nachrichten, die ich gleich auf der Heimfahrt abhöre. Irgendwann, nehme ich mir währenddessen vor, irgendwann werde ich mir mal diese Freisprechanlage besorgen. Auf Dauer kommt es einfach nicht so gut, wenn ein Polizist mit Handy am Steuer durch die Gegend braust.

Die erste Nachricht stammt von Miriam. Sie hätte Neuigkeiten, die sie gerne, wenn möglich noch heute, mit mir besprochen hätte. Danach teilt Manni Manfred Kreutzer in gut sieben Minuten mit, dass er meinen Vater bis dato leider nicht gefunden habe, ich mir zum Trost aber sein neuestes Video auf YouTube anschauen dürfe ...

Ich verzichte auf diesen Trost und rufe Miriam an.

«Gut, dass du anrufst», keucht sie ins Telefon. «Hier ist die Hölle los. Gummer wurde tatsächlich umgebracht.»

Ich fahre sofort auf die Seite. «Ach du Scheiße, seid ihr sicher?»

«Ja, zu 98 Prozent. Es wurde nach der Exhumierung und neuerlichen Obduktion festgestellt, dass Gummer durch Ersticken starb. Das hat dann den zunächst diagnostizierten Herzstillstand ausgelöst», erklärt Miriam.

Das bedeutet nichts Gutes für meinen Vater. Da muss es ja einen Zusammenhang mit den Schüssen auf dem Friedhof geben. Mir wird übel.

«Und da man davon ausgehen muss», fährt Miriam fort, «dass Viktor Gummer sich nicht selbst erstickt hat, war es eindeutig ein Tötungsdelikt.»

Wir beenden das Gespräch, ich steige aus dem Auto, höre wieder nicht mit dem Rauchen auf und puste verzweifelt grauen Rauch in die Vogelsberger Luft.

Kapitel 9

Mit solch einer Intensität haben wir in der Polizeidirektion Alsfeld noch nie gearbeitet. Jedenfalls nicht, seitdem ich hier Hauptkommissar bin. Nach dem ehemaligen Polizeipräsidenten wird nun hochoffiziell gefahndet. Suchtrupps sind losgeschickt und die Medien informiert. Sein Foto wird morgen in allen regionalen Zeitungen erscheinen, und ganz Oberhessen soll bitte fieberhaft meinen Vater suchen.

Sehr bald wird uns eine Vielzahl von eifrigen Bürgerhinweisen überschwemmen, von denen leider Gottes die allerwenigsten hilfreich sein werden.

Ich bin bedrückt, was auch sonst, und spätestens nach dem Telefonat mit Miriam fällt es schwer, den Gedanken zu verdrängen, dass mein Vater tot sein könnte. Ich brauche schon viel Phantasie, ihn noch am Leben zu sehen. Von nichts bin ich weiter entfernt als von «positivem Denken», es fällt mir schwer, nicht in mein altes Selbstmitleid abzusacken.

Eigentlich habe ich ja auch Urlaub und, wie ich finde, wohlverdienten!

Meine gute Freundin, die Memme in mir, verdonnere ich trotzdem zum Schweigen, und ich blicke entschlossen auf all die um meinen Schreibtisch getürmten riesigen Berge von Ermittlungsakten, die aus der gemeinsamen Arbeitszeit von Viktor Gummer und meinem Vater herrühren.

Kollege Teichner schleppt seinen verschwitzten, ungelenken, schwammigen Körper zum Fenster, schließt es, damit in unserem zeitlosen Achtziger-Jahre-Großraumbüro die Luft nicht zu gut wird, und nölt: «Boah, das nervt, dieser Krach.»

«Welcher Krach?», fragt Kriminalhauptkommissar Markus Meirich, ohne seinen Blick vom Bildschirm zu wenden.

«Nu ja, die Zwitscher vögeln mal wieder ohne Ende.»

In stiller Eintracht spenden wir Teichner darauf wieder das, was er sich in all den Jahren mehr als verdient hat: kühle Nichtbeachtung. Das hilft wie bei aufdringlichen Hunden in der Regel am meisten.

«Versteht ihr, he?», legt er allerdings nach. «Die Zwitscher vögeln, hab ich gesagt, ne?»

«Ja, Teichner, das hast du», antwortet Markus tonlos.

«Also, net die Vögel zwitschern, sondern die Zwitscher vögeln ... versteht ihr, ich hab die Wörter einfach mal so umgedreht. Vögel zwitschern, Zwitscher vögeln ... also ich könnt da immer noch vor Lachen in die Windel pupsen ... hehe.»

Stille.

«Ihr eher so net, ne?»

Schweigen.

«Hier», versucht er es aufs Neue: «Kennt ihr eigentlich den? Ein Amerikaner, ein Russe, ein Ostfriese und eine Blondine gehen zum Arzt. Sacht der Franzose ...»

«Fresse, Teichner!», brüllt Markus.

«Is ja gut, nur die Ruh, wollt halt hier den Laden mal ein bissi auflockern, grad wo se alle jetzt hier so am Durchdrehen sind. Ist aber scheinbar net gewünscht, oder?»

Nein, ist es nicht, sagt mein Blick, und Markus gibt ihm kurz und unmissverständlich zu verstehen, dass er nun gefälligst wieder an die Arbeit zu gehen habe.

Zu zweit skizzieren wir dann einen möglichen Tathergang:

Der Mörder sucht Viktor Gummer auf. Bedroht diesen, ehe er ihn erstickt. Er macht das aber so geschickt, dass zunächst keiner von einer Gewalttat ausgeht. Es reicht dem Täter aber nicht. Er taucht bei der Beerdigung auf, feuert zwei Schüsse ab und flieht. Allerdings hat er sein Ziel womöglich verfehlt, er trifft nicht meinen Vater, sondern Gummers Neffen, Roland Dürrstein. Warum geht er so ein Risiko ein? Auf der Beerdigung tummeln sich erwartbar unzählige Polizisten. Es soll also vielleicht nicht nur Viktor Gummer und meinen Vater treffen, sondern die Polizei als Institution. Eine Art Denkzettel. Eine symbolische Tat. Nun spürt der Täter wenig später in der Nähe von Schotten meinen Vater auf und ...

Und über dieses «und» möchte ich lieber nicht weiter nachdenken.

Wenn man versucht, so etwas wie ein Täterprofil zu erstellen, wird klar, dass der Mörder zwar durchdacht und kühl handelt, dabei allerdings von einem starken Hass getrieben zu sein scheint. Hass auf Gummer, Hass auf Bröhmann senior, Hass auf die Polizei. Und wo und wann kann dieser Hass gesät worden sein? Hier, in dieser Dienststelle, zwischen 1980 und 1991, in der Zeit, in der Gummer und mein Vater zusammenarbeiteten?

So jedenfalls kann es gewesen sein, da sind wir beide uns einig.

Und daher ackere ich ab sofort alle Ermittlungsakten und Vernehmungsprotokolle aus dieser Zeit durch, um Anhaltspunkte zu bekommen, die zum Täter führen könnten.

Vielleicht aber ist alles auch ganz anders gewesen.

Ich brauche Luft. Ich gehe zum Fenster, öffne es wieder und lasse die Vögel in unser aller Ohren singen.

Dann blättere ich zunächst wahllos, später etwas geordneter in den Akten, sortiere sie ein wenig und versinke ganz in dieser Arbeit.

«Das ist die Sabse.»

Ich schrecke auf. Kollege Teichner steht neben meinem Schreibtisch und zeigt auf ein undefinierbares menschliches Etwas. Die Sabse.

«Aha», bringe ich hervor, reiche ihr im Sitzen die Hand und ernte den drucklosesten Händedruck meines Lebens. Sabse sieht so aus, als sei sie von der letzten verbliebenen Nachmittagsfamilienanschreitalkshow direkt vom Bildschirm in unser Büro gepurzelt. Ich blicke zu Teichner. Was ist denn nun mit dieser Sabse?, fragen meine Augen.

«Ist doch okidoki, wenn Sabse ein bisschen hierbleiben kann?», fragt Teichner dann. «Oder?»

Aus dem Nebenraum tönt es «Äääähhhh». Ich drehe mich zur Seite, blicke durch die Tür, und da steht ein quietschrosa Kinderwagen, umrahmt von zwei weiteren Kleinkindern, die in ihren Händen jeweils ein viel zu großes Eis halten.

«Keine Angst, die tun schon ruhisch sein», sabst die Sabse.

Teichner greift nach ihrem Oberarm, als sei Sabse ein im Fachhandel erworbener Besitz, und erklärt mit stolzgeschwelltem Timbre in der Stimme:

«Die wollten halt mal guggn, was ich hier den ganzen Tag so verbresche.»

Ich nicke erschöpft und sehe, wie ein an Sabses Bauch montiertes Nabelpiercing im Begriff ist, bei der nächsten Bauchatmungsbewegung durch ihr Polyestershirt hindurchzubrechen.

Als nun alle drei Kinder zu quengeln beginnen, sabst die Sabse nach nebenan, um für Ruhe zu sorgen. Teichner indessen bleibt bei mir stehen, starrt mich so lange an, bis ich endlich seinen Blick erwidere, und sagt stolzgeschwellt: «Die Kleine ist meine Neue.» Dazu nickt er wie ein Jäger, der frisches Wild erlegt hat.

Man könnte aus der Formulierung *meine Neue* den trügerischen Eindruck gewinnen, Teichner würde seine Frauenbekanntschaften wöchentlich wechseln. Doch nicht nur ich ahne: Es ist nicht seine Neue, es ist die Erste.

Ein bisschen gönne ich ihm das natürlich, trotz allem.

«Prima, freut mich, Teichner», sage ich somit. «Wo habt ihr euch denn kennengelernt?»

«Internet!», antwortet Amor. «Anders kommste an die Weibsen heutzutage doch net mehr ran.»

Ich nicke neutral, gebe ihm dann höflich, aber bestimmt zu verstehen, dass ich etwas unter Druck stünde und nun weiterarbeiten müsse.

«Nee, klaro», murmelt Teichner, «scheiße mit deinem Alten, ne? Tut mir echt sorry.»

«Ist schon o. k. ...»

Ich blicke zu Sabse, die gebückt am Kinderwagen herumnestelt und der Polizeidirektion Alsfeld ihren feudalen Hintern präsentiert. Halb in der Hose, halb außen.

«Die Kinder sind aber nicht von dir, oder?», scherze ich abschließend zu Teichner.

«Nee, nee», antwortet er ernst. «Die sind von meinen Vorgängern.»

Bis zum Abend ackere ich mir die Angst um meinen Vater von der Seele und arbeite Massen an Ermittlungsakten und Verhörprotokollen durch. Auf der verzweifelten Suche nach irgendeinem kleinen Hinweis.

Alle Akten sind akribisch geführt; korrekt, pedantisch, detailverliebt, ohne Lücken, ohne Formfehler. Ich beginne 1980, also mit dem Jahr, in dem Viktor Gummer zum Alsfelder Team stieß. Mein Vater hatte damals meine jetzige Position inne, Gummer die von Teichner. Beide stiegen in den darauffolgenden Jahren zweimal parallel auf. 1986 wurde mein Vater Kriminaloberrat, Gummer Hauptkommissar. 1991 wurde Günther Bröhmann Präsident, und Gummer wechselte zu einer höher dotierten Stelle nach Berlin.

Wer nur kann es auf die beiden abgesehen haben?

Jeden popeligen Ladendiebstahl, jede alberne Sachbeschädigung, jeden noch so nichtigen Betrug, jede winzige Nötigung finde ich der formellen und umständlichen Art meines Vaters gemäß aufgeführt. Der kriminalistische Alltag im Vogelsberg war vor dreißig Jahren anscheinend genauso wenig aufregend wie heute. Nur arbeitet einer der heutigen Kriminalkommissare bei weitem nicht mehr so akribisch.

Ich suche vergeblich nach einer Systematik, mit der ich am schnellsten auf irgendetwas Weiterführendes stoßen könnte. Ein mehr als zähes Unterfangen, das alles durchzusehen. Wie besessen blättere und suche ich weiter, bis ich die uferlose Sinnlosigkeit meines hektischen Treibens erkenne und mir darauf aus Erschöpfung die Tränen kommen.

Nur jetzt nicht schwächeln, Bröhmann, feuere ich mich an, mach weiter, sei keine Memme. Nur jetzt sich nicht bitte auch noch nach Franziska sehnen. Nicht das auch noch, das fehlte gerade noch. Ich gehe zum Fenster, blicke in den Alsfelder Himmel, trotze dem strikten Rauchverbot und rauche meine Gefühle weg. Es funktioniert. Danach kehre ich an den Schreibtisch zurück und sehe mich wieder in der Lage, rational weiterzuarbeiten.

Vielleicht sollten wir auch einmal im Umfeld der ehemaligen Kollegen forsten?

Es gibt bestimmt einige, die unter Gummer und Bröhmann senior im Präsidium ganz schön zu leiden hatten.

Ich putze mir die Nase und beschließe, mit Kriminaloberrat Ludwig Körber, meinem direkten Vorgesetzten, Patenonkel und

Freund der Familie, zu sprechen. Er war in den Achtzigern ebenfalls schon in Alsfeld zugange und müsste daher wissen, wie es damals im Revier zugegangen ist.

Es ist schon nach acht, doch in seinem Büro brennt noch Licht.

Der dicke Kriminaloberrat Onkel Ludwig Körber beißt in ein Schinkenbrot, das ihm Tante Mechthild wie jeden Tag in sein Polizeitäschchen gepackt hat. Die Fragen, die ich ihm stelle, scheinen ihm nicht zu gefallen.

«Was soll das denn?», bellt er mich mit seiner kehligen Stimme an. «Wofür soll das gut sein?»

Ich hätte ihn mir kooperativer gewünscht.

«Willst du jetzt intern ermitteln, oder was? Glaubst du allen Ernstes, dass irgendjemand von uns mit alldem etwas zu tun hat?»

Ich antworte ihm altklug, nicht ohne diese Bullenfloskeln zu genießen, dass ich gar nichts glaubte, sondern vielmehr meinem Beruf gemäß alle Optionen abklopfen wolle.

«Henning, du bist doch viel zu sehr persönlich betroffen, um klare Gedanken fassen zu können, geschweige denn intern zu ermitteln. Ich denke tatsächlich darüber nach, dich von der ganzen Sache hier abzuziehen. Aber wir haben ja nun mal leider zu wenig Leute.»

Wie kein Zweiter beherrscht Ludwig die Kunst, gleichzeitig zu sprechen und zu essen, ohne dass man den Eindruck gewinnen würde, er rede mit vollem Mund. Vermutlich verzichtet er aufs lästige Kauen und lässt sein Brot einfach so im Magen verschwinden. Ich lasse nicht locker.

«Es geht hier doch noch gar nicht um interne Ermittlungen. Ich wollte einfach von dir etwas über die Zeit wissen, als Gummer und Papa hier arbeiteten. Und du bist nun mal derjenige, der damals schon dabei war», wiederhole ich mein Anliegen.

«Du hast mich aber eben gerade nach *Feinden* gefragt. Nach Kollegen, die Probleme mit Günther oder mit Gummer hatten.»

Er wirft verärgert seine randlose Brille auf den Schreibtisch.

«Ja, das habe ich. Und?»

«Was und?»

«Na, gab es die?»

Onkel Ludwig macht eine wegwischende Handbewegung und zischt: «Ach!»

Langsam beginnt mich das Ganze zu ärgern. Warum blockt er so?

Um weiterzukommen, provoziere ich ihn ein bisschen und frage: «Wie bist *du* denn eigentlich mit Viktor Gummer klargekommen? Warst *du* vielleicht einer seine Feinde?»

Körber hält mit dem Kauen inne. Das kommt selten vor. Er starrt mich an. «Das ist nicht dein Ernst, oder? Du hast mir eben nicht wirklich diese Frage gestellt? Du hast mich nicht eben gefragt, ob ich einer der Feinde des toten Gummer war?»

Seine Stimme wird von Wort zu Wort lauter.

«Du hast mich hier eben nicht wie einen Verdächtigen behandelt?», schreit er nun. «Oder?»

«Ich habe nur gefragt», sage ich trocken und hebe in Unschuld meine Hände.

«RAUS!»

Na, das ist ja interessant.

Kapitel 10

• • •

Solch einem Wetter trotzen nur Wahnsinnige, Obdachlose oder Hundebesitzer. Es windet und schüttet wie aus Kübeln. Links und rechts mit Berlusconi und Charlie bewaffnet, tigere ich in feschem Outdoor-Outfit durch die klatschnasse Natur.

Von weitem schon sind auf der Wiese die bunten Regenjacken der Hundeausführgruppe zu sehen. Sie stehen im Halbkreis. Da ist zum Beispiel Jupp, mit dem ich während meiner Spaziergänge meist über Fußball diskutiere. Jupp ist glühender TSV-Hoffenheim-Fan, was sehr schrullig ist, da dies ja eigentlich ein Widerspruch in sich ist. Er erzählt mir immer gerne davon, wie er bei Auswärtsspielen nahezu alleine im Gästeblock steht, ist aber trotzdem der Meinung, dass die Hoffenheimer Fankultur völlig unterschätzt sei. Zurzeit arbeitet er daran, eine Fanfreundschaft zum VfL Wolfsburg aufzubauen. Inzwischen seien sie schon zu siebt.

Auch Egon ist dabei, dessen Schäferhund Bummo wir es verdanken, dass die Jogger seit geraumer Zeit um unsere Wiese einen sehr weiten Bogen joggen. Denn Bummo lehnt Leinenzwang und frei herumrennende Menschen radikal ab.

Auch ich nehme meine beiden Köter von der Leine und lasse sie auf die anderen im Regen herumtobenden Hunde zustürmen. Egon gibt mit rudernden Armbewegungen zu verstehen, dass ich doch bitte zu ihnen kommen möge.

Egon ist ein echter Mann. Er verzichtet seit jeher auf weichlichen Regenschutz. Wenn man in der Jugend bei den Pfadfindern gewesen sei, könne einem das bisschen Wasser auf Haut, Haaren und Kleidung nichts anhaben, betont er immer wieder.

Als ich die eingeregnete Gruppe erreiche, macht gerade Irmgard, die Vorsitzende des Tierschutzvereins «Die Hunde-Engel», lautstark ihrem Herzen Luft:

«Man sollte ihm eine Rasierklinge durch sein Gesicht ziehen. Und die Ohren abschneiden oder auch die Nase oder beides. Der sollte mal sehen, wie das ist. Diese Sau! Man sollte ihm den Kopf abtrennen und ihn lebenslang einsperren.»

Irmgard scheint verärgert zu sein.

Als sie mich sieht, geht es in einem Gang höher weiter: «Aber ihr, ihr macht da ja nichts. Das interessiert euch nicht. Tiere sind es ja nicht wert, gelle? Solche Mörder lasst ihr frei rumlaufen, aber Falschparker tut ihr den ganzen Tag aufschreiben. Ist doch so, oder? Oder net?»

«Was ist denn passiert?», frage ich müde und werde nasser und nasser.

«Ja, weißt du das noch nicht?», kreischt sie mich nun an. «Bummo liegt im Krankenhaus.»

Erst jetzt bemerke ich, wie unbeschwert angstfrei die anwesenden Hunde über die Wiese tollen, da sie diesmal nicht von Bummo mit diversen Genickbissen gemaßregelt werden.

Obwohl Bummo verhindert ist, hat sich Egon von seinem Hundespaziergang nicht abhalten lassen wollen. Mit klitschnasser Resthaarfrisur sagt er: «Irgendeine Drecksau hat eine Rasierklinge in Leberworscht versteckt und im Wald ausgelegt. Und Bummo kämpft nun um sein Leben. Er hat geblutet wie ein Schwein.» Er verstummt und blickt mit offenem Mund gen Himmel. «Doch er wird es schaffen, da bin ich sicher. Er ist ein verdammt harter Hund.»

«Das ist ja schrecklich», sage ich ehrlich mitfühlend. Wirklich grausam so etwas!

Wieder weist Hunde-Engel Irmgard temperamentvoll darauf

hin, dass die Polizei da ja doch wieder nichts machen würde. Und dass sie, so sie den Täter in die Finger bekomme, auch noch sein Geschlechtsteil abtrennen werde. Ich muss kurz darüber nachdenken, welche Selbstjustiz-Phantasien ich gegenüber dem potenziellen Mörder meines Vaters entwickeln könnte, und komme zu dem beruhigenden Ergebnis, dass ich mich bei weitem nicht in der Liga von Irmgard bewege.

«Das war bestimmt eine von dene Müdder», schaltet sich nun die kompakt gebaute Nadja ein, eine 25-jährige Zumba-Trainerin aus Geiß-Nidda. «Eine von dene mit dene Kinderwage, die wo immer rumkreische, wenn die Paris hier ein bisschen spielt.»

Nadja hat ihre verwachsene Hündin nach Paris Hilton benannt, ihrem großen Vorbild.

Sollte sie recht haben, würde sich Irmgards Geschlechtsteilabtrennungsvorhaben natürlich schwieriger gestalten.

Wie dem auch sei, die Wut ist groß, das ist deutlich zu spüren.

Ich jedenfalls bin nass genug, möchte nun weiter und verkünde zum Abschied, dass ich, also wir von der Polizei, uns dieses Rasierklingen-Falls annähmen.

Vernehmungsprotokoll in Mordsache Gruber

Tatverdächtiger: Maik Fichtenau (MF), geb. 15. 03. 1973
Polizeidirektion Alsfeld, 8. 7. 1991, 10.30 Uhr
Mordfall Kirsten Gruber, geb. 11. 3. 1974
Erdrosselt aufgefunden am 27. 6. 1991, Nidda-Ulfa, Grillplatz Steinkaute
Verhörende Beamte:
Kriminalhauptkommissar Günther Bröhmann (GB)
Kriminalhauptkommissar Viktor Gummer (VG)

GB: Maik Fichtenau, möchtest du gestehen, Frau Kirsten Gruber am 8. 7. erwürgt zu haben?
MF: (schweigt)
GB: (wiederholt Frage)
MF: (schweigt)
VG: Warst du am 8. 7. um 15 Uhr zusammen mit Kirsten Gruber am Grillplatz?
MF: Ja.
VG: Wie lief das Treffen ab?
MF: Wie immer. Wir haben uns jeden Nachmittag dort getroffen. Weil wir dort unsere Ruhe hatten.
VG: Ruhe wozu?
MF: Um zusammen zu sein. In Ruhe, da, wo uns keiner stört.
GB: War Kirsten Gruber deine Freundin?
MF: (nickt) Wir waren verlobt. Füreinander bestimmt.
GB: Warum bist du dann hergegangen und hast sie erwürgt? War das auch «bestimmt»?
MF: Auf solche Fragen antworte ich nicht. Sie wissen nicht, wie sehr wir uns lieben. Sie kennen so was nicht.

GB: Hattet ihr bei diesem Treffen Streit?

MF: Wir streiten nie. Wir haben miteinander geredet, wie immer.

GB: Worüber habt ihr geredet?

MF: Nix Besonderes, es geht euch aber auch nichts an.

VG: Von wann bis wann fand das Treffen statt?

MF: Wir sind um 15 Uhr los, wie immer. Ich bin dann so gegen 17 Uhr ins Dorf zurück.

GB: Warum bist du alleine gegangen? Warum nicht zusammen mit Kirsten?

MF: Weil sie noch allein sein wollte.

GB: Du meinst, weil sie tot war?

MF: Leck mich, so lasse ich nicht mit mir reden.

VG: Das bestimmst du nicht, wie wir mit dir reden. Wieso wollte sie allein zurückbleiben?

MF: Was weiß ich denn?! Einfach so, weil ihr halt danach war. Ist das verboten?

GB: Warum gehst du nicht einfach her und gibst zu, dass ihr Streit hattet und du sie erwürgt *hast*? Dann brauchst du dir auch keine Fragen mehr anzuhören. Vielleicht wolltest du das alles ja auch gar nicht. Und es ist einfach passiert, weil ihr euch gestritten habt. Und bei einem Geständnis wirst du übrigens auch ein paar Jahre weniger sitzen ...

MF: Das hättet ihr wohl gerne.

GB: Ich frage noch mal: Was ist an diesem Nachmittag vorgefallen?

MF: Wir haben geredet, wie immer. Hab ich doch schon gesagt.

VG: Hattet ihr bei eurem Treffen Geschlechtsverkehr?

MF: Das haben wir nicht nötig. Wir sind nicht so wie die anderen. Das könnt ihr aber auch nicht verstehen. Das versteht keiner.

VG: Was glaubst du denn, wer deine Kirsten umgebracht hat?

MF: Da wüsste ich so einige. Das können Sie mir glauben. Uns haben alle ausgelacht. Nur weil wir nicht solche Spastis sind wie alle.

GB: Nenn ein paar Namen!
MF: Nö. Das ist euer Job.
GB: Ich frag dich jetzt ein letztes Mal: Gibst du zu, Kirsten Gruber getötet zu haben?
MF: (schweigt)
VG: Wir wissen, dass du das warst. Es war nämlich niemand anderes am Tatort.
MF: (schreit) Woher wollt ihr das wissen? Habt ihr denn schon mal andere als mich verhört? Habt ihr zum Beispiel mal mit ihrem Vater gesprochen, diesem Arsch? Oder mit ihrem Trottelbruder? Wisst ihr, was die mit Kirsten immer gemacht haben? Wie die sie behandelt haben? Nö, natürlich nicht! Das hat doch keine Sau interessiert! Aber jetzt hier, da blast ihr euch auf, da seid ihr die Kings!
VG: Maik, es ist niemandem geholfen, wenn du die Tat weiter leugnest. Du hast also jetzt noch einmal die Möglichkeit zu gestehen.
MF: Ich gestehe gar nichts. Ihr könnt mich mal!
GB: Was war das für ein Gefühl, als du ihr die Luft abdrücktest? Erzähl mal ...
MF: (schweigt)
GB: Stimmt das, dass ihr dort am Grillplatz manchmal hergegangen seid und euch aus der Bibel vorgelesen habt?
MF: (schreit) Wer sagt das? Das geht euch nichts an.
GB: Stimmt das, oder stimmt das nicht?
MF: Und wennschon.
VG: Ist das nicht ein wenig ungewöhnlich für zwei Jugendliche?
MF: Na und? Ist man nur normal, wenn man so gottlos rumhurt und säuft wie all die anderen Idioten?
GB: Dann zeig mir doch mal die Bibelstelle, wo geschrieben steht, dass man seine Freundin, Verzeihung, seine Verlobte erwürgen darf.

MF: Ich sag nichts mehr.

VG: Du musst auch nicht mehr viel sagen. Wir wissen eh, was passiert ist. Du brauchst nur dein Geständnis zu unterschreiben.

MF: Leck mich!

Ende der Vernehmung

Ich packe mir die Akte, renne ins Nebenzimmer und lege sie Markus auf den Schreibtisch.

«Lies das mal», sage ich atemlos.

«Was ist das?», fragt er und greift mit seiner riesigen Hand nach den Papieren.

«Ich habe seit gestern unzählige Vernehmungsprotokolle durchgesehen», berichte ich. «Meist hat sich entweder mein Vater oder Gummer alleine den jeweiligen Verdächtigen vorgenommen. Selten beide. Und in fast allen Fällen liefen die Verhöre lehrbuchmäßig nach Schema F ab.»

Meine Stimme überschlägt sich etwas, sodass ich erst einmal durchatme und mich bemühe, etwas runterzufahren.

«Aber bei diesem Verhör hier ist es irgendwie anders. Es geht um einen Mädchenmord Anfang der Neunziger. Lies das mal. Das Verhör ist sehr kurz, gemessen an der Schwere der Tat, und total komisch.»

«Was meinst du mit komisch?», fragt Markus.

«Die Art, wie Gummer und mein Vater mit Fichtenau umgehen, unterscheidet sich extrem von ihrer sonstigen eher nüchternen Vernehmungstechnik. Es ist viel emotionaler und direkter. Und irgendwie ... hmm ...»

«Ja?», hakt Markus nach.

«Irgendwie kommt mir das Protokoll auch so unvollständig vor.»

Markus runzelt die Stirn.

«Ich weiß, ich klinge etwas wirr, ich kann das aber im Moment nicht anders ausdrücken. Ich brauche unbedingt deine Einschätzung.»

«O. k., ich schau es mir mal an», sagt Markus ruhig, und schon bin ich weg und renne kurzatmig wieder zurück zu all den anderen Akten.

Ich lese, dass dieser Maik Fichtenau 1991 des Mordes angeklagt wurde. Ein Indizienprozess. Ein Geständnis oder einen klaren Beweis gab es nicht, doch da alle Spuren auf Maik Fichtenau hinwiesen, sprach das Gericht ihn schuldig. Es gab auch keinerlei Hinweise darauf, dass ein anderer den Mord begangen haben könnte. Maik Fichtenau war damals 22 Jahre alt und wurde zu einer 26-jährigen Haftstrafe verurteilt. Noch bevor ich meine Kopfrechnung abgeschlossen habe, wann er aus dem Gefängnis freikäme, klingelt mein Telefon. Es ist Markus.

«Ich habe interessante Neuigkeiten», sagt er. «Maik Fichtenau wurde vor genau sieben Wochen vorzeitig aus der Haft in Butzbach entlassen.»

Oha!

JVA Butzbach, 12. 3. 1994

liebe kirsten, über mich lacht keiner mehr. das sage ich dir. das verspreche ich dir und mir. da hat es sich ausgelacht. hier im knast ist mir das scheißegal, da können die machen, was sie wollen. da können die mir noch so oft den kopf ins klo drücken, mir macht das nichts aus. ich weiß, dass du bei mir bist und immer zu mir hältst. immer! aber wenn ich hier raus bin, da lacht keiner mehr. dann ist schluss mit lustig. man sieht sich immer zweimal im leben.

ich sehe die visagen dieser typen vor mir. wie die so von oben auf mich herabgucken. wie sie mich auslachen und klein machen wollen. wie sie mir drohen. wie sie mich schlagen. ich hab mir jeden schlag gemerkt, jedes wort ist abgespeichert. und ich komme wieder. diese beschissenen 15 jahre warte ich auch noch. kein problem. hoffe nur, dass die nicht vorher schon alle abnippeln. das sind dann ja zum teil schon alte säcke, wenn ich hier rauskomme.

deinen vater lasse ich in ruhe, das verspreche ich dir. du hast ihn immer in schutz genommen, egal, was er mit dir gemacht hat. ich hab das nie verstanden, doch ich mache das, was du sagst. immer und ewig. sprich mit mir, kirsten, wo auch immer du bist, sprich mit mir. deine stimme wird leiser, ich höre dich nicht mehr so gut. geh nicht weg, hörst du?. bleib bei mir.

maik

Kapitel 11

Wäre ich Produzent und müsste für einen Psychohorrorfilm die Rolle der verhärmten alten Hexe besetzen, die sich vor Jahrzehnten in die Einöde zurückzog, Irmtraud Fichtenau aus Nidda-Ulfa käme in die engere Auswahl.

Ich hocke in der düsteren braunen Wohnstube und traue mich nicht so recht, aus dem bereitgestellten Wasserglas zu trinken. Zu trüb ist der Inhalt. Irmtraud Fichtenau zündet sich eine Zigarette an, hustet schon nach dem ersten Zug und blickt mich aus gelben Augen an. Auf ihrer linken Wange prangt eine massive behaarte Warze.

«Sie wissen also nicht, wo sich Ihr Sohn aufhält?», frage ich noch einmal zaghaft nach.

«Nä!»

Hinter mir höre ich das Knarzen einer Holztür. Ein Hund bellt. Ein Hahn kräht.

Wieder rasselt Frau Fichtenau mit ihrer Lunge. «Der Maik macht, was er will», sagt sie. «Eine halbe Stunde war er grad mal hier, nachdem er rausgekommen ist. Er hat ein paar Sachen eingepackt, und dann war er wieder weg.»

«Und er hat sich seitdem nicht mehr gemeldet?»

«Nä!»

Die Fichtenaus leben auf einem alten Bauernhof in Nidda-Ulfa. Schwermut hängt in den vergilbten Gardinen. Draußen scheint die Sonne. In der Stube ist es dunkel, obwohl das Licht brennt.

«Der Maik macht, was er will», ächzt Irmtraud Fichtenau noch einmal, und ich wundere mich, warum sie gar nicht fragt, was die Polizei denn von ihrem Sohn will.

«Und Sie haben wirklich keine Handynummer von ihm und gar nichts?», hake ich nach und entdecke eine unsympathische Fliege in meinem Wasserglas.

«Sie gehen mir auf die Nerven», bekomme ich zur Antwort, und ich höre dabei den Schleim in Frau Fichtenaus Bronchien schnattern.

«Wann kommt denn Ihr Mann nach Hause?»

«Jetzt!»

«Jetzt?»

«Jetzt!»

Wieder knarzt eine Tür, und Richard Fichtenau ruft zur Begrüßung «Was ist denn hier los?» durch das Bauernhaus.

Ein hagerer, gebrechlich und nicht sehr gesund wirkender Mann um die siebzig, der in Sachen Lebensfreude seiner Frau in nichts nachzustehen scheint, betritt die Wohnstube. Ein arbeitsreiches Leben und spürbar sehr viel Kummer spiegeln sich auch in seinem zerfurchten Gesicht.

«Polizei», grummelt seine Frau, erhebt sich, hustet noch einmal und verlässt grußlos die Stube. Sie hat ihre Schuldigkeit getan, der Herr des Hauses ist nun da.

Ich stelle mich kurz vor, bekomme meinen angebotenen Handschlag nicht erwidert und frage den finster Blickenden, ob er etwas vom Aufenthaltsort seines frisch aus der Haft entlassenen Sohnes wisse. Richard Fichtenau setzt sich auf den Stuhl, auf dem seine Frau zuvor saß, greift nach dem vor mir stehenden Wasserglas und trinkt Wasser mitsamt Fliege.

«Warum? Ich denke, der ist frei!»

«Ja, natürlich», antworte ich. «Aber wir haben noch ein paar Fragen.»

«Soso, ein paar Fragen habt ihr? Aha, so wie vor 22 Jahren. Da hattet ihr auch ein paar Fragen an meinen Sohn, was?»

Er verschränkt die Arme vor seinem karierten Hemd, es ist die Art von Hemden, die in schlechten Spielfilmen immer von den Bauern getragen werden, und lächelt bitter.

Markus und ich waren uns einig, den Eltern zunächst nichts davon erzählen zu wollen, wie dringlich wir ihren Sohn suchen. Auch dass eine Fahndung bereits in die Wege geleitet wurde, verschweige ich.

«Denkt ihr immer noch, dass er das Gruber-Mädsche umgebracht hat? Hä? Denkt ihr das immer noch?»

Ich schweige und lasse ihn einfach weiterreden.

«Der Maik war das nicht. Das weiß ich. Dazu ist der nicht fähig. Der ist zu gar nichts fähig. War er nicht, ist er nicht und wird er auch niemals sein.»

Nun greift auch Richard Fichtenau zu den Zigaretten und zündet sich eine an.

Ich frage, ob ich auch eine haben könne.

«Nä!»

Fichtenau erhebt sich, schlurft gebeugt in die Küche, holt sich dort eine Flasche Bier und nimmt wieder vor mir Platz.

«Die Leut hier», fährt er fort, «die Leut sagen immer, ich wär enttäuscht darüber, dass er damals den Hof net übernehmen wollte. So ein Blödsinn. Ich hätt dem nie im Leben den Hof überlassen. Der hätt den zugrunde gerichtet und meine Frau und mich noch mit.»

Er schweigt eine Weile und schüttelt dabei ein paarmal den Kopf. Nun gesellt sich auch seine Frau wieder zu uns, ausgestattet mit einem Becher Kaffee und einem neuen Päckchen Zigaretten.

«Und wenn der Idiot sich bei den Verhören mit euerm Verein damals nicht so blöd angestellt hätt», schimpft Richard Gruber, «dann wäre er auch freigekommen. Der Blödkopp hat ja nie gesagt, dass er es nicht war. Weil das so ein blöder Dickkopp ist.»

«Wie du», grunzt seine Frau.

«Hä?»

«Nix!»

Am liebsten würde ich diesem freundlichen Ehepaar deutlich machen wollen, dass es mir so was von scheißegal ist, ob ihr Sohn Kirsten Gruber damals ermordet hat oder nicht. Dass ich ihn allerdings verdächtige, irgendetwas Unschönes mit meinem Vater angestellt zu haben, ist mir alles andere als egal. Und ich will *verdammt noch mal* wissen, wo er sich gerade aufhält.

«Wie, sagten Sie, heißen Sie?», fragt der Alte.

«Bröhmann.»

«Bröhmann! Dann waren Sie das, der ihn damals eingebuchtet hat? Der ihn verhört hat?»

«Nein, das war mein Vater. Und der ist zurzeit vermisst.»

Nun ist es doch raus.

Kurz wirkt Richard Fichtenau irritiert. Er blickt unruhig durch den Raum.

«Ihr Vater», brummt er. «Der hat den Maik damals ... Das war ... na ja, was soll's. Ist ja eh alles Schnee von gestern.»

Ich kann nicht mehr. Das ansatzweise Professionelle meines Besuches hier beginnt sich Stück für Stück zu verabschieden. Der Kommissar ist gegangen, nun sitzt gleich nur noch der Sohn meines Vaters in diesem furchtbaren Haus. Ich stelle fest, dass ich seit geraumer Zeit zu atmen vergessen habe.

Richard Fichtenau erhebt seinen hornigen Zeigefinger.

«Ich sag Ihnen mal was. Wenn Sie weiterkommen wollen mit all dem Scheiß, dann gehen Sie mal zu dene Grubers ...»

«Sie meinen, zu der Familie des Opfers?», frage ich mit dünner Stimme nach.

«Bei dene hätte Ihr Herr Vater damals mal ermitteln sollen. Ich wette meinen Hof darauf, dass diese Arschlöcher die Kirsten auf dem Gewissen haben. Mein Sohn, der war doch so, wie soll ich sagen, der war doch dem Mädsche verfallen. Der hätte der nix angetan. Aber das wollt ihr ja nicht wissen.»

Urplötzlich steht Irmtraud Fichtenau schwer atmend auf und schreit: «Das sind ganz böse Leut. Ganz schlimme Leut, das sag Ihnen! Die sind vom Teufel besessen. Die haben doch die Kirsten so schlecht behandelt. Schon als die ein kleines Mädchen war. Der Bruder, dieser Unhold, was hat der unserem Maik zugesetzt. Wissen Sie, warum der Maik jetzt nicht hier bei uns ist? Soll ich Ihnen das sagen?»

Ich nicke.

«Soll ich Ihnen das sagen?»

Ich nicke noch einmal.

«Weil der vor dem Gruber-Jochen Angst hat! Immer Angst hatte er vor dem. So oft, wie er von dem verprügelt wurde.» Sie setzt sich wieder.

Nun schaltet sich Richard Fichtenau wieder dazwischen. «Wir waren auch nicht glücklich darüber, dass der Maik da was mit der jungen Gruber angefangen hat. Von dene Grubers lässt man die Finger, hab ich immer gesagt. Doch der Depp von Sohn hört ja nicht. Und jetzt sieht man, was wir alle davon haben.»

«Von dene Grubers geht nur Unglück aus, schon immer», sagt Frau Fichtenau mit Grabesstimme.

Ich blicke dezent auf die Uhr und stelle fest, dass ich um diese Zeit schon zu Hause sein wollte. Ulrike hat angekündigt, mit Mutter vorbeizukommen und «ayurvedisch» kochen zu wollen.

Richard Fichtenau beugt sich nun ganz nah an mich heran, sodass mir sein säuerlicher Mundgeruch ungehindert in die Nase weht.

«Wissen Sie, Herr Bröhmann, die Fichtenaus und die Grubers, die sind schon seit 173 Jahren verfeindet. Das waren schon immer schlimme Leut, die Grubers. Das hat sich, wie soll ich sagen, weitervererbt. Zwischen dene und uns, da wird es nie mehr Frieden geben. Auch in Zukunft nicht. Das wird immer so bleiben, dafür ist viel zu viel passiert. Wissense, das ist so ein bisschen wie bei den Israelis und Palästinensern. Bei denen wird das auch nix mehr.»

Ich nicke stumm und versuche zu lächeln, doch meine Mundwinkel wollen nicht so recht.

«So, hammers dann?», fragt Irmtraud Fichtenau, richtet sich mit knirschenden Knochen von ihrem Stuhl auf, wartet keine Antwort ab, deutet stattdessen mit ihrem gelben Zeigefinger zur Haustür und gibt somit unmissverständlich zu verstehen, dass ich zu gehen habe.

Ich kann nicht sagen, dass ich dieser Aufforderung ungern folge.

Kapitel 12

• • •

«Hmm, das ist ja lecker», lüge ich meine Schwester an, während ich in dem gefüllten ayurvedischen Kohlrabi stochere.

«Aäächt? Findste? Wow, das freut mich», freut sich Ulrike. «Wisst ihr, es ist so waaahnsinnig schwer, für euch das richtige Essen auszuwählen. Ich kenne ja eure Prakritis gar nicht.»

Meine Mutter, Melina und ich blicken sie fragend an. Ulli genießt das.

«Jeder hat ja ne eigene Prakriti. Das wisst ihr ja, oder?»

Nein, das wissen wir nicht.

«Der eine hat mehr Pitta», doziert Ulli und zieht beim Sprechen den Atem ein, «der andere mehr Kapha, und die Nächste ist eher so der Vata-Typ. Ne?»

Alle nicken, und keinem schmeckt's. Das sehe ich.

«Und da ich eure Mischung der drei Doshas nicht kenne, habe ich einfach äääkstrehm basisch gekocht. Das schmeckt immer allen und passt halt zu jeder Energieform.»

Na dann.

Laurin bleibt dieses Abendessen erspart. Er ist zum Geburtstag seiner Freundin Larissa in eine Fun-Event-Hüpfburg-Hall eingeladen und wird dort hoffentlich mit fettigen Chicken Wings und Pommes gemästet.

Meine Mutter sitzt am Tisch, als hätte man ihr den Stecker gezogen. Still und in sich versunken. Seit ich denken kann, habe ich sie noch nicht so lange am Stück schweigen hören.

Ulrike hat die Führung übernommen. Sie wirbelt und agiert, meiner Mutter scheint dies recht zu sein. Auch ich bin erleichtert, dass meine Schwester da ist, trotz Prakritis, Doshas und Pittas.

Ein wenig befremdlich ist es allerdings schon, dass im Haus meiner Eltern plötzlich kleine Buddha-Figuren auf den Schränken hocken und mich irgendein wirrer weißhaariger bärtiger Guru im Gästeklo aus einem Bilderrahmen anstarrt.

Und viel heller ist es im Haus geworden. Ulrike hat alle Fenstergardinen abmontiert, um die «Dunkelheit zu ersticken», wie sie sagt.

Melina bewahrt Teile der Kohlrabistücke stumm in den Backenhöhlen auf, um sie dann wenig später heimlich in der Toilette verschwinden zu lassen. Vor ein paar Monaten hätte sie laut «Wäähhh, wassn das für 'n Scheiß?» gerufen und sich danach dramatisch schimpfend eine Gefrierpizza in den Ofen geschmissen. Ein bisschen wünsche ich mir diese Zeit zurück. Aber auch nur ein bisschen. Stattdessen geht Melina nun am Ende des Ayurveda-Happenings wortlos in die Küche und räumt ungefragt die Geschirrspülmaschine ein! Ich muss mit ihr reden, ja, ich muss unbedingt mit ihr reden oder einfach mal Zeit mit ihr verbringen.

Es vibriert und summt leise in meiner Hosentasche. Eine SMS von Miriam. Wieder interpretiere ich dies für mich als klares Zeichen: Ich werde nach Berlin gehen, und keiner hält mich davon ab, auch keine verwitwete Mutter.

Erst als ich die schwesterlichen Pranken auf meinen Schultern spüre, wache ich aus meinen Gedanken auf. Ulrike steht hinter meinem Stuhl und gibt Töne von sich.

«Aaahh», macht sie und «Ohhh» und drückt dabei prüfend auf meinen Verspannungen herum. Habe ich sie darum gebeten? Nein. Aber Ulrike machte schon immer am liebsten Dinge, um die sie nicht gebeten wurde. Meine Mutter sitzt inzwischen im Wohnzimmer und verfolgt die Tagesschau. Wie immer. Wie jeden Tag. Nur diesmal eben alleine.

«Ahaaa», jubelt hinter mir die große Schwester. «Was haben wir denn da?», ruft sie aus und bohrt mir ihre Daumenkuppe ins Schulterblatt. «Da ist wohl deine schwache Stelle, was?», singt sie.

Ich bin zu erschlagen, um mich zu wehren, und sacke in mich zusammen. Da zieht sie mich aus dem Stuhl und streckt mich wenige Momente später mit geübten Griffen auf dem Wohnzimmerteppich nieder. Ich liege flach auf dem Bauch, und ehe ich mich's versehe, hockt Ulrike über mir, krempelt mir mein T-Shirt über den Kopf und reibt sich die Hände mit Öl ein.

«Kennst du Shiatsu?», fragt sie, und schon habe ich ihre öligen Hände am nackten Rücken.

Nach einer Viertelstunde bin ich so entspannt wie seit vierzig Jahren nicht mehr. Das gebe ich selbstverständlich nicht zu.

«Ich würde so gerne den Marvin mal wiedersehen», sagt Ulrike nach Beendigung ihrer Massage und knetet auf dem Boden sitzend ihre nackten Zehen. Ich gucke woandershin und ziehe stattdessen mein T-Shirt wieder über meinen massageöligen Oberkörper

«Wen?»

«Na, deinen Kleinen ...»

«Ach, Laurin meinst du?»

«Oh ja, sorry, Henny-Boy, mit Namen hab ich's ja nicht so.»

Den Namen ihres Neffen könnte sie sich aber schon merken, zumal sie «Maharishi Mahesh Yogi», den Namen ihres Ayurveda-Heinis, jederzeit unfallfrei über die Lippen bringt.

«Ich bin immer wieder sehr traurig», fährt sie fort, «immer wieder aufs Neue, und bitte, lieber Henny-Boy, bitte verstehe das nicht als Vorwurf, es macht mich immer wieder traurig, dass du die Kinder so von mir fernhältst.»

«Dass mach ich doch gar nicht», patzt der kleine Bruder sofort zurück und regrediert spontan zum Zehnjährigen. «Du warst doch die, die weggegangen ist, und ...»

Ulrike lächelt, schüttelt dabei den Kopf und hält ihren Zeigefinger an meinen Mund. «Ich sagte doch, ich meine das ohne Vorwurf und Anklage, ich bin nur traurig darüber. Und außerdem weiß ich doch auch, dass Franziska den Kontakt nicht wollte.»

Jetzt bin ich richtig erzürnt. Diese Bemerkung ist genauso falsch wie blöd, und das gibt der Henny-Boy seiner großen Schwester nun auch lautstark zu verstehen.

Meine Massage-Entspannung ist nun endgültig gewichen, und es zeigt sich einmal wieder, wie schnell sich Geschwister, egal in welchem Alter, immer noch am besten zur Weißglut bringen können.

«Ich glaube, Franziska war damals, als Melina und Lorin klein waren ...»

«LAURIN!»

«Sag ich ja, ich glaube, Franzi war eifersüchtig. Auf mich. Denn sie wusste, ich war immer die Starke für dich, die große Schwester, an der du dich festhalten konntest. Sie hatte Angst, dass du dich emotional nicht von mir lösen kannst.»

«Du hast se doch nicht mehr alle», kreische ich in einer Tonlage, dass sofort meine Mutter und Melina im Wohnzimmer stehen.

«Ach Kinder», jammert Mutter leise. «Streitet euch doch nicht immer. Reißt euch doch eurer Mutter zuliebe mal ein bisschen am Riemen.»

Ulrike wuchtet ihre eins siebenundachtzig vom Boden hoch, tätschelt die Hand unserer Mutter und sagt: «Ach, Muddili, wir streiten doch nicht, wir suchen uns nur immer wieder neu.»

«Ich suche einen Scheißdreck», krähe ich weiter, noch immer wie ein kleiner zorniger Bub auf dem Boden sitzend. «Ich will mir nur nicht diesen Psycho-Dünnschiss die ganze Zeit anhören.»

«Henning», fährt mich meine Mutter streng an, «nicht diese Ausdrücke vor dem Kind.»

Das «Kind» verdreht die Augen, nuschelt: «Was seid ihr alles nur für Psychos», geht zurück in die Küche, gießt sich ein Glas Weißwein ein und pumpt es in einem Zug ab.

Kapitel 13

«Wie siehst duuu denn aus?», kreischt Melina und schickt ein hämisches Kichern hinterher.

«Wieso?», frage ich und blicke an mir herunter. O. k., die Cowboystiefel habe ich das letzte Mal lange vor Melinas Geburt getragen, meine Hemden lasse ich sonst eher selten bis zum Brustbein geöffnet, und die Eighties-Stonewashed-Jeansjacke ist vielleicht tatsächlich etwas, na, sagen wir, retro.

Das Kichern meiner Tochter ist inzwischen höhnischem Gelächter gewichen, und noch bevor ich irgendetwas zu meiner Verteidigung hervorbringen kann, werde ich auch schon mit dem Handy fotografiert.

«Lass das», protestiere ich. «Und da wird nichts gepostet, hörst du? Nix Facebook oder so, verstanden!»

An Melinas Gesicht erkenne ich, dass es schon zu spät ist. In diesem Moment erscheine ich weltweit, die Jungs bei der NSA werden mal wieder ihre Freude haben.

«Was soll denn dieses Loch in der Hose? Hast du das nicht gesehen?» Melina zeigt angewidert mit dem Finger auf meinen Oberschenkel.

«Was? Ach so, äh, na ja, das soll so ... äh, sein ...»

«Waaas?»

«Ja, ist das nicht ... lässig?», frage ich mit immer dünner werdendem Stimmchen und atme den modrigen Duft meines Palästinensertuches ein, das so riecht, wie Tücher eben riechen, die vierzehn Jahre in einer Holztruhe ruhten.

«Nein, Papa, das ist es nicht! Das ist ...»

«... peinlich, ich weiß», sage ich. «Danke!»

«Gern geschehn.»

Vielleicht habe ich es doch ein klein wenig zu gut gemeint, denke ich beim erneuten Blick in den Spiegel. Nein, Henning, so viel Selbstkritik muss sein, so sieht einfach keine coole Sau aus. Und die wollte ich heute einfach mal sein, heute am Abend des 20-jährigen Abiturtreffens meiner alten Schule, des Gymnasiums Nidda. Trotz allem, trotz all dieser dramatischen Unglücke, die mein Leben derzeit belasten, oder gerade deswegen möchte ich jetzt gleich bei dieser Feier erscheinen, und all meine ehemaligen Mitschüler sollen denken: «Meine Fresse, was ist der Henning nur für eine coole Sau. Und nahein, er ist nicht nur so irrsinnig cool, der Henning, sondern auch so verdammt jung geblieben.»

Eine schöne Vorstellung. Ich öffne den obersten Knopf meiner Jeans, um wieder atmen zu können.

So alt wie die sehe ich aber nicht aus!

Zumindest hoffe ich das bei der Begrüßungsrunde mit meinen ehemaligen Mitschülern in der Gasthofbrauerei.

Vermutlich denkt der kecke Holger, der gerade eine joviale Kumpelei an mir ausübt, genau das Gleiche. Sein prüfender Blick scannt mich von oben bis unten.

«Ja, säääääärvus, Henning, du alte Scheiße, unn wie?»

«Hallo, Holger! Danke, geht so.»

«Wüüüüsooo, wo klemmt's?»

«Mein Vater wird vermisst und wurde vermutlich umgebracht», haue ich mit tonloser Stimme einfach mal so raus.

Nach einer kurzen Schockpause richtet Holger eine unsichtbare Pistole auf mich und ruft: «Ey, Alter, däääär war net schlecht.»

«Und wie geht's dir so?», nuschele ich in einem Ton, der deutlich macht, dass es mich einen Scheißdreck interessiert.

«Na ja, muss halt.»

Danach schweigen wir ein wenig betreten und blicken auf unsere Biergläser.

Mit Holger war ich von Klasse fünf an bis zum Abitur in einer Klasse. Die neunte Klasse wiederholten wir unfreiwillig gleichzeitig. Wir mochten uns nie sonderlich, doch solch eine gemeinsame Geschichte musste einen ja irgendwie zusammenschweißen.

«Du hast doch die Franz geheiratet, oder?», versucht er einen Neustart.

«Ja, habe ich», antworte ich knapp.

Franziska, die von so manchem damals «Franz» genannt wurde, und ich waren bereits zu Schulzeiten ein Paar. Danach trennten wir uns immer mal wieder kurzzeitig, bis wir im ehereifen Alter erneut zueinanderfanden.

Holger trägt noch den gleichen Oberlippenbart wie vor zwanzig Haaren, nur eben etwas grauer. Der Bauch ist dicker, die Haare sind dünner, und das Gesicht ist runder.

«Ist sie auch hier?», fragt Holger und blickt suchend um sich. «Hab se noch gar nicht gesehen.» Im Hintergrund läuft Musik der Achtziger.

«Nein, sie kann heute leider nicht», antworte ich und trinke aus Verlegenheit zu schnell aus meinem Glas.

«Wieeehhh???», blökt Holger. «Wie kann es denn etwas Wichtigeres geben als unser Abitreffen heute?»

Nun lacht er, der Holger. «Wie kann man da nicht können?»

«Sie sitzt im Knast, und da sie für heute keinen Freigang hat, kann sie eben nicht hier sein.»

«The Greatest Loooove of All», singt Whitney Houston mit ihrer tollen Stimme aus der Zeit, in der sie a) noch lebte, b) nicht soff, c) nicht geschlagen wurde, d) nicht abgemagert war, sondern sich gutgelaunt in luftigen Hemdchen lebensfroh für Plattencover fotografieren ließ.

Holger blickt mich für zwei, drei Sekunden irritiert an, dann zieht er die Brauen hoch, reißt euphorisch seinen Mund auf und bellt: «Öhhhh, der Henny, ich schmeiß mich weg, so wie früher, immer nen lockeren Spruch auf der Lippe. Klasse, der war auch gut, echt du, leck mich fett!»

Holger war nach dem Abitur beim Bund, machte dann eine kaufmännische Lehre, ehe er vor fünf Jahren ins «Eventgeschäft» eingestiegen ist. Er organisiert und veranstaltet bayrische Oktoberfeste in Oberhessen.

«Das wird boooomen wie die Sau», hat er mir bereits beim letzten Klassentreffen erzählt. Damals machte ich mich noch über ihn lustig, denn ich konnte mir weiß Gott nicht vorstellen, es könnte einmal so weit kommen, dass in meiner Heimat Zehntausende Hessen von jung bis alt in Dirndl und Lederhosen zu Festzelten pilgern, sich Lebkuchenherzen um die Hälse binden und an weiß-blau geschminkten Tischen Weißbier trinken. Ich dachte, das täte man besser dort, wo es hingehört, wo es Teil der Feierkultur ist, in *Bayern* eben. Warum sollte man so etwas in Hessen nachäffen? Wenn mir diese Art des Feierns Freude macht, dann kann ich doch aufs Oktoberfest nach München fahren. In aller Naivität schlug ich Holger vor, er könne doch *hessische* Volksfeste organisieren, also nicht mit Weißbier und Brezeln, sondern mit Handkäs, Ebbelwoi und Hessenkitteln.

Und ich hatte ja auch recht, eigentlich.

Hier und heute erzählt mir Holger indessen, dass seine Oktoberfeste inzwischen «abgehen wie Sau».

«Echt, Henny, das läuft wie die Angst, wiiie die Angst! Ich hab die aaaabsolute Topelite auf der Bühne. Von DJ Ötzi bis Mickie Krause, von Tim Toupet bis Jürgen Drews. Da guckste, häh?»

Und dann singt er selbst ein bisschen von nackten Friseusen und dass er Zwiebeln auf dem Kopf hätte und ein Döner sei.

«Henny, echt, du musst unbedingt mal kommen, ich lad dich auch mal ein in meine Wibb-Launsch. Da haste alles, was dein Herzlilein höher springen lässt, hübsche Mädels und Schtars zum Anfassen. Weißtewieichmein?»

Ich weiß, wie er meint, und muss daher aufs Klo. Jedenfalls behaupte ich es und lasse den Holger sitzen, bevor er mir gleich von «Ladies Nights» in Einkaufszentren berichtet oder von Miss-Mittelhessen-Wahlen mit Roberto Blanco in der Jury.

Ich mag ihn aber, den nostalgischen Hauch, der mir bei Klassentreffen um die Nase weht, trotz Holger! Keines der bisherigen Treffen habe ich versäumt, immer war ich da, immer wieder freute ich mich auf diese skurrile Form des Wiedersehens.

Heute, nach zwanzig Jahren, kleben an unseren Körpern gelbe Namensschildchen, um die Gefahr zu verringern, dass man das Gegenüber nicht wiedererkennt. Verklärte Anekdoten und schmierige Schulschwänke werden aufgewärmt, man prahlt ein bisschen, Infos über Kinder und Scheidungen werden ausgetauscht oder Berufe erklärt, die «Quality Assurance Manager» oder «Pitch Consultant» heißen.

Es gibt die einen, die die Heimat verließen, in Großstädte oder ins Ausland zogen, um Staranwalt, Chirurgin oder eben Global Account Sales Representative zu werden, und es gibt die anderen, die den väterlichen Hof in Nidda-Orbes übernommen haben oder wie der Vater Polizist wurden.

Und vor allem gibt es ganz viel dazwischen. Ein sonderbares, sicher trügerisches und doch unzerstörbares Gemeinschaftsgefühl macht sich auch an diesem Abend wieder breit. Die gemeinsame Schulzeit mit all ihren Erinnerungen verbindet uns, so unterschiedlich all diese Damen und Herren und ihre dazugehörigen Lebenswege inzwischen auch sein mögen.

Ich werde natürlich dauernd nach Franziska gefragt, und mit jedem Mal nervt es mehr. Immer wieder sage ich, dass sie krank sei und darum leider nicht kommen konnte. Sie fehlt mir an diesem Abend ganz besonders. Sie gehört einfach dazu. Schließlich haben wir uns als Teenager auf einer Klassenfahrt das erste Mal ineinander verliebt und uns eingeredet, dass wir füreinander geschaffen seien. Wir würden heiraten, schworen wir uns, Kinder bekommen und uns ein Leben lang treu bleiben. So war der Plan. Na ja, das mit dem Heiraten und den Kindern hat ja auch geklappt.

Unser gemeinsamer Lebensplan sah allerdings nicht vor, dass zwanzig Jahre nach unserem Abitur eine von uns beiden das Jubiläum im Gefängnis verpassen sollte.

Während «Chicago» einen Song von Platte «17» schnulzt, sitze ich für einen Moment alleine an der Bar, trinke aus meinem kümmerlichen Kummerbier und sehe Franziska im Alter von siebzehn vor mir. Ich vergötterte sie und hatte schon nach dem ersten Kuss Angst, sie zu verlieren.

Tatjana Winkes setzt sich neben mich an die Bar.

Tatjana war einer von den Menschen, denen es zufällt, in allen Fächern 15 Punkte zu erreichen. Selbst im Sport gehörte sie groteskerweise zu den Besten.

Ich frage sie, was wir uns alle an diesem Abend immer und immer wieder fragen: «Was machst du denn so?»

Ich erwartete so etwas wie mathematische Physik, Doktor mit 23 Jahren und Ruf nach Harvard mit 25. Doch sie antwortet: «Ich bin zu Hause, wir haben drei Kinder.»

Nach einer weggedrückten Überraschungsreaktion stelle ich mich auf die Situation neu ein. «Na ja, das kann ja auch schön sein», sage ich. «Wenn man das so will. Die Kinder sind ja nur einmal klein und ...»

«Ich wollte das aber nicht», unterbricht sie mich, «es hat sich einfach so ergeben. Ich wurde kurz nach dem Examen schwanger, Frank hatte einen gutbezahlten Job, dann kam Kind zwei, dann mussten wir wegen Franks Karriere nach Kairo, dort kam Kind drei, und nun, wo wir wieder zurück und die Kinder groß genug sind, komme ich beruflich natürlich nirgends mehr rein. Weißte, Henning, die haben auf dem freien Markt nicht auf mich gewartet.»

Im Hintergrund höre ich Sting keifen, der damals auch ein Polizist war.

«I'll send an SOS to the world», und ich bestelle für Tatjana und mich noch ein Bier.

Je länger der Abend sich hinzieht, desto melancholischer werde ich. Das war so eigentlich nicht geplant. Aber ich konnte ja auch nicht ahnen, dass unsere Jahrgangsbeste mir eine Biographie auftischt, die der meiner Mutter ähnelt. Hat sich in den letzten fünfzig Jahren vielleicht doch nicht so viel geändert, wie man gemeinhin denkt?

Schluss nun aber mit den trüben Gedanken und rauf auf die Tanzfläche.

Dann ein nächstes Bier holen und «Was wollen wir trinken, sieben Tage lang» von den Bots grölen, mich über Bacardi-Cola- und Amaretto-Besäufnisse austauschen und im Battle mit dem unfassbar fett gewordenen Heiko Dialoge aus «Blues Brothers» und «Das Leben des Brian» aufsagen. Heiko gewinnt klar, und als er beginnt, die erste Badesalz-CD runterzubeten, und mir dabei angetrunken «Ei Richie» und «Headbängä» ins Gesicht plärrt, verziehe ich mich. Nicht, weil ich das Comedy-Duo nicht mag, sondern gerade *weil* ich es tue.

«Dass duuuu mal ein Bulle wirst, das hätte ich nie gedacht», bekomme ich dann auch noch mindestens achtmal zu hören, sodass der Abend dann doch den erwarteten Verlauf nehmen kann.

Etwas zu lange habe ich Björn am Hals, der damals der coolste von uns war und den wir alle so bewunderten. Er hatte als Erster eine Freundin, als Erster Sex, als Erster eine politische Meinung, als Erster eine komplette Stereoanlage, er rauchte als Erster eine Zigarette und später einen Joint. Blöd nur, dass er mit Letzterem nicht rechtzeitig aufgehört hat. Denn Björn scheint der lebende Beweis dafür zu sein, dass man sich tatsächlich dumm kiffen kann.

«Das müsste man alles mal ganz anders aufziehen», nölt er mit kleinen rot geränderten Augen den *ganzen* Abend zu *jedem* Thema, ob es passt oder nicht. Diese Feier, die Demokratie, die Musik, das Steuersystem, das Buffet, das Internet, die Energiewende, die Bundesliga, all das müsste man mal ganz anders aufziehen. Und je länger ich sein träges Gelaber höre, desto klarer wird mir, dass er vor allem wohl sich selbst und sein eigenes Leben meint.

«Sexäääää», röhrt der Müller-Westernhagen, der im Armani-Anzug «zurück auf die Straße will», und das ist ein guter Zeitpunkt, zum Rauchen die Gaststätte zu verlassen.

Ich stelle mich an einen der bereitgestellten Stehtische in den lauen Sommerwind, ziehe an meiner Zigarette und blicke in den Sternenhimmel.

Am Nachbarstehtisch raucht die Dings. Ich konnte mir ihren Namen noch nie merken. Sie war immer etwas unscheinbar, und unsere Wege kreuzten sich zur Schulzeit wenig. Es machte einmal das Gerücht die Runde, dass sie eine Zeitlang, man sprach von ungefähr sechs Wochen, täglich den «Himmel über Berlin» auf Video schaute.

Die Dings schaut zu mir rüber, und ich proste ihr zu. Scheu erwidert sie meinen Trinkergruß und zieht hektisch an einer Selbstgedrehten.

Da sie noch verlorener als ich an ihrem Tisch herumsteht, gehe ich zu ihr hinüber. Warum denn auch nicht? Blöd allein in der Gegend rumstehen kann ich auch zu Hause.

Nach den üblichen Begrüßungsfloskeln sagt die Dings: «Eigentlich sind solche Feste nix für mich. Ich fühl mich da immer so verloren, hihi.»

Ich nicke und suche weiter verbissen nach ihrem Namen.

«Ich weiß gar nicht, was ich hier eigentlich will, ne?», fährt sie fort und schüttelt dabei immer wieder verbissen lächelnd den Kopf.

«Na ja, ist doch nett, die alten Leute mal alle wiederzusehen», sage ich. «Oder?»

Die Dings atmet so etwas wie ein ironisches Lachen aus.

«Ich hab nicht das Gefühl, dass mich irgendwer heute hier gerne wiedersehen will. Aber mir geht's da ja nicht anders, hihi. Ich hab ja auch kein' Bock auf die alle. Und warum soll's auch heute anders sein als zur Schulzeit, hihi.»

Vielleicht sollte ich die Dings mal mit dem wilden Party-Holger zusammenbringen? Das wäre ein Traumpaar.

Plötzlich steuert völlig aus dem Nichts der Hunde-Egon zielstrebig durch den Innenhof des Gasthauses auf mich zu.

«Da bist du ja», ruft er.

Was hat denn Egon, das Herrchen des verletzten Bummo, hier zu suchen? Er ist zehn Jahre älter als ich, er kann also nichts mit diesem Abitreffen zu tun haben. Nein, ihn beschäftigt ein anderes Thema, wie schnell deutlich wird.

«Ich war schon bei dir daheim. Deine Tochter hat gesagt, dass du hier bist», keucht er atemlos und aufgebracht in mein Bierglas.

«Bummo ist tot», brüllt er. «Die Drecksau hat ihn umgebracht.»

Ich sortiere meine Gedanken und erinnere mich daran, dass Egons Hund eine im Feld ausgelegte, in Leberwurst versteckte Rasierklinge geschluckt hat. Ich drücke ihm mein Mitgefühl aus.

«Ja, und?», sagt er dann und blickt mich mit aufgerissenen Augen an.

«Wie, was und?»

«Na, was machst du denn jetzt?»

«Jetzt? Ich bin hier auf einer privaten Feier. Wieso?»

«Ich will, dass ihr da *jetzt* was macht. Dass ihr den Killer findet, und zwar schnell!»

Mit «ihr» meint er die Polizei, so viel ist klar.

«Und wenn ich merken sollte, dass ihr da nicht in die Gänge kommt, mein Lieber», flüstert Egon mir nun ins Gesicht und rückt ganz nah an mich heran, «dann nehm ich die Sache mit meinen Leuten selbst in die Hand! Und zwar richtig ...»

Danach dreht er sich um und schreitet mit großen wütenden Schritten von dannen, ohne dass ich ihm noch ein klischeehaftes «Mach kein' Scheiß, Egon» hinterherrufen kann.

Resigniert ausatmend will ich gerade einen nächsten Schluck aus meinem Bierglas nehmen, da fängt die Dings leise an zu weinen.

«Ojeojeojeoje», wimmert sie. «Da war so viel Hass, so viel Wut, so was macht mich fertig.»

Verunsichert streiche ich ihr flüchtig über den Arm und sage, dass dieser Egon das eine oder andere Mal eben etwas aufbrausend sei, aber das sei doch alles halb so schlimm.

«Die machen mir Angst, diese Art Männer», sagt sie und kichert ein «Hihi» hinterher. «Da kommen so alte Bilder in mir hoch.»

«Hmm.»

Von dieses alten Bildern will ich jetzt eigentlich nichts hören. Nicht jetzt und nicht von einer mir fremden Frau, die ich schon vor zwanzig Jahren nicht kannte.

«Was denkst du?», fragt sie dann völlig unvermittelt und trocknet ihre Tränen mit einem Taschentuch.

«Wie, was, was soll ich denn denken?»

«Ich merk doch, dass dich was umtreibt, seit ich das gesagt habe, mit der Angst vor diesen Männern.»

Mich treibt plötzlich etwas ganz anderes um: Weg, ich möchte weg hier.

Aber sie jetzt einfach hier so mir nichts, dir nichts stehenzulassen, das kriege ich dann auch nicht hin. Sie fixiert mich mit ihren flackernden dunklen Augen, macht noch einmal «Hihi» und sagt dann mit deutlich gefestigter Stimme:

«Sorry, dass ich dich jetzt hiermit nerve, mit meinem Geflenne, sorry, ehrlich. Geh du ruhig, ich will dir nicht auch noch die Feier versauen.»

«Neeee, ist schon o. k.»

«Oh, du bist lieb, danke», sagt sie und hält sich nun an meiner Hand fest.

«Weißte, ich bin eher so ’n sensibler Typ. Da kommen die meisten nicht klar mit ... Hihi.»

Ein paar Minuten stehen wir stumm herum, ohne dass die Dings meine Hand wieder loslässt. Mir ist das inzwischen auch egal. Im Gegenteil, ich will plötzlich gar nicht mehr, dass sie sie loslässt. Auch ich könnte, wenn ich den Kanal freigäbe, sehr, sehr rührselig werden. Ich muss an meinen Vater denken, will es aber nicht. Ich bin hier, um genau das eben nicht zu tun. Vor allem bin ich hier, um mich zu amüsieren, und nicht, um von weinenden Frauen meine Hand gehalten zu bekommen. Doch vielleicht ist es ja genau das, was ich im Moment brauche: dass mir weinende Frauen die Hand halten. Dass sie sich gut und sicher fühlen an meiner Seite. Dass sie sich an mir festhalten. Vielleicht sind weinende Frauen gerade genau das Richtige für mich. Vielleicht sollte ich mit dieser weinenden Frau hier im Sommerkleid von der Feier verschwinden. Mit ihr zusammen stundenlang trauriges Zeug reden, weinen, dann traurigen Sex haben und wieder weinen.

Vielleicht sollte ich genau das tun.

Stattdessen aber höre ich wie aus dem Nichts eine Stimme:

«Kann man als Sohn nicht mal hergehen und seinen Vater suchen? Ich weiß, du denkst, ich bin tot, aber kann man sich da so sicher sein? Aber bitte, wenn du glaubst, dich besser hier herumzutreiben, nur zu, Henning, nur zu!»

Ich schlucke.

«Schön, dass du nicht so 'n Klotz bist wie all die anderen hier», sagt dann nicht mehr mein Vater, sondern die Dings. «Ich hab das gleich gemerkt, dass du ein Netter bist, hihi. Du warst früher ja auch eher so ein Lieber, ne? Nicht so ein Arsch wie die anderen.»

«Och, na ja ...»

«Doooooch! Du hast auch ganz warme Augen.»

«Hmm.»

Die Dings hat ihre schwarzgrauen Locken zu einem Pferdeschwanz gebunden und trägt ein zeitloses blaues Sommerkleid über ihrer blassen Haut. Es ist überraschend weit ausgeschnitten.

Für eine Frau um die vierzig spricht sie mit einer sehr hellen Stimme. Sie berichtet in einem hohen Tempo davon, dass das Leben und sie noch nie richtig gute Freunde wurden. Eine klassische Schönheit ist sie nicht, die Dings, doch während sie weiter über das böse Leben erzählt, stelle ich mir auf einmal vor, wie ich ihr Sommerkleid aufknöpfe.

«Oh Gott, jetzt laber ich dich voll, ne?»

«Was?», schrecke ich aus meinen Gedanken hoch.

«'tschuldige, das wollt ich nicht. Jetzt langweile ich dich noch mit meinem Gelaber ...»

«Nein, tust du nicht ...»

«Doch, doch. Wen soll das denn auch schon interessieren? Ich mein, mal ehrlich, es ist eh ein Wunder, dass du hier überhaupt noch stehst. Dass überhaupt einer mich ein paar Minuten aushält, hihi.»

Dieses depressive Kichern immer! Die Dings bekommt nun einen unangenehmen Leierton in ihre Stimme, sodass es mir deutlich schwerer fällt, an meine erotischen Phantasien anzuknüpfen.

«Warum soll sich ausgerechnet heute jemand für mich interessieren? Früher war ich ja auch allen egal. Ist aber in Ordnung. Die sind mir ja alle genauso egal. Ich kenne auch gar nicht mehr die Namen. Du?»

«Na ja, zum Teil», antworte ich.

«Und wie ich heiße, weiß bestimmt auch keiner mehr, da bin ich mir sicher!»

Ich weiche ihrem Blick aus und beobachte, wie der Lehrer Udo, der Notar Ingo, der Finanzbeamte Tom und der bekiffte Björn durch die Gasthaustür wanken, ein paar Schritte auf uns zu kommen, dann die Dings erkennen, die Richtung schnell wieder ändern und sich wenig später ein paar Meter entfernt unter einem Baum einen Joint bauen.

«Das müsste man alles mal ganz anders aufziehen», kann ich von weitem Björn von den Lippen ablesen.

Die Dings bemerkt, wie ich die drei bei ihrem Tun beobachte.

«Geh ruhig hin», sagt sie.

«Nee, nee, ich kiffe nicht.»

«Echt, Henning, geh ruhig, ich hab dich jetzt lang genug vollgelabert und genervt ...»

«Nein, hast du nicht ...»

«Doch, hab ich ... komm geh ruhig, sonst kannste mich nachher auch nicht mehr leiden, so wie alle. Aber irgendwie kann ich's ja auch verstehen, kann mich selber ja auch meistens nicht leiden.»

Dann lacht sie wieder ein paar seltsame Töne in die Nacht hinaus.

Im Gasthaus brüllen meine Mitschüler «Let's do the time warp ägähän», und da will ich mitbrüllen. So lasse ich Dings nun doch alleine zurück, höre zum Abschied ein «Geh ruhig» und hopse von nun an bis in den frühen Morgen mit den alten Weggefährten meine Anspannung weg.

Kapitel 14

• • •

Auf der Hutablage von Teichners tiefergelegtem Opel Astra wackeldackelt ein Plastikpenis gegen jede Regel des guten Geschmacks, während am Rückspiegel ein Baum nach Bier duftet. Ich sitze auf seinem bekrümelten Beifahrersitz und fühle mich, verkatert und übernächtigt, wie ich bin, natürlich so richtig wohl. Da mein Wagen heute Morgen nicht anspringen wollte, war es nicht zu verhindern, von Teichner in seinem Horrorwagen zum Außentermin kutschiert zu werden. Mein Kollege und ich haben einen Besuch in Nidda-Ulfa bei den Eltern des damaligen Mädchenmordopfers Kirsten Gruber vor uns.

Zunächst aber wundere ich mich darüber, dass Teichner in die falsche Richtung abbiegt.

«Nach Ulfa geht's doch nach links», protestiere ich.

«Ei, das weiß ich doch, aber ich hab der Sabse versprochen, dass ich sie noch schnell abhole und zum Friseur fahre. Ist doch okidoki, oder?»

Okidoki ist eigentlich nie irgendetwas. Ich grummele ein resigniertes «Hmm».

«Dann hab ich bei ihr wieder was gut, weißte?», sagt Teichner und nimmt einen Schluck aus seiner Zwei-Liter-Colaflasche.

Ich ignoriere seine Bemerkung.

«Umsonst mach ich das net, wenn du weißt, was ich meine. Also, da will ich dann schon ne Gegenleistung haben ... ne?»

Ich tue so, als hätte ich etwas Wichtiges an meinem Handy zu schaffen.

«Ich kann mich dann schon mal im Voraus bei euch entschuldigen», fährt er fort. «Nu ja, ich werd morgen bei der Arbeit ein bissi müd und ganz schön lädiert sein …!»

«Warum», frage ich unüberlegt und bereue es nur eine Millisekunde später.

«Ich werd net viel schlafen. Ich sachs dir, Henning, aber die Sabse, boah, ehrlich, du, Aaalter, dann kannste noch was lernen … Das ist ne richtige …»

«ICH WILL DAS NICHT HÖREN, TEICHNER!», fahre ich ihn an.

«Rülps», macht der Teichner.

Wenig später hält Teichner mit seinem Wagen auf einem Gehweg in der Nähe des Bahnhofs und hupt zweimal kurz. Sabse kommt eine halbe Minute später im engen grau-pinken Jogginganzug herangestöckelt. Beidseitig mit diversen Taschen beladen, bleibt sie vor der Fahrertür stehen und keift: «Halloooo, willste mir vielleicht mal aufmachen?»

Teichner ächzt aus dem Wagen, scheitert kläglich beim Versuch, Sabse ungelenk auf die Wange zu küssen, und öffnet ihr die Hintertür. Wortlos wirft sie sich auf den Rücksitz, und wenig später riecht es in Teichners Wagen nicht mehr nur nach Schweiß und Bier, sondern vor allem nach der Parfümerie-Abteilung eines Billig-Kaufhauses.

«Mach doch mal den Scheiß aus, da krieg isch ja Depression, wenn isch das hör, Mann», bellt sie von hinten, als im Radio die Nachrichten laufen.

Teichner bittet mich, ihm die im Türfach liegende CD zu reichen. Ich greife mit Fingerspitzen durch eine Mischung aus verrotzten Taschentüchern und angelutschten Bonbons hindurch nach der CD. «Bravo-Hits 2002» steht auf dem Cover. Teichner wirft sie ein, und Sabse ruft: «Mamahintenlauda.»

Teichner macht es, fette Beats und pulsierender Partysound von vorgestern erfüllen das Gefährt, und nach einer schwer erträglichen Weile erreichen wir den anvisierten Friseursalon.

Wieder schält Teichner sich wie ein Chauffeur aus dem Auto und öffnet Sabse die Tür.

«O. k.», sagt sie und pult sich die Hose aus der Hinternritze, «hol misch um sechs ab, ger?»

Teichner nickt, verzichtet diesmal auf den Kussversuch, und kurz bevor er wieder ins Auto steigt, sagt Sabse: «Ach, Teischi, äh, haste nomma ein Zwanni oder so?. Isch musste heut Morgen schon wieder die fickteuren Windeln kaufen, da bräuscht ich jetzt nomma ...»

«O. k.», murmelt Teichner, fingert einen zerknüllten Zwanzig-Euro-Schein aus der Hosentasche und drückt ihn ihr in die Hand.

Als er wieder neben mir sitzt und Sabse nachblickt, grinst er verzweifelt, blickt kurz zu mir rüber und sagt: «Frauen halt ... was willste machen?»

Dieter und Brigitte Gruber leben mitten in Nidda-Ulfa, wobei die Mitte Ulfas sehr früh beginnt und genauso schnell wieder aufhört. Wie ein kleines, von der Außenwelt abgeschottetes Volk leben die Ulfarer auf einem von Bäumen und Wiesen umgebenen Bergchen. Man spricht in der Kernstadt Nidda nicht gut über sie, aber so etwas lässt mich, der in Schotten-Rudingshain aufgewachsen ist, unberührt.

Im Eingangsflur des Einfamilienhauses der Grubers hängt ein Foto der vor über zwanzig Jahren ermordeten Tochter. Mit einem abwesenden, entrückten Blick schaut Kirsten knapp an der Kamera vorbei; sie trägt eine bis zum obersten Knopf zugeknöpfte Rüschenbluse, die nicht einmal damals in den Achtzigern modern war.

In der holzumkleideten Küche bitten die Grubers Teichner und mich, Platz zu nehmen. Es gibt Kaffee und Gebäck.

«Sie können sich vielleicht denken», beginnt der Hausherr leise, «dass es uns noch immer sehr schwerfällt, darüber zu sprechen. Das müssen Sie uns bitte nachsehen.»

Dieter Gruber, ein hagerer Mann, Mitte sechzig, mit vollem grauem Haar und einem protestantisch schmal geschnittenen Vollbart hat bis vor einem Jahr eine eigene Schreinerei geführt, ehe er sie seinem Sohn überließ.

«Den Jochen müssen Sie bitte entschuldigen, er kränkelt etwas», erklärt Brigitte Gruber dessen Fehlen.

Ich trete unter dem Tisch nach Teichner, da er im Begriff ist, nach dem vierten Keks innerhalb von zehn Sekunden zu greifen.

«Ach, nehmen Sie doch ruhig», sagt Frau Gruber, die die gleiche Frisur trägt wie ihr Mann, als sie bemerkt, wie Teichner seine Hand vom Gebäckteller zurückzieht.

Noch bevor ich das Anliegen unseres Besuches näher erläutern kann, fällt mir Dieter Gruber ins Wort.

«Wissen Sie, das ist weiß Gott nicht leicht, wenn man seine Tochter verliert. Sie war ein so unschuldiges Mädchen. Wir haben sie immer und immer wieder vor diesem, na ja, vor diesem Unhold gewarnt. Und es ist sicherlich nicht leicht zu ertragen, dass der Kerl wieder frei umherläuft.»

Seine Frau pflichtet ihm heftig nickend bei und hält seine Hand.

«Hat sich Maik Fichtenau bei Ihnen in den letzten Tagen gemeldet?», frage ich.

«Gott bewahre, nein», antwortet Brigitte Gruber.

Wenn ich diese beiden so beobachte, dann passt das so gar nicht zu den Anschuldigungen der Familie Fichtenau, die behauptete, dass Grubers ihre Tochter früher schlecht behandelt, ja sogar misshandelt hätten.

Maik hatte sich laut Vernehmungsprotokoll in diese Richtung geäußert, und auch seine Eltern machten mehr als nur Andeutungen.

Kurz bevor ich in die Lage komme, darüber erleichtert zu sein, dass sich Teichner bei diesem Gespräch so angenehm zurückhält, blökt er:

«Was ist da oinklich los mit den Fichtenaus und Ihnen? Sie hassen sich doch bis aufs Blut, wa?»

Dieter Gruber verzieht keine Miene, sondern sagt nur tonlos: «Wir hassen nicht, junger Mann. Wir sind Christen.»

Ich blicke auf den armen hölzernen Jesus, der auch an dieser Wand mit zur Seite gelegtem Kopf langhaarig am Kreuz zu hängen hat.

«Wir schließen auch den Maik in unsere Gebete ein, das können Sie uns glauben», ergänzt Brigitte Gruber.

Diesmal tätschelt Dieter Gruber die Hand seiner Frau. Er beugt sich vor und fragt an mich gewandt: «Ist das Ihr Vater, der vermisst wird?»

Ich nicke.

«Und Sie denken, dass Maik sich an ihm gerächt haben könnte, nicht wahr?»

«Ja, das befürchten wir», antworte ich. «Und in diesem Zusammenhang schließen wir leider nicht aus, dass er auch bei Ihnen aufkreuzen könnte.»

«Wieso bei uns?», fragt Brigitte Gruber. «Was soll er denn von uns wollen?»

Ich erkläre ihnen, Fichtenau habe während der Verhöre vor zwanzig Jahren Andeutungen gemacht, dass Kirsten von ihrer Familie misshandelt worden sei. Nun beobachte ich sehr genau ihre Gesichter. Nichts sehe ich. Ihre Gesichtszüge entgleisen nicht, sie verändern sich nicht einmal.

«Darf ich Ihnen noch Gebäck bringen», fragt Frau Gruber mit Blick auf den leeren Teller. Ich sage dankend «Nein», Teichner sagt «Ja», den speckigen Schoß voller Krümel. Brigitte Gruber verlässt den Tisch und füllt das Tellerchen wieder auf.

«Wissen Sie», nimmt Dieter Gruber den Faden wieder auf, «seit Jahrzehnten verbreitet die Familie Fichtenau Lügen über uns. Meine Großeltern haben sich noch gewehrt. Ihnen wurde vorgeworfen, sie hätten Kartoffeln vom Hof gestohlen und Hühner geköpft. Da hat mein Großvater dem alten Fichtenau die Nase gebrochen. Immer und immer wieder wurden wir mit Hass überschüttet, schon meine Eltern. Es wurden die schlimmsten Dinge über meinen Vater behauptet ...»

«Er soll», unterbricht Teichner, «er soll eine Fichtenau-Tochter geknattert haben, gelle?»

Stille.

«Ihm wurde tatsächlich eine Vergewaltigung vorgeworfen, das ist wahr, ja», durchbricht Dieter Gruber das peinliche Schweigen. «Das hat ihn zu einem gebrochenen Mann werden lassen.»

Teichner greift nach drei Keksen gleichzeitig, wobei einer zu Boden fällt.

Brigitte Gruber, die eine beigefarbene Strickjacke über einer beigefarbenen Bluse trägt, nimmt es gelassen zur Kenntnis.

«Und nun also, nachdem der jüngste Sohn uns die Tochter genommen hat, erzählt man, da dies anscheinend noch nicht reicht, wir hätten Kirsten misshandelt. Das ist nicht so leicht zu ertragen, wie Sie sich vielleicht denken können.»

Nun wieder greift Brigitte nach der Hand ihres Mannes.

«Aber wir, Herr Bröhmann, wir reagieren nicht mehr mit Rache und Hass. Das ist nicht unser Weg. Unser Weg ist Jesus Christus, auch wenn Versöhnung und Verzeihen in diesem Fall sehr schwerfallen.»

Beide Grubers nicken, und ich nicke einfach mal mit. Teichner krümelt.

Ich räuspere mich kurz verlegen und frage: «Haben Sie irgendeine Erinnerung daran, wo sich Maik Fichtenau früher gerne aufhielt? Wo er vielleicht gerne mit Kirsten war?»

Emotionslos antworten sie, dass sie auch nur von dem besagten Grillplatz wüssten, in dessen Nähe sie tot aufgefunden wurde.

«Haben Sie vielleicht noch alte Tagebücher Ihrer Tochter? Oder Fotos? Vielleicht finden wir da ja einen Hinweis, wo er sich aufhalten könnte. Er schien sie ja sehr, äh, geliebt zu haben, trotz allem. Da geht man gerne wieder an die alten Orte zurück.»

Versteinert blicken mich Dieter und Brigitte Gruber an. Neben mir höre ich Keksknuspern.

«Nein, wir haben keine Tagebücher mehr», sagt Brigitte Gruber mit tonloser Stimme. «Wir haben sie nach der Verurteilung verbrannt. Möge sie in Frieden ruhen.»

Dann muss Teichner husten, und mindestens einer der ausgeworfenen Keksbrösel landet in freiem Flug auf der Lippe von Brigitte Gruber.

JVA Butzbach, 2.9.2003

eltern,

ihr müsst das nicht machen. diese besuche bei mir. ich merke, dass ihr damit nicht klarkommt. wegen mir müsst ihr das wirklich nicht machen. ich sehe doch in euren augen, was ihr über mich denkt. glaubt mir, ich komme hier gut klar ohne euch. lebt euer leben weiter und lasst mich die jahre hier in ruhe absitzen. ich mache hier mein ding. ich renne auch woche für woche zu diesen psychologen und sage denen, was die hören wollen. denn auch die verstehen mich nicht, auch die haben ihre vorgefassten meinungen. nur kirsten, die, die ihr so abgelehnt habt, die war die einzige, die mich wirklich kannte und verstand. und auch noch immer versteht!

ihr glaubt, dass es mir hier im knast schlechtgeht? dass ich hier schlecht behandelt werde? weil meine nase gebrochen ist? ich sag euch was: das ist nichts! das ist nichts gegen all das, was in freiheit passierte. das ist nichts gegen das, was kirsten erleiden musste. nur geglaubt hat ihr niemand. deswegen schwieg sie am ende immer. doch mir hat sie vertraut, mir erzählte sie es.

vater, ich weiß, dass du mich für einen versager hältst. das juckt mich nicht, denk ruhig so weiter, doch verschon mich mit deinen besuchen hier. ich werde euch niemals den gefallen tun können, der sohn zu sein, den ihr euch gewünscht habt. und mutter, stell dich ruhig weiter schützend vor vater. versuch bitte nicht, zu vermitteln, und komm nicht wieder hierher. glaub mir, ich will deine tränen nicht mehr sehen.

vergesst mich. ich bin einfach nicht mehr euer sohn. das ist auch für euch das beste und einfachste. haltet mich einfach wie alle anderen für einen brutalen mörder. hakt mich einfach ab.

maik

Kapitel 15

• • •

Regen ist kein Argument!»

So lautete vor einer halben Stunde die klare Antwort des Trainerstabs auf die leise und zögerliche Fragestellung einiger verweichlichter Eltern, ob man nicht vielleicht doch das sonntägliche F-Jugend-Fußballturnier aufgrund Dauerregens und Sturmwarnung absagen sollte.

Da Regen nun also kein Argument ist, packe ich an diesem frühen Sonntagmorgen pflichtbewusst für Spieler und Vater die nötigen Überlebensutensilien in diverse Taschen. 7.15 Uhr, Treffpunkt am Sportplatz der SC Viktoria ist um 8.00 Uhr, dann folgt die Abfahrt zum Sportplatz Herbstein, auf dem ab 9.30 Uhr unzählige hessische Knaben mal mehr, mal weniger koordiniert dem Ball nachjagen werden. Erfahrungsgemäß sind diese Turniere recht langwierige Veranstaltungen. Wenn man Glück hat, ist man noch vor Einbruch der Dunkelheit wieder zu Hause.

«Hey, Laurin, das wird bestimmt toll heute», rufe ich ihm beschwingt zu. «Mal so richtig nass werden und durch Pfützen rennen, das hat doch auch was, oder?»

Nein, das hat nicht was, verrät sein Gesichtsausdruck. Mürrisch packt er seine Schienbeinschoner in die Tasche.

Ich bin ein großer Fan der F-Jugend der SC Viktoria Nidda, zu jedem Heim- oder Auswärtsspiel reise ich an. Noch mehr Spaß würde es machen, wenn Laurin auch mal wieder mitspielen dürfte. Seitdem nämlich der stracke neue Trainer vor einem halben Jahr das Traineramt übernahm und damit «der Leistungsgedanke wieder stärker in den Vordergrund» rückte, wird Laurin meist nur dann eingewechselt, wenn sich genügend andere verletzt haben.

Laurin befindet sich derzeit in einer kleinen Formkrise. Mit längeren Motivationsmonologen versuche ich diese zwar zu verkürzen, doch bisher ohne Erfolg.

Ich schaue ein weiteres Mal durchs Fenster, wovon der Regen nicht weniger wird. Im Gegenteil, er peitscht regelrecht gegen unser Haus.

«Oma und Tante Ulli wollen ja auch kommen, gell?», fragt Laurin tonlos und packt ein Buch in seine Tasche.

«Das hatten sie eigentlich vor, ja», antworte ich, «aber bei dem Wetter werden sie wohl nicht kommen.»

«Müssen sie auch nicht.»

«Nein, du hast recht, das müssen sie auch wirklich nicht.»

«Ist ja auch langweilig für die, gell? Da können die ruhig zu Hause bleiben. Beim dem Wetter ist das ja doof für die.»

Ich nicke, gehe dann kurz hinunter in Melinas Zimmer, stelle ihr einen dritten Wecker für zehn auf den Nachttisch und hoffe, dass die Hunde noch vor zwölf ausgeführt werden.

Bruno Rötzenbrink ist so etwas wie der Retter unserer F-Jugend. Keiner wollte oder konnte das vakante Traineramt übernehmen, alles sah danach aus, als müsse man die Mannschaft vom Spielbetrieb abmelden und die Jungs auf die anderen Dörfer verteilen, da kam irgendeiner aus dem Verein auf die skurrile Idee, den 83-jährigen Fußballsenior zu fragen, ob er nicht noch mal ranwolle.

Rötzenbrink, der vor 15 Jahren eigentlich schon seine Trainerlaufbahn, die ihn über fast alle hessischen Fußballplätze und durch alle unterklassigen Ligen geführt hatte, beendet hatte, zeigte sich spontan bereit für ein Comeback. Er zögerte keine Sekunde.

Er nimmt diese Aufgabe ernst, sehr ernst sogar, für viele vielleicht sogar ein bisschen zu ernst. Um von vorneherein etwaigen Bedenken entgegenzuwirken, er sei zu alt für diesen Job, brachte er sich durch vom DFB angebotene Fortbildungsseminare über moderne Trainingsgestaltung auf den neuesten Stand und las zudem eifrig im Eigenstudium pädagogische Bücher. Schließlich sei es sechzig Jahre her, seit er das letzte Mal mit Siebenjährigen Umgang gehabt habe, sagte er zu Saisonbeginn. Bei seinem Sohn wusste er noch genau, was zu tun sei, um ihn zu einem fleißigen, redlichen Mann zu formen. Bei den heutigen «Rackern» sei er sich da nicht mehr so sicher.

Im Uwe-Seeler-Gedächtnisanzug begrüßt er am Parkplatz alle Eltern mit Handschlag und die Jungs, indem er ihnen urgroßväterlich kräftig über den Kopf streichelt. «Na, Buben, das ist doch mal ein Fritz-Walter-Wetter, was?»

Während die Jungs, die sich allesamt nur schwer an das Fritz-Walter-Wetter beim WM-Finale von 1954 erinnern können, sich in die Autos verteilen, setzen orkanartige Böen ein, wie es immer so schön heißt.

Und da rückt es nun an, das halbe Ober-, Mittel- und Osthessen. Alt und Jung, Dick und Doof, Schwarz und Weiß, Reich und Arm, alles ist dabei. Hunderte von Eltern, Großeltern, Geschwistern und Trainern okkupieren gemeinsam mit den kleinen Spielern den Sportplatz des SV 1921 Herbstein.

Emsig werden Tische mit Kaffee und Kuchen aufgebaut, Kühlboxen, gefüllt mit Getränken und Grillgut, werden ins Vereinsheim getragen und ganze Campinganlagen mit spannenden Regenschutzvarianten installiert.

Das alles braucht Bruno Rötzenbrink nicht. Er steht mit seinen wenigen grauen Haaren ungeschützt im strömenden Regen. Sein

Anblick erinnert sehr an die Fotos von Sepp Herberger nach dem «Wunder von Bern».

«Männer, kommt mal alle her», ruft er, und keiner der kleinen Jungs fühlt sich da zunächst konkret angesprochen. «Mannschaftsbesprechung», kündigt er an.

Rötzenbrink atmet altersbedingt etwas schwer. Er beauftragt Mirko, den Torwartvater, und mich, eine kleine Schultafel in seinem Rücken emporzuhalten, auf die er mit Kreide taktische Anweisungen anzuschreiben gedenkt.

«Wir haben gleich das erste Gruppenspiel, ihr Buben. Wir ... RUHE DAHINTEN!»

Karin und Diana, zwei Mitmütter, zucken zusammen und schweigen ab sofort.

«Meine Damen, wir können zusammen singen, aber nicht zusammen schwätzen, ja? Das können wir nicht. Ist das klar dahinten?»

Karin und Diana nicken stumm.

Heiko und ich nutzen diese kurze Unterbrechung und stellen die Tafel wieder ab, um die Muskulatur unserer Arme ein wenig zu schonen.

«Hoch!», bellt da der Rötzenbrink, und flugs halten wir sie wieder hoch.

«Habt ihr das gesehen, ihr Burschen? Habt ihr das eben gesehen, was eure Väter da eben gemacht haben? Na? Habt ihr das gesehen? Das habt ihr doch bestimmt gesehen, oder? Was da eure Väter eben veranstaltet haben? Oder?»

Der wackere Bruno Rötzenbrink neigt zu Wiederholungen, was ich irrtümlicherweise einmal auf sein fortgeschrittenes Alter schob. Doch unser Jugendwart erklärte mir, das sei früher schon genauso gewesen.

«Habt ihr das eben gesehen?»

Die Jungs, die inzwischen alle in ihre viel zu großen Trikots geschlüpft sind, nicken.

«Genau so, wie es eure Väter da eben gemacht haben, genau so geht es nicht. Schwäche! Das war Schwäche, Schwäche war das! Die wollten ihre Ärmchen schonen, doch so gewinnt man keinen Blumentopf. Schwäche war das. So gewinnen wir kein Spiel. Ihr, ihr Männerbuben, ihr zeigt keine Schwäche heute, klar?»

Wieder schütteln die Jungs ihre Köpfe.

«Nun zur Aufstellung, im Tor wie immer der ... äh ...»

«Jonas», rufen die Kinder im Chor.

Rötzenbrink schreibt druckvoll den Namen «Jonas» auf die Tafel. Mirko und ich erzeugen mit Mühe den erforderlichen Gegendruck.

«Genau, Jonas! Sag ich ja. Dann in der Abwehrmitte ... äh ... du da ...»

Er zeigt mit dem Finger auf Torben.

«Torben», rufen da die Kinder und freuen sich. Es ist für die kleinen Jungs das Highlight eines jeden Spiels, die Mannschaftsaufstellung gemeinsam hinauszubrüllen, wenn ihr Trainer nach dem richtigen Namen sucht. Da hat er ein wenig Schwierigkeiten, der Bruno Rötzenbrink, das wird sich wohl auch nicht mehr ändern.

«Was habt ihr denn auch für so blöde Namen heutzutage?», beschwert er sich und blickt vorwurfsvoll stellvertretend zu Karin und Diana. «Wie soll man sich die auch merken können? Fritz, Heinrich und Helmut, *das* waren noch Namen!»

Wenig später hat er mit begeisterter Hilfe der Jungs alle Namen der Startformation auf die Tafel geschrieben.

Laurin bleibt erwartungsgemäß erst einmal draußen.

Auf der anderen Seite des Turnierareals tauchen in diesem Moment meine Mutter und Ulrike in Regenjacken und mit Schirmen auf. Sie haben sich also doch auf den Weg gemacht. Während ich noch immer völlig durchnässt diese alberne Tafel hochhalte, auf der die Spielernamen längst nur noch verschwommen zu lesen sind, weiß ich nicht, ob ich mich darüber freuen soll. Vielleicht tut Mutter diese Ablenkung gut, wie sie uns allen guttut. Auf jeden Fall kann es für sie nicht verkehrt sein, diesen Sonntag mal nicht zu Hause zu sitzen und auf ihren Mann zu warten.

Nun kommt Rötzenbrink zum Thema Taktik. «Ihr denkt alle, ich bin ein alter Mann, nicht wahr, das denkt ihr alle, oder? Ein alter Mann bin ich, das denkt ihr doch, oder?» Wieder nicken alle.

«Aber fachlich, ihr Buben, fachlich, in Sachen Taktik und Theorie, da bin ich fachlich auf dem neuesten fachlichen Taktikstand. Deswegen spielen wir heute auch einmal mit ner falschen Neun. Das hat mich nämlich überzeugt, was dieser Spanier da, dieser Stenz da von Bayern München spielen lässt, das hat mich überzeugt, hat mich das.»

Die «falsche Neun», das wissen die Fußballkenner, steht für einen mehr mitspielenden Mittelstürmertyp. Kein kopfballstarker, stämmiger Spieler, der im Strafraum nur auf Flanken wartet, sondern eher ein kreativer, wuseliger, technisch starker Akteur.

«Und du, Dings, äh ...»

«Hendrik», helfen wieder die Kinder.

«Ja, genau, Hendrik, du spielst jetzt gleich mal die falsche Neun, damit rechnen die nämlich nicht, mit einer falschen Neun nämlich rechnen die nicht.»

Hendriks Kinn zittert, und seine kleinen Augen füllen sich mit Tränen.

Rötzenbrink hält inne. «Was ist denn los, mein Bub?»

«Ich will keine falsche Neun sein», jammert Hendrik. «Ich will eine richtige Neun sein.»

«Ich, ich, ich, ich», kreischen darauf stattdessen fast alle anderen Spieler wild durcheinander, hopsen vor Rötzenbrink herum und recken ihre Finger empor. «Darf ich, darf ich, darf ich die falsche Neun sein? Biddebiddebidde ...»

In diesen Momenten ist Bruno Rötzenbrink überfordert, da weiß er dann nicht weiter, starrt greise in die Ferne und überlässt die Kinder für einen Augenblick sich selbst.

Mirko und ich halten trotzdem noch eine Weile die Tafel in die Höhe. Man weiß ja nie.

«Ruhe», ruft Rötzenbrink drei Minuten später. Er hat sich wieder gefangen.

«So geht das nicht, so nicht, ihr Burschen, gehen tut das so nicht. So wird das nichts. Ihr wollt doch was erreichen, oder? Wollt ihr das? Das wollt ihr doch. Da geht das so aber nicht. Ihr wollt doch bestimmt alle mal Profis werden, oder? Das wollt ihr doch. Da müsst ihr euch dann aber mehr am Riemen reißen, müsst ihr dann. Oder wollt ihr keine Profis mal werden? Das wollt ihr doch alle, oder?»

«Nein», sagt da plötzlich der Laurin leise.

«Du nicht?», hakt sein Trainer nach.

«Nein», antwortet Laurin. Mein Sohn will kein Fußballprofi werden.

«Was willst du denn werden?»

«Weiß noch nicht genau. Vielleicht ... Lektor.»

«Lektor???»

«Yep!»

Das erste Spiel gegen geht 1:7 verloren. Dementsprechend schlecht ist die Stimmung im Lager der SC Viktoria Nidda. Bruno Rötzenbrink braucht Zeit für sich und schreitet nun am Rande des Sportplatzes allein mit sich und seinen Gedanken auf und ab.

Ein bisschen so wie Franz Beckenbauer 1990 in Rom nach dem Gewinn der Weltmeisterschaft. Nur schlechter gelaunt.

Ulrike, meine Mutter und ich trinken in unserem Fanblock heißen Kaffee und warten auf das zweite Gruppenspiel, das in einer Stunde angepfiffen werden soll. Meine Mutter fragt unaufhörlich die anderen Eltern, ob sie in den letzten Tagen irgendwo meinen Vater gesehen hätten. Nun fasst sie sogar noch ins Auge, auch zu den anderen Mannschaften zu gehen und sich umzuhören.

«Ich weiß nicht, Mutter, ob das so gut ist», versuche ich sie zu bremsen. «Lass doch mal locker und lenk dich mal ab, mit diesem Turnier hier.»

«*Du* kannst das vielleicht, ich kann das nicht. Außerdem ist das hier eine gute Chance. So viele Menschen auf einem Haufen ...»

«Hmm», mache ich.

«Und außerdem warten wir doch eh hier die meiste Zeit nur rum.»

Da hat sie natürlich recht. Eigentlich bestehen diese Jugendfußballturniere in der Hauptsache aus Warten. Viel zu viele Mannschaften auf viel zu wenigen Plätzen haben viel zu viele Spiele zu absolvieren. So ist nach einem zehnminütigen Spiel eine neunzigminütige Pause nicht selten. Man braucht neben Regenschirmen viel Geduld.

«Warum hat denn der Laurin gar nicht gespielt?», fragt Ulrike und schüttelt sich wie ein nasser Hund das Wasser aus den Haaren.

«Höööhhh», macht da der von einigen Wassertropfen getroffene Reimund, der versetzt hinter uns steht und seinen Sohn und linken Verteidiger Robert mit Chips und Cola versorgt.

«Na ja, weil er eben Einwechselspieler ist», antworte ich kurz und vielleicht etwas zu schroff auf die Frage meiner Schwester.

«Aha, ein Einwechselspieler, aha», murmelt Ulrike. «Und warum wurde er dann nicht eingewechselt?»

«Das wird er nie», mischt sich Mutter ein. «Laurin muss immer draußen stehen. Das ist furchtbar. Was glaubst du, wie das deinen Vater immer geärgert hat, wenn Laurin nicht spielen durfte.»

Mutter hält inne und kämpft mit den Tränen. Ulli legt tröstend einen Arm um sie.

«Weißt du, Ulli, da schlägt man sich einen ganzen Tag lang die Stunden auf diesen Fußballplätzen um die Ohren, und dann spielt er nicht mal, unser Enkel. Ich als Mutter würde mir das nicht bieten lassen. Aber dein Bruder macht ja nichts dagegen.»

Der Bruder, der direkt danebensteht, sagt: «Er ist eben im Moment nicht gut genug. Und hier gilt eben auch das ... äh ... Leistungsprinzip.»

Laurin kann uns zum Glück nicht hören. Er sitzt weit genug entfernt auf der nassen Wiese und blättert in einem Buch.

«Echt?», fragt Ulrike verwundert nach. «Leistungsprinzip? Bei deeeen kleinen Jungs schon? Das ist ja furchtbar.»

Sie schüttelt energisch ihren Kopf, sodass ein weiterer Regentropfen in Richtung Reimund segelt. «Geht es hier nicht um ganz was anderes? Geht es hier nicht um Spaß und Freude an der Bewegung? Darum, Teamfähigkeit zu entwickeln, sich in solch einem Mikrokosmos zu finden und zu definieren? Um anderen Kulturen zu begegnen? Mit Freude sehe ich, wie viel türkische Jungs hier dabei sind.»

«Die nemme unser Jungs aber die Stammplätz weg, die Täkke!»

Es war zu befürchten, Reimund, der dafür bekannt ist, politisch immer mal wieder etwas zu weit nach rechts abzudriften, ist beim Wort «türkisch» hellhörig geworden.

«Is doch wahr, das geht hier bei de Kinner schon los und endet in der Nationalmannschaft. Das is meine persönliche Meinung. Guckt eusch das doch an, Özil, Gündogan et cetera pepe, und das is nur der Anfang! Bald habbe unser Jungs gar kein freie Platz mehr in der Mannschaft. Da stehe nachher nur noch Migrante rum, die das Maul bei der Nationalhymne net uffbekomme. Das is mei persönliche Meinung. Hier, net, dass wir uns falsch verstehe, isch hab nix gege unsere Täkke, grundsätzlich jedenfalls net, wenn sie anständig bleibe und die Hymne mitsinge, nur die Stammplätz müsse se unser deutsche Jungs net wegnemme, oder? Das is jedenfalls mei persönliche Meinung.»

Ich kenne seine «persönliche Meinung» leider schon allzu gut und habe einige Male vergeblich versucht, mit ihm zu diskutieren, bleibe daher heute mal gelassen. Ulrike allerdings steht der Mund offen.

«Das darf mer net laut sage, isch weiß. Auch bei uns im Verein net. Da spiele ja auch so ein paar von dene mit. Da braucht ihr eusch net wunnern, wenn euer Laurin da drauße rumstehe muss. Wisst ihr, wie isch mein? Das ist halt mei persönliche Meinung.»

Danach ist es kurz still, alle hören, wie der Regen unaufhörlich auf die Pfützen prasselt, da sagt meine Mutter ruhig und abgeklärt in Richtung Reimund:

«Was sind Sie nur für ein dummer, dummer Mensch, wirklich, ein ganz ungehobelter, ungebildeter, dummer, dummer Mensch! Seien Sie froh, dass mein Mann heute nicht hier sein kann, der hätte Ihnen aber so was von die Meinung gegeigt.»

Nun steht Reimund der Mund offen.

Wenig später gewinnen «wir» das zweite Spiel mit 2:0 gegen Schwarz-Weiß Ohmes. Die Tore schossen Yassin und Yilmaz, Laurin blieb draußen.

Es ist Zeit, Würstchen zu holen. Das ist schon Tradition. Immer zwischen dem ersten und zweiten Spiel hole ich uns Bratwürste.

Etwas ungeduldig stehe ich in einer recht langen Schlange, da tippt mir ein fremder Mann mit Trainingsjacke, Brille und Jeans von hinten auf die Schulter.

«Sie sind doch der Herr Bröhmann, oder? Von der Polizei Alsfeld?», sagt er.

«Richtig, ja.»

«Ihre Mutter hat vorhin bei uns rumgefragt, ob jemand ihren Mann gesehen hätte. Der ist wohl verschwunden, oder?»

«Ja», antworte ich kurz. Sonst hätte sie wohl nicht gefragt, verkneife ich mir hinzuzufügen.

«Passen Sie auf, Herr Bröhmann», fährt er fort, «ich wollte Ihre Mutter vorhin da nicht nervös machen, weil, im ersten Moment war ich mir da noch nicht so sicher, aber jetzt weiß ich, ich hab ihn gestern gesehen.»

«Wie bitte?» Ich traue meinen Ohren nicht. «Sie haben ihn gestern gesehen? Kennen Sie denn meinen Vater überhaupt?»

Der Mann bejaht die Frage. Er wäre früher oft beruflich bedingt in unserer Dienststelle gewesen. Er arbeite bei der Post.

«Er ist doch da der Chef, oder?», fragt er.

«Er war es, ja. Er war Polizeipräsident.»

Ich verlasse die Würstchenschlange und ziehe den Mann aufgeregt ein Stück zu mir zur Seite.

«Wo, wo haben Sie ihn gesehen und wann genau?», frage ich mit deutlich erhöhtem Pulsschlag.

«In Mücke an der Tankstelle. Er hat dort eine Zeitung gekauft, glaube ich. Das war so gegen Mittag, 12.30 Uhr.»

«Eine Zeitung gekauft?»

«Ja.»

«Und sah er irgendwie auffällig aus?»

«Nö, ganz normal», antwortet er.

Ich notiere die Straße der Tankstelle, den Namen des Mannes und seine Telefonnummer und will glauben, dass dieser Mann recht hat.

«Und Sie sind sich da wirklich sicher?» – «Ja, hundertpro.»

Ich bedanke mich bei ihm, rufe sofort Markus Meirich im Bereitschaftsdienst an. Markus sagt, er wolle gleich jemand nach Mücke zur Tankstelle schicken.

Was macht mein Vater da? Ein paar Kilometer von zu Hause entfernt. Was soll das für einen Sinn machen? Hauptsache Hoffnung! Ich werde es Mutter und Ulrike trotzdem erst erzählen, wenn wir diesen Hinweis überprüft haben.

Ich stelle mich erneut in die Würstchenschlange und entscheide mich für die doppelte Portion.

Eine halbe Stunde später steht das dritte entscheidende Gruppenspiel an. Der Gegner lautet SV Germania Bobenhausen.

Nun wird sich entscheiden, ob sich unsere Mannschaft für die Finalrunde qualifiziert oder als Gruppendritter vorzeitig ausscheidet. Bei allem Sportsgeist und Ehrgeiz: Heute könnte ich mit einer früheren Heimreise in die Trockenheit gut klarkommen. Mich drängt es auch, nach Mücke zu fahren und diesem Hinweis von eben persönlich nachzugehen. Der Gedanke lässt mir keine Ruhe.

Das Spiel ist ausgeglichen. 1:1 steht es zu Beginn der zweiten Halbzeit, und unser Team spielt nach dem Ausgleichstreffer mit ausschließlich falschen Neunern. Alle wuseln um den gegnerischen Strafraum herum, die Defensive wird deutlich vernachlässigt.

Jonas läuft alleine auf das gegnerische Tor zu, rutscht dann aber in einer Pfütze aus. Nun rennen zwei von uns und drei gegnerische Spieler auf Ball und Pfütze zu, stolpern über Jonas, worauf insgesamt sechs Kinder in der Pfütze landen. Einige haben sich weh getan und weinen. Jonas und Yilmaz müssen ausgewechselt werden, und da wir nur zwei Reservespieler zur Verfügung haben, macht sich also Laurin für seinen ersten Turniereinsatz startklar. Kurz sucht er Blickkontakt zu mir, ich lächle und nicke ihm mutmachend zu. Ulrike macht: «Juchuhh.»

So richtig weiß er nach diesem Kaltstart nicht, wohin mit sich und seinem kleinen Körper. Etwas ziellos rennt er mit seinen dürren Beinchen über den Platz, in einer riesigen Hose, die weit über seine Knie bis direkt zu den Stutzen reicht. Er bekommt den Ball. Abgeklärt stoppt er ihn und hält nach einem besser postierten Mitspieler Ausschau. Da rauscht ein stämmiger Bobenhausener in vollem Tempo auf ihn zu und säbelt mein Söhnchen um. Laurin liegt auf dem Rücken und hält sich das Knie.

Ulrike schreit auf. «Der arme Junge. Das gibt's doch nicht.»

Und bevor ich meine Schwester zur Räson bekommen kann, rennt sie schon wutentbrannt mit wehendem Haar auf das Spielfeld. Laurin ist längst wieder aufgestanden, doch Ulrike beschimpft den verdutzt dreinblickenden sechzehnjährigen Schiedsrichter. «Das muss doch Konsequenzen haben», kreischt sie. «Weg da mit dieser faulen Sau!»

Ulrike zeigt mit dem Finger auf Laurins Gegenspieler. Nun rennen einige der gegnerischen Eltern aufs Spielfeld, um ihren Schützling vor der großen bösen Frau da auf dem Spielfeld zu schützen. Da ich Ulrikes Jähzorn allzu gut kenne, befürchte ich für einen kurzen Moment eine Schlägerei. So laufe auch ich aufs Spielfeld und ziehe meine erboste Schwester vom Platz.

«Das geht doch nicht, das geht doch nicht», keift sie weiter. «Der Dicke da kann doch nicht unseren Laurin kaputtmachen.»

«Jetzt halt mal die Klappe, verdammte Scheiße», fahre ich sie heftig an und flüstere ihr böse zu: «Weißt du, was du Laurin damit antust?»

Mutter kommt hinzu. «Ulli, ich weiß, du meinst es gut, aber lass mal gut sein. Hol mir lieber mal nen Kaffee und nen Kuchen.»

Der Schiedsrichter entscheidet auf Freistoß. Yassin legt sich den Ball zurecht, doch Laurin weicht ihm nicht von der Seite und redet auf ihn ein. Yassin geht schulterzuckend zur Seite.

«Der Dings, äh, der ... äh ... soll schießen», ruft Rötzenbrink hinein.

Laurin jedenfalls meint er nicht. Doch der läuft an und haut einfach mal so das Ding unter die Latte.

Tor!

Ich reiße die Arme in die Höhe und schlage damit Reimunds Bierdose aus seiner Hand. Ich renne zur Torlinie und klatsche einen glücklichen Siebenjährigen ab.

Jawoll, geht doch!

Kurz danach kassieren wir zwar den Ausgleich, scheiden aufgrund des Torverhältnisses aus und müssen beziehungsweise dürfen nach Hause fahren, doch das Turnier hat sich für mich allein durch diesen einen Laurin-Hammer gelohnt.

Nachdem wir alle Sachen zusammengepackt haben und schon auf dem Weg zum Auto sind, laufen wir Bruno Rötzenbrink über den Weg, der den späten Ausgleich noch immer nicht verkraftet hat.

«Wiedersehen, Herr Rötzenbrink», rufe ich ihm im Vorbeigehen zu. «Schade, dass wir raus sind, was? Vielleicht lassen Sie beim nächsten Mal den Laurin etwas länger spielen, dann reicht es vielleicht auch für die Finalrunde. Solche Freistöße schießen nur wenige.»

Ich höre keine Reaktion, da Trainer Rötzenbrink vermutlich noch mit Grübeln darüber beschäftigt ist, wer denn dieser Laurin überhaupt sein soll.

Auf der Fahrt nach Hause schwärme ich noch immer von seinem Freistoß und schildere immer und immer wieder, wie ich diesen Jahrhundertschuss erlebt hätte, da sehe ich im Rückspiegel, dass Laurin schon längst wieder in ein Buch vertieft ist.

Kapitel 16

Noch am selben Abend rase ich zur Dienststelle, um die Videobänder der Tankstelle in Mücke zu sichten. Markus hat wie versprochen gleich den Kollegen Wolff dort hingeschickt, der diese dann auch sofort ausgehändigt bekam. Kurz nachdem Wolff zurück in Alsfeld war, erreichte auch ich schon die Direktion.

Um 12.30 Uhr will der Mann meinen Vater dort gesehen haben. Also beginne ich mit der Sichtung der Bänder ab 11 Uhr. Die Videos zeigen sowohl, wie die Autos an die Zapfsäulen heranfahren, als auch, wie die Kunden später den Kassenraum betreten. Ich spule immer mal wieder vor und schicke kurze Stoßgebete in den Himmel. Ich will ihn verdammt noch einmal jetzt gleich hier und sofort auf diesem Video sehen.

Bitte, bitte, bitte!

Inzwischen zeigt die Uhr 12.32 Uhr. Niemand, der meinem Vater auch nur annähernd ähnelt, war bisher zu erkennen.

Nun befährt ein weiteres Auto das Tankstellengrundstück. Ein grüner, alter Volvo. Das Auto kenne ich doch, das ist doch ...

Frustriert lege ich den Kopf auf meiner Schreibtischplatte ab. Es ist Onkel Ludwig Körber, der da eine Zeitung kauft. Der Postbeamte, der mir eben diesen Hinweis gab, hat Körber mit meinem Vater verwechselt! So eine Scheiße! Beide arbeiteten jahrelang in benachbarten Büros. Da kann man, wenn man persönlich nicht allzu viel mit ihnen zu tun hatte, auch mal durcheinanderkommen.

Voller Wut trete ich gegen den Papierkorb, aber außer dass

mein Schienbein weh tut, bringt diese Tat keinen spürbaren Nutzen mit sich.

Ab ins Auto und nichts wie zurück nach Hause.

Vor mir eiert schon seit geraumer Zeit ein Audi A3 aggressiv defensiv fahrend herum. Verlässlich fährt er stets 8 km/h langsamer als erlaubt. Der kommt mir gerade recht. Meine Stimmung ist ohnehin schon gereizt, und von Kilometer zu Kilometer wird sie noch gereizter. «Fahr doch», blöke ich in meine Windschutzscheibe, als er in Sichtweite des Tempo-60-Schildes schon mal vorsorglich die Geschwindigkeit auf 52 drosselt.

Ich versuche mich abzulenken und lege Mannis Country-CD ein.

«Wenn ein wildes weisches wüstes Weib misch willig zu sisch winkt und auf der weiten Wiese wuschisch wartet», singt er.

In dem Moment, in dem ich die Lautstärke laut genug gedreht habe, trete ich voll auf die Bremse und vermeide im letzten Moment einen Auffahrunfall.

O. k., dann hat er es wohl nicht anders gewollt.

Megacop Bröhmann, der Rächer der oberhessischen Landstraßen, muss wieder einmal eingreifen. Das braucht er mindestens dreimal im Jahr, und nun ist es wieder so weit. Legal ist das natürlich nicht, doch was juckt es mich schon, was habe ich denn groß zu verlieren?

So greife ich nach meiner oldschooligen Retro-Polizeikelle, fahre nah auf den Audi auf und winke ihn auf die Seite.

Der Fahrer, ein seitengescheitelter Mann um die vierzig, lässt die Scheibe herunter und blickt mich verunsichert an.

«Einen schönen guten Tag», sage ich mit fester Stimme und halte ihm kurz meinen Ausweis vor die Nase. «Wissen Sie, warum ich Sie anhalte?»

«Nein, eigentlich nicht», wispert er unterwürfig.

«Sie fahren zu langsam und gefährden damit den Straßenverkehr.»

Devot nickt er mir zu.

«Das Land Hessen hat nun in fast jedem Dorf hier auf der Strecke diese Blitztürme fest installiert. Dies hat den Zweck, dass niemand mehr durch die Dörfer brettert. Und das ist auch gut und sinnvoll so. Es soll allerdings im Gegenzug nicht bewirken, dass Fahrer wie Sie mit einem Schlag von Tempo 50 auf Tempo 38 abbremsen und so fast einen Auffahrunfall provozieren. Wie schnell dürfen Sie in geschlossenen Ortschaften fahren?»

«Fünfzig, fünfzig», antwortet der Mann, der früher mit Sicherheit die berühmte Tasche seines Lehrers trug, sein Zahnarzt-Bonusheft lückenlos führt und bestimmt seit Jahren gewissenhaft irgendwelche dämlichen Tankstellenpunkte sammelt.

«Richtig! Dann fahren Sie bitte auch 50. Da passiert Ihnen nämlich nichts. Sie bekommen keinen positiven Eintrag in Ihr polizeiliches Führungszeugnis, wenn Sie weit unter den 50 liegen.» Ich beuge mich näher zu ihm herunter. «Wissen Sie, ich verrate Ihnen mal was, selbst wenn Sie 56,7 fahren würden, wäre das auch kein Problem.»

«Und was passiert jetzt?», fragt er so eingeschüchtert, dass er mir langsam leidtut.

«Nichts», antworte ich großherzig. «Ich belasse es mal bei einer Ermahnung, werter Herr.»

Erleichtert strahlt er mich an. «Oh, vielen, vielen Dank! Danke, das ist nett, danke! Wissen Sie, meine Frau ist nämlich immer so sauer, wenn ich Strafzettel bekomme. Da bin ich jetzt echt erleichtert, erst vorgestern nämlich war mein Parkschein zehn Minuten abgelaufen, und ich wurde erwischt.»

«Ei, ei, ei», sage ich.

«Das hab ich bis jetzt noch nicht gebeichtet. Vielen Dank, ehrlich, vielen Dank.»

«Keine Ursache. Dann wünsche ich Ihnen eine gute Weiterfahrt. Ach ja, und noch ein persönliches Wort: Versuchen Sie nicht, immer alles richtig zu machen. Das bringt nämlich nichts.»

Der Mann kichert verwirrt.

«Und lassen Sie sich scheiden. Schönen Tag noch!»

Zufrieden schreitet der Rächer der Landstraße zu seinem Auto zurück und kommt vermutlich nun endgültig nicht mehr in den Himmel.

«Melina, du musst das nicht schon wieder machen», brülle ich, kurz nachdem ich wieder zu Hause angekommen bin, durch unser Treppenhaus, um den Staubsaugerkrach zu übertönen. Ich sehe sie schon das zweite Mal in dieser Woche schlechtgelaunt mit dem Staubsauger durch unser Haus fegen.

Melina schaltet ihn aus. «Was hast du gesagt?», ruft sie mir von der obersten Treppenstufe hinunter.

«Du musst das nicht schon wieder machen», wiederhole ich.

«Ach nee? Muss ich das nicht?!»

Ihr Ton klingt eindeutig verärgert. Fragend blicke ich zu ihr hinauf.

«Wer macht es denn sonst? Du etwa?», fragt sie ebenso patzig wie rhetorisch und saugt weiter.

Es gibt doch eigentlich Schlimmeres, als wenn die Kinder unaufgefordert Böden saugen, doch irgendetwas stimmt hier nicht. So gehe ich die Treppe hinauf und ziehe den Stecker aus der Dose.

«Melina, du hast schon so viel hier übernommen in den letzten Tagen, so haushaltsmäßig. Lass mal, mach doch mal Ferien.»

Ein brodelnder Tochtervulkan steht vor mir.

«Wenn *ich* das nicht mache, bricht hier doch alles zusammen. *Du* lässt doch alles liegen. Räumst ja nicht mal deinen Frühstücksscheiß weg. Und ziehst auch deine Schuhe nicht aus nach den Hundegängen. Und trägst deswegen den ganzen ...»

«Stopp», rufe ich. «Das ist nicht deine Verantwortung, Melina. Ich gucke mich gerade nach einer Putzhilfe um, und es ist wirklich nicht deine Aufgabe, meinen Dreck ...»

«Ach jaa, aber es ist meine Aufgabe, ständig auf Laurin aufzupassen, wenn du nicht da bist? Mal soll ich voll die Erwachsene sein, und dann bin ich wieder ein Scheiß-Kind, oder was?»

Melinas Stimme ist im Begriff, sich zu überschlagen. Ganz unrecht hat sie nicht. Nein, sie hat vielmehr vollkommen recht.

«Ich bin dir wirklich dankbar, Melina, wie du hier mitmachst, seit Mama ... äh, weg ist.»

«Seit Mama ... äh, weg ist», äfft sie mich nach. «Du redest mit mir, als wäre ich entweder ein Baby oder behindert.»

«Ach, das stimmt doch nicht», sage ich betont ruhig, um die Schärfe rauszukriegen. Doch alles andere würde Melina vielleicht wollen, nur die Schärfe rauskriegen, das will sie ganz bestimmt nicht.

Nun kreischt sie mich an.

«Sag doch endlich mal, was wirklich los ist. Net immer drum herum. Was ist denn mit Opa? Was war denn los in Berlin? Sag mir doch mal die fuck brutale Wahrheit und spiel mir net den Ich-hab-alles-im-Griff-Super-Daddy vor. Den nehm ich dir sowieso nicht ab. Und wenn ich gleich anfange zu flennen, dann nimm mich bloß nicht wieder in den Arm!»

Dann weint sie. Und ich stehe blöd da und nehme sie nicht in den Arm.

Stattdessen ziehe ich mich in mein Arbeitszimmer zurück und würde es ihr am liebsten gleichtun. Auch mich nimmt keiner in den Arm.

Ich brauche frische Luft, rufe Melina und Laurin zu, dass ich noch eine kleine Runde drehe. Ja, ohne die Köter. Ohne Zweck, einfach so, ein bisschen allein sein, einen Nachtspaziergang machen. Ich verlasse unser Haus, laufe den Berg hinab, überquere die Kurstraße und gehe Richtung Kurpark. Ich kann dies hier alles nicht mehr sehen. Ich will hier weg, ich will nach Berlin. Ich will in hippen Konzept-Bars sitzen, mit meinen neuen jungen Freunden, den ausschließlich gutaussehenden erfolgreichen Menschen, die an spannenden kreativen Projekten arbeiten, enge T-Shirts und schicke Brillen tragen. Ich will mit ihnen über die vielen Touristen stöhnen und mich mit abschätzigem Blick darüber lustig machen, wo ich aufgewachsen bin. Meine neuen Freunde lachen dann ausgelassen über meine Provinzanekdötchen und sagen um vier Uhr morgens zu mir: «Wow, Henning, du bist echt ein stranger Typ. Wir wussten gar nicht, dass Polizisten so szenig sein können.»

Ich lächle dann still in mich hinein und erzähle meine irre spannende Lebensgeschichte von einer Exfrau im Knast und dem verschwundenen Vater. Ungläubig hängen sie an meinen Lippen. «Wahnsinn», sagen sie dann, «und das hast du alles so hinter dir lassen können?»

Am Ende nicke ich gewichtig, zahle für alle die Rechnung, gehe nach Hause, habe dort mit der Schönsten aus der Runde unverbindlichen Sex und verabrede mich für den nächsten Vormittag zum Vernissage-Brunch mit Ambient Music.

Dann bleibe ich stehen, blicke in den gewittrigen Himmel und fühle mich lächerlich.

Hinter mir raschelt es. Ich blicke mich um, sehe aber nichts. Ich gehe weiter und höre wieder ein Geräusch. Ich ignoriere es, laufe einfach weiter und nehme mir vor, mich morgen in aller Ernsthaftigkeit an die Bewerbung für die Berliner Polizeistelle zu setzen. Nun finde ich mich noch lächerlicher. Als würden die dort auf mich warten. Ich höre Schritte. Eindeutig. Doch wieder ist niemand zu sehen.

Doch, da ist jemand. Keine Frage. Es ist fast Mitternacht. Um diese Zeit ist hier sonst nie jemand. Hier stimmt was nicht. Nun höre ich Geraschel.

Ich werde verfolgt, so viel ist klar. Ich ändere die Richtung, laufe wieder zurück. Immer wieder drehe ich mich um. Diesmal erkenne ich einen Schatten, der hinter einem Baum zu verschwinden scheint. Was soll ich tun? Schreien? Wegrennen? Ich bekomme Angst. Scheiße. Ich glaube, ich habe ein Problem. Wer will hier was von mir? Ist das der Mörder meines Vaters? Bin ich jetzt dran? Ist es Maik Fichtenau? Ich habe kein Handy dabei. Soll ich laut um Hilfe rufen? Ich erwarte sekündlich, dass etwas Schlimmes passiert. Fallen jetzt wieder Schüsse, so wie in Berlin?

Dann renne ich los. Mit dem Ergebnis, dass ich über die eigenen Füße stolpere und auf die Fresse fliege. Ich bleibe benommen liegen und höre Schritte auf mich zukommen.

«Bist du okay?», fragt eine dünne Frauenstimme. Ich richte mich auf und erkenne die ... Dings. Die Dings vom Klassentreffen.

«Was machst *du* denn hier?», fahre ich sie an.

«Oh, 'schuldigung, hihi, ich wollte dich nicht erschrecken. Oh, das tut mir leid.»

Jetzt sage bitte nicht, dass du zufällig in der Gegend warst!

«Ich war grad zufällig in der Gegend», sagt sie, «da habe ich dich hier rumlaufen sehen.»

Völlig durchgeschwitzt krame ich nach einem Taschentuch, um mir die Stirn zu trocknen.

Die Dings trägt das gleiche Sommerkleid wie beim Klassentreffen. Sie lächelt mich unsicher an.

«So, egal jetzt», sage ich, ohne genau zu wissen, was ich eigentlich egal finde, «ich muss jetzt nach Hause. Wo steht denn dein Auto? Ich bring dich hin.»

«Ach duuu, das ist lieb, hihi», sagt sie. «Aber ich denke, ich bleib hier noch ein bisschen.»

«Du willst hier alleine mitten in der Nacht herumlaufen?» Mein Ton ist gereizt. «Findest du nicht, dass das ein bisschen gefährlich ist?»

Die Dings lacht abschätzig auf. «Ach, mir passiert schon nichts, wer will denn schon jemanden wie mich vergewaltigen? Hihi.»

Solch eine dämliche Bemerkung habe ich selten gehört. Ich ignoriere das, will aber nicht zulassen, dass sie hier alleine zurückbleibt, und dränge sie genervt, mitzukommen. Sie gibt schließlich nach, und wir laufen beide in Richtung Ort.

«Du bist sauer, ne?»

«Nein, bin ich nicht», lüge ich.

«Jetzt habe ich es bei dir auch verkackt ...»

«Nein, wieso? Hast du nicht ...»

«Doch!»

Ich belasse es dabei und frage erneut, wo ihr Auto steht. Doch sie reagiert nicht auf meine Frage, sondern fährt mit ihren nervtötend bizarren Selbstbezichtigungen fort: «Suuuuper, Rike, das hast du wieder prima hinbekommen. Da mag dich mal jemand ein bisschen, und du versaust es gleich.»

Rike, ja, so war das, natürlich, Rike heißt sie. Passt prima. Nun weiß ich endlich wieder ihren Namen, doch wer hat bitte jemals behauptet, dass ich sie mag?

«'tschuldige bitte noch mal, Henning, ich mach grad ne schwere Phase durch. Da steh ich manchmal ein bisschen neben mir. Meine beste Freundin ist vor kurzem an Krebs gestorben. Ich hab sie bis zum Schluss begleitet, als sie nur noch Haut und Knochen war. Ich muss das alles noch verkraften. Und da ich das alles mit mir selbst ausmachen muss, bin ich halt manchmal ein bisschen schwierig und gehe allen noch mehr auf die Nerven als sonst, ich weiß.»

Da tut sie mir plötzlich wieder ein bisschen leid.

«Ist schon in Ordnung, bin halt heute auch etwas, na ja, angespannt.»

«Du Armer», sagt sie und streicht mir dabei den Oberarm.

Inzwischen bin ich fast zu Hause angekommen.

«So, ich muss jetzt», sage ich und deute auf unsere Doppelhaushälfte.

Rike lächelt und greift nach meiner Hand. Ich traue mich nicht, sie ihr gleich zu entreißen.

«Darf ich dich mal drücken?», fragt sie dann. Auch das noch.

«Von mir aus», antworte ich entkräftet. Warum auch nicht? Wer drückt mich denn schon sonst im Moment?

Die kleine schmale Rike drückt ihren Körper fest an mich. Es tut tatsächlich ein bisschen gut, so merkwürdig sie auch ist. Als unsere Unterkörper etwas zu nah aneinandergeraten, gelingt es mir, sie vorsichtig und sachte von mir wegzuschieben.

«Das war schön», sagt sie. «Danke.» Dann dreht sie sich um und zieht von dannen.

Als Miriam Meisler vorschlug, an diesem späten Sonntagabend gemeinsam zu «skypen», wollte ich auf keinen Fall zugeben, dass ich das gar nicht kann. Ich weiß natürlich schon grob, was das ist, aber wie es funktioniert, keine Ahnung.

Ich habe eben keine Freunde oder Familie in Südamerika, und eigentlich muss ich beim Telefonieren auch niemanden sehen.

Dass ich jetzt gleich also das erste Mal skype, geht die Wahlberlinerin Miriam schon mal gar nichts an. Ich habe kein Interesse, Vorurteile gegenüber rückständigen Oberhessen in irgendeiner Form zu bestätigen.

So bitte ich Melina unterwürfig, mir dieses Skype auf meinem Notebook zu installieren. Ich sage, dass sie sich ruhig Zeit lassen könne, da ich ohnehin einkaufen müsse. Noch bevor ich diesen Satz zu Ende gesprochen habe, ist sie fertig.

«So!», sagt sie knapp. «Kannst loslegen.»

Drei Stunden später erscheint also Miriam auf meinem Bildschirm. Zu Beginn irritiert es mich sehr, dass ich mich dabei auch selbst sehen muss. In einer Mischung aus Narziss- und Masochismus blicke ich mehr auf mein müdes abgespanntes Gesicht als auf die lebendige junge Miriam.

«Es kann doch nicht sein, dass sowohl der Fichtenau als auch dein Vater vom Erdboden verschwunden sind», sagt meine ehemalige Kollegin.

«Es macht mich wahnsinnig!», jammere ich.

Nachdem die Berliner Polizei die Suche nach meinem Vater zunächst weitgehend uns, den hessischen Kollegen, überließ, in der Hoffnung, ihn in unserer Region aufzufinden, hat sich Miriams Team inzwischen wieder stärker in die Ermittlungen eingeschaltet. Schließlich wird Maik Fichtenau nicht nur verdächtigt, mit dem Verschwinden meines Vaters etwas zu tun zu haben, sondern er gilt auch bei den Mordfällen Gummer und Dürrstein, dem Friedhofsopfer, als Hauptverdächtiger.

«Wir haben gerade vier Morde parallel aufzuklären», jammert nun auch Miriam. «Wir sind am Limit.»

«Vielleicht hat Maik Fichtenau tatsächlich unschuldig gesessen und ist nun auf Rachefeldzug», sage ich tonlos. «Ich habe mir die Akten noch ein weiteres Mal durchgesehen. Es wurde ausschließlich in Richtung Fichtenau ermittelt. Sollte wohl ein schneller Ermittlungserfolg werden. Das ist so was von klar. Mein Vater war sonst ein so überkorrekter akribischer Polizist, und hier ging alles wirklich etwas sehr schnell. Fichtenau hat weder gestanden, noch gab es eindeutige Beweise.»

Miriam fragt, ob ich eine Idee hätte, aus welchem Grund mein Vater und Gummer so sehr auf einen schnellen Ermittlungserfolg aus gewesen sein könnten.

«Es gibt eigentlich nur eine Erklärung», antworte ich. «Aus purer Karrieregeilheit. Beide wollten zügig auf der Leiter nach oben. Sie brauchten vermutlich dafür diesen Ermittlungserfolg. Und es ist nun mal schlicht und ergreifend so, dass Vater und Gummer beide kurz nach der Anklage auch befördert wurden.»

Und nun zahlt der Herr Papa den Preis, denke ich still.

Danach tauschen wir uns noch ein wenig über die nächsten Ermittlungsschritte aus, bevor ich Miriam am Ende unseres Gesprächs frage, wie es ihr denn in Berlin privat so ergehe.

«Na ja, so viel mit Privat ist bei mir nicht. Ich arbeite eigentlich ständig», antwortet sie und verschwindet für einen kurzen Moment aus dem Bild. Mit einer Flasche Bier in der Hand kehrt sie zurück.

«Prost», sage ich. «Und wie läuft's mit deinem Freund, dem ... wie heißt er noch, Alexander?»

Dass Miriam seinerzeit Alsfeld verließ und in die Hauptstadt wechselte, hatte auch damit zu tun, dass ihr Partner dort lebte.

«Das ist grad ein bisschen schwierig», sagt sie und unterdrückt ein müdes Gähnen. «Willste das wirklich wissen?»

Ich bejahe und füge hinzu, dass mir unser privater Austausch fehle.

«Wir versuchen so etwas wie eine offene Beziehung. Verstehste? Also, du weißt schon, Treue ist relativ. Wir erlauben uns sozusagen fremdzuvögeln.»

«Aha.»

«Wenn wir uns Monogamie verordnet hätten, würden wir uns ständig belügen. Und da wir das nicht wollen, machen wir's halt so. Nur fragt Alex mir ein bisschen zu viel. Und wenn ich dann mal was andeute, wo ich die letzte Nacht war, dann ist er gekränkt. Und das nervt gewaltig.»

«Hmm.»

«Und gestern war er richtig sauer, weil ich was mit ner Frau hatte. Da kann er gar nicht mit umgehen.»

«O. k.»

«Jetzt versuchen wir das auf die Kette zu kriegen. Aber mir fehlt dazu der Nerv, weil ich so viel um die Ohren habe.»

«Klar.»

Ich fühle mich bei weitem nicht befähigt, dazu etwas Schlaues zu sagen. Dafür bin ich zu spießig und zu provinziell. Man muss seine Grenzen kennen.

Kapitel 17

Das sieht hier ja lustig aus bei euch», feixt meine Schwester, während sie sich in meinem Büro in Alsfeld umschaut.

«Wie meinst du das, lustig?»

«Och, nur so ...»

Ulrike kichert. Mir schwillt schon wieder der Kamm.

«Wurde hier in den letzten vierzig Jahren mal irgendetwas verändert?», fragt sie. «Oder kann es sein, dass diese ganze alte schlechte Energie von Generationen noch drinhängt.»

«Wenn du weiter so rumredest, ist hier wirklich gleich mal schlechte Energie», motze ich.

«Ach Kinder», schaltet sich Mutter dazwischen, «streitet euch doch nicht immer. Lasst es doch einfach mal sein, mir zuliebe wenigstens.»

Meine Mutter und Ulli hatten sich für diesen Besuch in der Polizeidirektion heute früh telefonisch angekündigt. Sie wollten sich, so meine Mutter, ein eigenes Bild von der Suche nach meinem Vater machen. Wie kann ich da nein sagen?

Die Tür geht auf, und es macht «Rülps». Nein, eher «Röööörrrp», und das sehr, sehr laut.

«Oh ...» Teichner hält sich erschrocken die Hand vor den Mund. «Oh, sorry, das wusste ich net, dass ... äh ... Besuch ...»

Mit roter Birne verschwindet er flugs aus meinem Büro.

«Was war denn das bitte für ein unflätiger Mensch?», ereifert sich meine Mutter. «War das dieser Teichmann?»

«Teichner, ja.»

«Und *diese* Leute suchen Papa?», fragt Ulrike. «Na dann prost Mahlzeit.»

Ich erkläre sofort, dass wir sonst ein richtig tolles Team hätten, und beginne gleich von Markus zu schwärmen, den ich unbedingt auch Ulrike mal vorstellen müsste, und außerdem arbeite ja auch noch die Berliner Polizei an dem Fall. Nachdem ich das gesagt habe, ärgere ich mich, dass ich mich vor meiner Schwester rechtfertige.

Wieder geht die Tür auf, und völlig überraschend erscheint Manni Kreutzer mit Gitarre unter dem Arm in meinem Büro.

Erika, die heute im Sekretariat sitzt, taucht hinter ihm auf, wedelt mit den Armen und ruft: «Entschuldige, aber ich konnte ihn nicht aufhalten. Ich hab ihm gesagt, dass du keine Zeit hast.»

«Servus, mein Freund, wie gut, dass du da bist», begrüßt mich Manni deutlich dramatischer als sonst und drückt sich ganz fest an mich. Schon der zweite Mensch nach Rike, dem nach einer innigen Umarmung mit mir zumute ist.

«Das ist, äh, Manni», stelle ich ihn meiner Mutter und Ulrike vor, die ihm beide etwas verdutzt zunicken. Manni ignoriert beide und hat nur Augen für mich.

Er kämpft erkennbar mit den Tränen. Was ist denn los?

«Gut, dass du da bist, mein Freund. Isch bin fix und alle. Mir schlottere die Knie vor Emotionalismus. Mein Herz tut zerbresche, und isch bin uffgeweischt von ganz tief inne drin. Ich hab endlisch Worte für mei Drama gefunne. Endlisch konnt isch das alles kanalisationiere.»

Wieder umarmt er mich. «Isch hab's ebe in einen Song ringepackt. Da kann isch das am beste ausdrücke, wo misch bewegt. Pass acht, isch sing's dir mal vor.»

«Stopp, nein, Manni, warte, das passt jetzt ...»

Doch da hat er schon den ersten Akkord gespielt, und es gibt kein Zurück mehr:

Isch guck noch einmal zurück,
doch isch knall net die Tür,
denn ein Cowboy wie mir trinkt vorher noch ein Bier,
bevor er weiterzieht
mit dem Wind, der wo ein Liedsche von Freiheit singt.

Isch denk noch einmal zurück, wie du
mei Wäsch gewäscht,
du hast mei Süppsche gekocht und mei Bettsche gemächt.
Doch das ist over now,
es heißt bye-bye ...
Sauerei.

Isch bin ein
loooonesamer Wolf, du lässt misch allein
mit ner Bottle of Wein,
spiel isch lonesomer Wolf
wie ein Cowboy im Mondschein Minigolf.

Lonesomer Wolf,
isch guck nur nach vorn, doch isch hab disch verlorn.
Lonesamer Wolf,
doch du hast misch damals,
misch lonesamen Wolf
mit Hebammen-Mary in der Prärie
geborn.

Du hast den Papa aach schon
vom Hof gejagt
und mit eiskaltem Herz
ihn net einmal gefragt,

er musste weiterziehn
mit dem Wind, der seine Fahne nach Texas bringt.

Hast mir das Brüstsche gegebe
und das Höfsche gefecht.
Hast die Fische geköppt
und ein Lämmsche erlecht,
doch das ist over now,
es heißt bye-bye ...
Sauerei.

Isch bin ein loooonesamer Wolf ...

Manni stehen vor Rührung die Tränen in den Augen. Sein eigenes Werk hat ihn sichtlich ergriffen. Breitbeinig stand er gerade vor uns, schloss melancholisch bis pathetisch die Augen und sang ungeachtet der Anwesenheit meiner Mutter und meiner Schwester, die beide zu Salzsäulen erstarrt sind, voll Inbrunst, Herzblut und schmierigem Bariton vom «Lonesamen Wolf». Nun ist er fertig und wischt sich die Stirn.

«Puuuh, das Ding geht mir noch zu sehr unner die Haut. Weißte, das ist alles noch so nah. Da sitzt der Stachel noch zu tief. Das ist ein bisschen so, wie der Grönemeyer damals von seiner Frau gesunge hat, die wo gestorbe ist ...»

«Sagen Sie mal, geht's noch?!»

Ulrike hat sich aus ihrer Erstarrung gelöst. «Haben Sie noch alle Tassen im Schrank???»

Mit irritierten Blicken sucht der aufgewühlte Barde bei mir Schutz.

«Gibt's hier denn nur Bekloppte?», kommentiert meine Mutter resigniert das Geschehen und lässt sich auf einen Stuhl fallen.

«Wie, was, wieso? Was sind das dann hier plötzlisch für negative Weibbräischens?»

Ulrike geht mit hochrotem Kopf einen Schritt auf Manni zu. «Sie besitzen tatsächlich die Dreistigkeit, hier bei der Polizei aufzukreuzen, die gerade fieberhaft nach unserem Vater suchen muss, und singen ein Liedchen über Ihre Mutti?»

«Ja, klar», antwortet Manni, der die Welt nicht mehr versteht.

Dazu muss man wissen: Manni ist vor zwei Monaten mit 59 Jahren von seiner 83-jährigen Mutter vor die Tür gesetzt worden. Seit fast dreißig Jahren hat er bei ihr in Schotten-Rainrod in einer Einliegerwohnung, die er «Ranch» nennt, als ewiger Junggeselle gelebt. Nun braucht die Mutter Pflege und hält für diese Aufgabe ihren Sohn vernünftigerweise nicht für die richtige Besetzung. Stattdessen hat sie eine junge Polin engagiert, die ab sofort in der Einlieger-Ranch wohnen soll. Und da musste der Manni eben raus. Mit knapp sechzig steht er nun also auf eigenen Beinen.

«Isch bin doch selbst auch so was wie ein Bulle, ein Kollege von all dene hier im Revier», sagt er. «Also so fast wenigstens, so ein bissi, ab und zu mal, auf jeden Fall bin isch ein dicker Kumbel von Ihrm Bruder.»

Nun richten sich alle Blicke auf mich.

«Gut», sage ich. «Ich würde die Unterhaltung nun gerne beenden und ...»

«Des wühlt misch doch auch auf mit euerm Babba. Hab doch selber mit ihm früher Skat gekloppt und tu den ganze Tach nix anneres als nach ihm suche.»

«Es sei denn, Sie spielen Ihr Muttilied», entgegnet Ulrike deutlich entspannter.

«Hat es Ihne denn gar net gefalle? Soll isch, jetzt, wo die Woge sisch ein bissi zu glätte scheine, das Ding vielleischt noch emal vorspiele?»

«NEIN», schreit die komplette Familie Bröhmann.

Manni hebt erschrocken die Arme. «O. k., o. k., o. k., isch will misch net uffdränge. Jutupp hat misch eh wieder gebucht, da könnt ihr eusch das ab sofort kostelos angugge ... Immer wieder, wenn ihr wollt ...»

Stille.

«Ihr wollt aber net, gelle?»

Ich muss das jetzt hier beenden, führe Mutter und Schwester aus meinem Büro hinaus und bringe sie zu Ludwig Körber. Dort können sie sich bei der höchsten Stelle und dem besten Freund meines Vaters über den aktuellen Stand unserer Fahndung informieren.

Danach kehre ich wieder zurück in mein Büro, in dem Manni inzwischen auf meinem Schreibtischstuhl Platz genommen hat und gedankenverloren auf seiner Gitarre herumzupft.

Während er eben seinen Song trällerte, ist mir eine Idee gekommen, wie er sich nützlich machen kann. Ich habe einen neuen Auftrag für ihn.

Ich bitte ihn, sich dem Hundemörder-Fall zu widmen. Wir haben einfach zu wenig Kapazität derzeit für derlei Vergehen. So leid mir das für Bummo und sein Herrchen Egon tut, wir müssen doch Prioritäten setzen.

Ich beauftrage Manni also, sich im Waldgebiet um Bad Salzhausen umzusehen, in der Hoffnung, dass ihm vielleicht irgendetwas Verdächtiges auffällt.

Da vorgestern ein weiterer Köder entdeckt wurde, führe auch ich inzwischen Berlusconi und Charlie ausschließlich an der Leine,

Manni ist selig.

«Was wärt ihr ohne misch, was?», sagt er mit ausgebreiteten Armen. «Aber isch mach's gern, das wisst ihr. Auch wenn isch jetzt ne schwere Zeit durschmach, isch mach das.»

«Wieso schwere Zeit?», frage ich nach.

«Ei, wegen der Muddi.»

«Ach so, ja, stimmt.»

Manni berührt meine Schulter. «Das tut schon verdammt weh, mein Lieber. Und zwar hier ...»

Dramatisch weist er auf sein Herz. Dann packt er die Gitarre zusammen und summt im Hinausgehen noch einmal seinen Kehrvers:

«Isch bin ein loooonesomer Wolf.»

Drei Minuten später kommt Markus in mein Büro. «Hat der hier wirklich grad Gitarre gespielt?»

«Ja, hat er», sage ich etwas erschöpft und blicke auf die Uhr. «Oh, wir müssen ja schon los.»

Ich stecke Handy und Autoschlüssel ein, und wir machen uns auf den Weg zu Jochen Gruber.

Kirsten Grubers Bruder hat den Absprung geschafft. Er lebt nicht mehr wie seine Eltern in Nidda-Ulfa, sondern einen Berg und ein paar Bäume weiter in Nidda-Stornfels.

In Jochen Grubers Polizeiakte findet man einige recht unschöne Einträge. So ist er zum Beispiel schon dreimal wegen grober Körperverletzung auffällig geworden. Das letzte Mal vor sieben Jahren, als er in einer Gaststätte den Wirt unter den Zapfhahn drückte und Bier über ihn laufen ließ. Ich erinnere mich daran, wie die Fichtenau-Eltern darüber klagten, Sohn Maik sei häufig Opfer gewaltsamer Übergriffe seitens Jochen Grubers gewesen. Zudem gibt es Andeutungen in Maiks Vernehmungsprotokoll, dass Gruber mit seiner Schwester nicht immer pfleglich umgegangen sei. Ob das nun wirklich alles so stimmt, steht auf einem anderen Blatt.

Mit diesen Informationen und Fragen im Gepäck stehen Kollege Meirich und ich vor der Wohnungstür und betätigen ein zweites Mal die Klingel. Seit Tagen versuchen wir vergeblich, den Mann telefonisch zu erreichen. Einen Rückruf haben wir nie bekommen, so entschieden wir uns, es mit einem unangemeldeten Überraschungsbesuch zu versuchen.

Wir haben Glück.

Jochen Gruber ist ein groß und breit gewachsener Mann mit starker Körperbehaarung und unruhigem Blick. Sein Körper wuchert mit einer großen Menge von Fett und Muskeln. Er wirkt wie eine Mischung aus Boxer, Gewichtheber und Diskuswerfer, und es fällt schwer, sich vorzustellen, dass das Betrachten seiner Gesamterscheinung irgendjemandem Freude bereiten könnte.

«Ja?», fragt er eher unfreundlich als freundlich.

Wir stellen uns vor und bitten ihn, uns in die Wohnung zu lassen und auf unsere Fragen zu antworten.

Wortlos geleitet er uns durch den dunklen Wohnungsflur ins muffig riechende Wohnzimmer. Im Vorbeigehen schließt er die Tür zu einer kleinen Kammer, wodurch es noch dunkler wird.

Markus und ich nehmen auf einem sehr alten durchgesessenen Sofa und reichlich Chipskrümeln Platz. Zwischen uns liegen Kissen mit Bayern-München-Wappen, die ich mit spitzen Fingern zur Seite lege. So viel Zeit muss sein.

«Ich bin halt gern auf der Seite der Sieger», kommentiert unser Gastgeber, dem das nicht entgangen ist, und schenkt uns erstmals so etwas wie ein Lächeln.

Markus' Frage, ob er seit dessen Entlassung irgendetwas von Maik Fichtenau gehört oder gesehen habe, verneint Jochen Gruber.

«Mein Vater hat euch doch alles erzählt. Was soll ich denn jetzt noch sagen?»

Mir behagt es nicht, von Fremden «geihrzt» zu werden. Ich bin in derartigen Situationen ein großer Freund des formellen Siezens.

«Zum Beispiel, was Sie gegen die Beziehung Ihrer Schwester mit Maik hatten», sagt Markus.

«Ich weiß nicht, ob ihr mitbekommen habt, dass meine Schwester seit über zwanzig Jahren tot ist. Was soll ich also noch dagegen haben?»

Markus schweigt. Kommt noch was von Gruber? Nein.

«Es heißt, Sie hätten Maik Fichtenau früher mehrmals Gewalt zugefügt.»

«Blödsinn! Es gab zwischen uns und den Fichtenaus schon immer Streit. Das wissen Sie doch alles schon von meinem Vater. Also, was wollen Sie noch?»

Ich überlasse Markus weiter das Befragen. Er kann das besser. Beeindruckt nehme ich wahr, dass Gruber bei genauer Beobachtung noch hässlicher ist, als es auf den ersten Blick den Anschein hatte.

«Was wir wollen, Herr Gruber, ist schlicht und ergreifend, Maik Fichtenau zu fassen. Er wird eines Doppelmordes verdächtigt und steht zusätzlich in dem Verdacht, für das Verschwinden des ehemaligen Polizeipräsidenten verantwortlich zu sein.»

Ungerührt nimmt Jochen Gruber diese Worte zur Kenntnis.

«Tja, warum lasst ihr diesen Wahnsinnigen auch so schnell wieder raus?», sagt er. «Selber schuld!»

«Sie sollten besser nicht so tun, als ob Sie das alles überhaupt nichts anginge», sagt Markus trocken. «Vielleicht gehören Sie mit in sein Rache-Beuteschema.»

Jochen Gruber versucht erneut so etwas wie ein Lächeln. Scheint nicht gerade eines seiner Spezialgebiete zu sein. Er scheitert kläglich.

«Soll er doch kommen, der Hosenscheißer. Soll er doch kommen.»

Wenn ich nicht gleich den Blick von ihm abwende, träume ich heute Nacht schlecht. Ich stehe auf und frage ihn, ob ich einmal die Toilette aufsuchen dürfe.

Doch statt zum Badezimmer gehe ich leise zu der kleinen Kammer, deren Tür Jochen Gruber vorhin so verhuscht schloss.

Der Klassiker, bekannt aus Hunderten von Fernsehkrimis. Der Kommissar schleicht heimlich und unbemerkt in ein geheimes Zimmer, sucht dort irgendetwas, bis irgendwann der Bösewicht hinter ihm steht und den Kommissar mit der Frage «Suchen Sie etwas Bestimmtes?» hochschrecken lässt.

Aber die Wohnzimmertür ist zu, und Markus stellt weitere Fragen, daher hoffe ich sehr stark, dass Gruber nicht mitkriegt, wie ich mich in diese Abstellkammer schleiche. Auf den ersten Blick sehe ich Dinge, wie sie meist in Kammern abgestellt werden. Besen, Staubsauger, Verpackungskartons, Leergut und Klappstühle. Auf den zweiten Blick erkenne ich Spinnen und Mäusescheiße. Auf den dritten Blick finde ich unter Schneeketten im Regal DIN-A3-Papierbögen, die mit Fotos beklebt sind. Ich ziehe die Bögen vorsichtig unter den Ketten hervor und verursache damit lautere Geräusche als gewünscht. Das ist ja nun wirklich interessant. In liebevoller Kleinarbeit wurden die Fotos angeordnet. Ich blättere die Bögen durch und stelle fest, sie haben nur ein Motiv: Kirsten Gruber.

Kirsten Gruber am See, Kirsten Gruber in der Küche, Kirsten Gruber im Urlaub, Kirsten Gruber auf dem Fahrrad, Kirsten Gruber im Auto, beim Einkaufen, im Zimmer und im Garten. Kirsten Gruber von vorne, von hinten, von links und von rechts.

Auf einigen Bögen entdecke ich Bilder, auf denen sie anscheinend unbemerkt abgelichtet wurde, auf denen sie beispielsweise nicht in die Kamera blickt oder irgendwelchen nichtigen Betätigungen nachgeht.

Sehr, sehr eigenartig, das Ganze. Ich wäre jedenfalls nie auf die Idee gekommen, meine Schwester beim Einräumen der Geschirrspülmaschine zu fotografieren. Ich habe sie noch nicht einmal fotografiert, als wir in einem unserer Familienurlaube das Schloss Neuschwanstein besichtigen mussten.

Hier nun allerdings hat nicht ein Bruder Erinnerungen an seine tote Schwester gesammelt, hier ist jemand einer Obsession nachgegangen. Inzwischen müsste ich längst den Toilettengang abgeschlossen haben, es sei denn, ich hätte etwas Größeres vorgehabt.

So packe ich etwas hektisch die Bögen wieder unter die Schneeketten und blicke dabei immer wieder ängstlich zur Tür. Mit pochendem Herzen schließe ich sie leise hinter mir, husche in die gegenüberliegende Toilette, spüle schnell, öffne das kleine Fenster, wasche die Hände, kehre ins Wohnzimmer zu Gruber und Markus zurück und sage: «Entschuldigung, hab im Moment ein bisschen Probleme mit dem Darm.»

Beide schauen mich stumm an. Ich lächle etwas dämlich und nehme wieder Platz.

Kapitel 18

• • •

Während ich Laurins Kinderkoffer für das Sommerzeltlager des Fußballvereins packe, klingelt das Telefon. Ich finde es wie immer nicht, da es entweder bei Melina im Bett, im Altpapierkorb, unter Steuerbelegen auf meinem Schreibtisch oder im Kühlschrank liegt. Jedenfalls ist es nie auf der Ladestation, sodass es auch selten ausreichend geladen ist.

Als zur Nostalgie neigender Mann erinnere ich mich an das fest installierte Hängetelefon im Flur meiner Eltern. *Das* war noch telefonieren. Das kann sich die Jugend von heute gar nicht mehr vorstellen.

Die Jugend von heute reicht mir in Gestalt meiner Tochter das vor Akkuschwäche anklagend und verzweifelt piepende Telefon.

«Irgendeine Irmgard», sagt sie.

«Wir haben die Drecksau», schreit mir ebendiese Irmgard ins Ohr.

Erst jetzt bekomme ich die Zusammenhänge sortiert. Es ist die zum cholerischen Verhalten neigende Tierschutz-Aktivistin.

Irmgard konnte schon immer besser mit Tieren als mit Menschen. Der Mensch ist für sie in erster Linie der natürliche Feind des Tieres.

«Egon und ich haben ihn auf frischer Tat ertappt und gestellt. Er ist in unserer Gewalt. Hol ihn besser ab, sperr ihn ein und lass ihn so schnell nicht mehr raus. Sonst ...»

«Ja, ich weiß, Irmgard, sonst richtet ihr ihn selbst zu Tode und schneidet ihm Körperteile ab. Das sagtest du bereits», unterbreche ich sie scharf und verärgert. «Weißt du, wir leben hier in so etwas wie einem Rechtsstaat, in dem auch ich als Polizist Gott sei

Dank nicht darüber entscheide, ob und wie lange hier irgendwer eingesperrt wird. Und ich warne euch eindringlich: Solltet ihr diesem Mann irgendetwas antun oder angetan haben, dann wird das Konsequenzen haben.»

Am anderen Ende der Leitung ist es still geworden.

«Na ja, um ihn zu stellen, musste Egon schon ein bisschen, wie soll ich sagen, also um sich selbst auch zu verteidigen, da hat er ...»

«Ja?»

«... da hat er ihm aufs Maul hauen müssen.»

Ich lasse mir den genauen Standort des «Tatorts» beschreiben und kündige an, den Verdächtigen abzuholen und im Revier zu verhören.

So nah es irgend geht, stelle ich mein Auto in der Nähe des Niddaer Segelfluggeländes ab. Auch wenn es sich etwas albern anfühlt, führe ich meine Dienstwaffe mit, die ich Gott sei Dank noch niemals gebrauchen musste.

Auf der Wiese hat sich eine Menschentraube um einen auf dem Boden hockenden Mann gebildet. Egon winkt nach mir, im Stil eines alles im Griff habenden Sheriffs, der seinen untergebenen Handlanger herbeizitiert, damit der den Täter in die Zelle abführt.

Auch Jupp, der Hoffenheim-Fan, ist zugegen. Er steht neben Irmgard, die in einem fort den am Boden kauernden Mann anschreit, während acht weitere im Halbkreis herumpositionierte Spaziergänger und Jogger sich dieses Schauspiel nicht entgehen lassen wollen. Die Traube rückt für den Hauptkommissar zur Seite, und ich sehe, wer da mit blutender Nase kümmerlich am Boden sitzt. Ein bekanntes Gesicht. Es ist Manni Kreutzer.

Es dauert eine Weile, bis ich für alle das Missverständnis aufklären kann.

«Isch hab dene gleisch gesacht, dass isch von der Bullerei bin», klagt Manni, «doch die wollte mir das alle net glaube. Net zu fasse.»

Irmgard berichtet, dass sie Manni bei ihrem Spaziergang beobachtet hätte, wie er im Geäst mit «etwas Wurstigem» in der Hand zugange gewesen sei. Darauf habe sie Egon angerufen, der den Verdächtigen «gestellt» habe. Ich bin sicher, hätte Bummo noch gelebt, Manni würde vermutlich nicht nur aus der Nase bluten.

«Die wollte mir net glaube», beschwert sich Manni, «dass isch die Worscht mit der Klinge da hinne gefunne und eingesammelt hab.»

An Egon und Irmgard gewandt, fügt er hinzu: «Ihr seid escht Deppe!»

Egon und Irmgard erkläre ich dann, dass Manni so etwas wie ein freier Mitarbeiter sei.

«Freier Mitarbeiter», wiederholt Egon verächtlich. «Du hattest gesagt, du schickst deine besten Leute auf die Suche.»

«Bin isch doch, du Aff», schaltet sich Manni ein und hält sich mit einem wahrscheinlich von seiner «Muddi» bestickten Taschentuch die blutende Nase. «Wenn isch jetzt meine Nase verlier, dann kannste disch auf was gefasst mache, mein Freund, das sag isch dir.»

Mit schmerzverzerrter Miene drückt er sein poröses Organ mal nach links, mal nach rechts, immer in der Sorge, es könnte abfallen.

«Geht's?», frage ich.

«Ein Cowboy kennt kein Schmerz, sag isch immer», antwortet er. «Oder bin isch eine Memme?»

Ich schüttle schwach den Kopf.

«Na, los, sag schon, bin isch eine Memme?»

«Nein, Manni, bist du nicht.»

«Hast du misch jemals jammern gehört? Bin isch so ein blöder Brötsche-über-der-Spül-Uffschneider, häh? So ein Sonnecreme-druffschmierer und Milsch-im-Kaffee-Trinker, oder was? Bin isch Wintermützeträger und Brusthaarrasierer, oder wie?»

Ich verneine auch all diese weitergehenden Fragen und versuche ihn zu besänftigen, während Jupp und zwei weitere Schaulustige mit großer Begeisterung diesem Schauspiel folgen.

«Hab isch jemals in einer Vierzisch-Grad-Sauna gesesse? Bin isch Radlertrinker und Sitzpinkler, oder was? Bin isch net! So sieht's doch aus. Und selbst mit verlorner Nase würd isch noch uffrescht im Wind stehe könne.»

Auch das streite ich nicht ab, sodass er sich langsam von seinem kleinen Schock erholt und zur Ruhe kommt. Ich verabschiede mich von der «Hundegruppe» und bringe Manni zu seinem Bock, wie er sein Motorrad nennt. Er selbst erklärt sich für fahrtüchtig, da er schließlich kein Elektrogrillbenutzer, Fettrandabschneider, Regenjackenbenutzer, Vor-dem-Sport-warm-Macher, Tempolimitforderer, eben kein Warmduscher sei.

Und seine Nase blutet inzwischen auch nicht mehr.

Kapitel 19

Gegen einen Abschiedskuss hat Laurin noch nichts einzuwenden. Das kommt später. Heute, hier am Sportheim des SC Viktoria Nidda, drücke ich meinem siebenjährigen Sohn einen Kuss auf die Wange und trage anschließend seine Tasche zum Gepäckraum des Busses.

«Mann, ist die schwer. Musstest du wirklich fünf Bücher mitnehmen?»

«Ja klar», antwortet mein Söhnchen und lächelt.

«Aber du bist doch nur eine Woche weg.»

«Ja, eben.»

«Aber ihr wollt doch Fußball spielen.»

«Aber doch nicht die ganze Zeit.»

Ich gebe Laurin einen weiteren Kuss und bin stolz, dass er sich hierauf einlässt. So zögerlich und ängstlich, wie er in den letzten sieben Jahren war, ist es bei weitem keine Selbstverständlichkeit, dass er mal locker für eine Woche ohne Eltern in den Bus steigt.

Doch er tut es, ohne mit der Wimper zu zucken. Ich beobachte durch die Scheibe von außen, wie er sich gemeinsam mit seinem Freund Jonas einen Platz sucht und anschließend seinen Rucksack verstaut. Mich würdigt er keines Blickes mehr, und ich nehme mir in dieser Sekunde vor, ihn nie wieder innerlich als Angsthasen abzustempeln.

Er fährt eine Woche in den Spessart, doch ich fühle mich so, als verließe mich nun auch Laurin für eine lange Zeit. Als führe er ein Jahr nach Südamerika.

Dann startet der Bus, und wir Eltern winken unseren Kindern

nach. Doch keiner der Jungs im Bus gibt sich die Blöße und erhebt auch nur einen müden Finger.

Sosehr ich mich über Laurin und seine gewonnene Selbstsicherheit freue, so sehr macht es mich in diesem Moment traurig, dass keine Franziska neben mir steht und diesen Moment mit mir teilen kann. Während alle anderen Eltern zu ihren Autos zurückkehren, verharre ich noch eine Weile am Vereinsheim und merke, wie sich ein fieses Einsamkeitsgefühl in mir breitmacht und wie es mir in dieser Sekunde unmöglich ist, Franziskas Inhaftierung zu verdrängen.

«Du fehlst mir», sage ich zu Franziska ins Nichts.

«Du mir auch», höre ich sie antworten.

Irritiert blicke ich auf eine Buche am Wegesrand.

«Was soll das denn, Franziska? Wieso redest du denn jetzt mit mir?»

«Wieso denn nicht?»

«Du bist doch nicht tot. Normalerweise sprechen doch immer nur die zu einem, die tot sind. Dachte ich jedenfalls immer.»

«Tja, normalerweise eben», bemerkt Franziska lakonisch. «Duuu hast mich doch angesprochen eben, nicht ich. Also, warum pampst du mich dann an, dass ich mit dir rede?»

«Keine Ahnung, weiß nicht. Habe sonst halt niemanden, mit dem ich mich streiten kann. Nicht mal mein Vater ist dafür noch da.»

«Hmm ...»

«Warum bist du nie da, wenn ich dich am meisten brauche?», klage ich.

«Das weiß ich nicht. Vielleicht ist es unser Schicksal, dass wir nie füreinander da sind, wenn es drauf ankommt. Vielleicht können wir das gar nicht.»

«Wie meinst du das?»

«Na ja, wenn wir zusammen waren, waren wir dann füreinander da?»

Ich nicke nachdenklich und zünde mir eine Zigarette an.

«Auch wenn ich nicht da bin, Henning, du musst das alles nicht alleine durchstehen. Du musst nicht immer alles alleine schaffen. Du darfst dir ruhig mal helfen lassen.»

«Ach ja, und von wem? Von wem denn bitte, hä? Von Manni?»

Es gäbe natürlich schon einige wenige Menschen, die zu kontaktieren hilfreich sein könnte. Doch ich tue es nicht, sondern beschäftige mich lieber damit, zu lamentieren, warum diese sich denn nicht bei *mir* meldeten. Doch täten sie das, würde ich ihnen ja doch bloß sagen, ich hätte keine Zeit.

«Du hast doch nur Angst, sie an dich ranzulassen.»

«Ach, hör doch auf mit dem Mist», rufe ich laut und bemerke im nächsten Moment, wie der Platzwart der Viktoria Nidda etwas irritiert Anstrengungen unternimmt, so zu tun, als habe er mich nicht gehört.

Am nächsten Morgen lädt Kriminaloberrat Ludwig Körber zur allgemeinen Dienstbesprechung und lässt ein wenig auf sich warten. Markus blättert in Untersuchungsakten, ich gucke aus dem Fenster, und Teichner buhlt wie gewöhnlich verzweifelt um Aufmerksamkeit.

«Puuuuh», macht er, «bin ich fertig.»

Nach der dritten Wiederholung erbarme ich mich, wie so oft, und frage, warum er denn «fertig» sei.

«Renovieren, tapezieren, malerieren, wenn du weißt, was ich meine.»

Ja, weiß ich.

«Weißte, die Sabse hat ja immer so ihre Vorstellungen. Frauen halt, ne?»

Markus hat schon lange aufgehört, sich mit Teichner privat auszutauschen oder ihm aktiv zuzuhören. Ich dagegen bringe es nicht übers Herz, ihn wie Luft zu behandeln.

«Zieht ihr jetzt zusammen, oder was?»

«Ja, also nee, na ja, fast.»

Teichner lässt feierlich die Finger krachen.

«Also, noch net, aber bald, vielleicht. Sabse ist umgezogen, mit den vielen Kindern, weißte, das wird langsam ein bissi eng. Und da, na ja, Frauen und Handwerk, da kannste dir ja vorstellen, wie froh sie da sein können, dass ein Mann wie ich da mal das Zepterchen in die Hand genommen hat.»

«Hmm.»

Dann wird eine Weile geschwiegen.

«Frauen halt, ne?»

«Ja.»

Zum Glück kommt jetzt endlich Onkel Ludwig Körber hineingestöhnt. Nach einer kurzen Verspätungsentschuldigung wünscht er, auf den neuesten Stand gebracht zu werden, und nimmt keuchend am Besprechungstisch Platz.

«Es kann doch nicht sein, dass dieser Fichtenau nirgends aufzufinden ist», flucht er. «Na ja, und das Gleiche gilt für Günther. Da arbeiten wir mal mit der tollen Weltstadtpolizei aus Berlin zusammen und kommen trotzdem zu keinem Ergebnis. Merkt ihr was? Die kochen auch nur mit Wasser. Aber was meint ihr, wie hochnäsig die sich bei Polizeitagungen aufführen.»

Ich berichte noch einmal detailliert über den vermuteten Zusammenhang mit dem Mordfall Gruber und erzähle zudem vom gestrigen Besuch bei Jochen Gruber und von meiner Fotosammlungsentdeckung.

«Da hat nicht etwa ein Bruder bloß ein paar Erinnerungsfotos an die liebe Schwester zusammengestellt», sage ich. «Er muss ihr seit Jahren mit der Kamera richtig nachgestellt haben. Normale Bruderliebe ist das nicht.»

Ich denke an meine Schwester Ulrike und dass ich mich unbedingt wieder bei ihr und meiner Mutter melden muss.

«Ihr glaubt also», fragt Körber, «dass er etwas mit der Sache zu tun haben könnte?»

«Vielleicht», murmelt Markus, «vielleicht ist er der Mörder seiner Schwester. Aus Eifersucht. Vielleicht hat Fichtenau unschuldig gesessen. Und wiederum vielleicht hat Gruber etwas mit dem Verschwinden von Fichtenau zu tun.»

«Aber was ist dann mit meinem Vater?», frage ich leise.

Betreten blicken wir alle ins Leere, nur Teichner kratzt sich mit einem Kugelschreiber Wandfarbenreste von den Fingernägeln.

Markus trinkt einen Schluck Kaffee, verzieht danach etwas angeekelt das Gesicht und erzählt, dass er gestern mit dem Direktor des Butzbacher Gefängnisses telefoniert habe. «Der Fichtenau hat sich während der ganzen Jahre nichts zuschulden kommen lassen. Im Gegenteil, er hat zum Beispiel alle psychologischen Gesprächsangebote wahrgenommen. Selten habe man dort Straftäter mit einem besseren Gefühl in die Freiheit entlassen.»

Nun räuspert sich Teichner. «Ich sachs ja immer, aber ihr verdreht ja immer nur arrogant die Augen, wenn ich immer sach, dass die Mörder ein Leben lang eingesperrt gehörn. Aber das wollt ihr ja immer net ...»

«Hören, Teichner, richtig, das wollen wir nicht hören», fällt ihm Markus schneidig ins Wort. «Henning, es tut mir leid», richtet er sich dann an mich und berührt meine Schulter, «aber wir müssen die Dinge auch beim Namen nennen dürfen, ohne allzu stark Rücksicht auf dich zu nehmen.»

Fragend blicke ich ihn an.

«Also ich vermute, Fichtenau hat deinen Vater getötet, die Leiche versteckt und ist nun überall, nur nicht hier in unserer Gegend.»

Ich schlucke. Eigentlich denke ich schon seit Tagen das Gleiche, doch diese Worte aus Markus' Mund zu hören, das ist noch mal eine andere Hausnummer.

Direkt nach Dienstschluss simse ich Melina an, ob sie mit den Hunden gehen könne, dann würde ich direkt zu meiner Mutter nach Rudingshain fahren. Nur eine Sekunde nachdem ich die Nachricht abgeschickt habe, kommt schon die Antwort: «Ja.»

«Sag mal, was hast du denn mit ihr gemacht? Sie ist ja nicht wiederzuerkennen?»

Ich ziehe meine Schwester Ulrike in die Küche meiner Eltern, um mit ihr ein paar Worte zu wechseln, die nicht für meine Mutter bestimmt sind.

«Wieso? Was meinst du?», kokettiert Ulrike.

«Sie ist so ruhig, so, na wie soll ich sagen ...»

«Bei sich, meinst du wahrscheinlich», beendet Ulli meinen Satz.

Gedankenlos öffne ich den Kühlschrank und suche nach irgendetwas, das ich früher mal gerne aß.

Es muss meiner Mutter guttun, dass Ulrike bei ihr ist. Anders kann man nicht begründen, warum sie so entspannt wirkt. Nicht durch Beruhigungsmittel ruhiggestellt, sondern wirklich entspannt. Wie macht sie das nur?

«Willste wissen, was ich gemacht habe?»

Stolz streckt mir meine Schwester ihre üppigen ungehaltenen Brüste entgegen.

«Ich habe mit ihr Entspannungsübungen gemacht, die ich selber entwickelt habe. Ich nenne meine Methode Mediyogajiatsu.»

Ulrike dehnt, während sie weiterspricht, ihren Rücken.

«Ich habe die besten Übungen aus den üblichen Fernost-Traditionals gemixt und in meine eigenen Ideen integriert.»

«Schön, dass es Mutter guttut», bemerke ich in der Hoffnung, dass sie nicht allzu sehr ins Detail geht.

Ulrike legt beide Hände auf meine Steinschultern und zwitschert, dass mir das auch guttäte.

«Nee, lass man.»

Ich greife, da ich nichts Besseres finde, im noch immer offen stehenden Kühlschrank nach einem Diät-Joghurt mit Erdbeergeschmack.

Während ich so löffle und meine dozierende Schwester beobachte, macht sich urplötzlich in mir so etwas wie Behaglichkeit breit. Dass sie da ist, gibt mir Ruhe. Merkwürdig, meine nervende Schwester. Nicht nur die Entlastung, meine Mutter betreut zu wissen, tut gut, sondern Ulli selbst ist, so, wie sie dasitzt und voller Kraft über ihre Therapiemethoden referiert, ein Stück vertraute Heimat.

Ich bin zu Hause, hier in diesem Moment, in dieser Küche, in diesem Elternhaus. Meine große Schwester ist wieder da, und ich fühle mich sicher. Ulrike und ich könnten verschiedener nicht sein, und dass wir in den vergangenen Jahren den Kontakt beiderseits so stark mieden, hat sicher seine Gründe. Doch sie ist und bleibt meine Schwester, sie sorgt sich um denselben komplizierten Vater wie ich.

Das Leben müsse weitergehen, sagt meine Mutter, und ich denke dabei unweigerlich an das Lebensmotto des serbohessischen Ex-Eintracht-Trainers Dragoslav «Stepi» Stepanović. Was es denn nütze, den ganzen Tag angstzerfressen zu Hause rumzusitzen, fügt Mutter hinzu.

Die vielen Spaziergänge mit Ulrike täten ihr gut und auch ihre Behandlungen. Sie könne sich ein Leben ohne tägliche Akupunkturbehandlungen gar nicht mehr vorstellen.

«Henning, du aber siehst schlecht aus. Reib dich nicht so auf, hörst du?»

Bin ich jetzt hier der Pflegefall? Diese Rolle will ich bei all der Sentimentalität weiß Gott nicht einnehmen.

Doch auf Ulrikes Frage, wie es denn zu Hause mit den Kindern so laufe, erzähle ich ausführlich vom letzten Staubsaugerzoff mit Melina.

«Sie hat sich so stark verändert», berichte ich. «Ich komme nicht damit klar, dass sie sich so anstrengt, alles richtig zu machen und vernünftig zu sein. Sie gibt mir das Gefühl, als Vater eine Oberniete zu sein.»

«Ach Junge», sagt Mutter und tätschelt meine Hand.

Ich möchte das Thema nicht noch mehr vertiefen, möchte es eigentlich schnell wechseln, sage aber:

«Ich wünschte, sie wäre wieder so pampig und patzig wie die letzten Jahre. Ich wünschte, sie würde wieder richtig Scheiße bauen, dann könnte ich eine klare Haltung entwickeln. Heute habe ich das Gefühl, ich kenne sie gar nicht mehr.»

So, Henning, Klappe halten, ich möchte bitte nicht gleich parallel von Mutter und Schwester mit Ratschlägen bombardiert werden.

Doch Mutter sagt nur trocken: «Tja ... Kinder sind kein Wunschkonzert.»

Ulli greift mit ihrer warmen Hand nach meiner kalten. «Henning, gib ihr das Gefühl, dass sie Franziska nicht ersetzen muss.»

«Das soll sie doch nicht», wehre ich mich. «Das erwarte ich doch gar nicht, um Gottes willen.»

«Du nicht», sagt Ulrike, «du nicht, doch die kleine Frau da bei euch zu Hause, die scheint das anders zu sehen.»

Ich schlucke.

«Und schone sie auf der anderen Seite nicht mit der Wahrheit. Nimm sie für voll, sie ist kein Kind mehr. Sei einfach ehrlich zu ihr, sei du selbst, spiel ihr nicht was vor, was du nicht bist, Henny-Boy. Damit hilfst du ihr am meisten.»

Vielleicht hat sie recht, meine Schwester.

Doch eines bin ich ganz bestimmt nicht: ein Henny-Boy!

Kapitel 20

Erfreut wird er natürlich nicht sein, der Jochen Gruber, wenn Markus Meirich und ich an diesem frühen Sommermorgen um 7.15 Uhr erneut an seiner Wohnungstür in Nidda-Stornfels klingeln. Es ist wahrlich sehr früh, auch für Markus und mich, doch wir wollten ihn unbedingt noch zu Hause erwischen, bevor er zur Arbeit verschwindet.

Der sehr frühe Morgen hat schon was; ich atme die frische, unverbrauchte und für Juli recht kühle Luft ein. Die Vögel trällern heitere Liedchen, und alles scheint auf Anfang zu stehen. Eigentlich müsste man im Sommer immer um fünf Uhr morgens den Tag beginnen, sinniere ich, während Markus auf die Klingel drückt. Wenn man dazu nur nicht so früh aufstehen müsste.

«Was wollt ihr denn schon wieder hier?», meckert Jochen Gruber, im Schlafanzug an seiner Wohnungstür stehend.

Markus versichert ihm, dass es sehr schnell ginge. Wir würden nur einen kurzen Blick in sein Abstellkämmerchen werfen wollen. Darauf entgleiten Gruber deutlich die Gesichtszüge, was ihn gleich noch ein Stück hässlicher macht. Es gibt eben für alles immer noch eine Steigerung.

«Wiewaswiesowassolldenndas?», stammelt er in einer Mischung aus Verärgerung und Unsicherheit. Sein massiver Körper wirkt im Frottee-Schlafanzug deutlich weniger furchteinflößend.

«Dürfen wir?», fragt Markus noch einmal, «oder müssen wir ein Riesending daraus machen?»

«Macht doch, was ihr wollt», grummelt er.

Ich gehe voran und krame in der Abstellkammer die Schwesterfotobögen hervor.

«Das hier hätten wir gerne mitgenommen», sage ich.

Gruber scheint zu begreifen, dass Widerstand überflüssig und unangebracht wäre, und lässt es geschehen. «Das da nehmen wir auch noch alles mit», sagt Markus und deutet auf ein paar Plastikkisten und Schuhkartons.

«Ihr spinnt doch», schreit Jochen Gruber nun. «Was sucht ihr denn bei mir? In den Kisten, da ist der Fichtenau ganz bestimmt nicht.»

Ich werfe einen Blick hinein und stimme ihm zu. Lustig findet er das nicht.

«Da sind doch nur ein paar Unterlagen vom Jagdverein und irgendein anderer Scheiß!»

«Mag ja sein», antworte ich, «aber vielleicht geben Ihre Schwester-Fotos uns ein paar hilfreiche Informationen, wo sich Fichtenau aufhält.»

Gruber zuckt kurz mit den Schultern.

«Oder unerwartete Hinweise über den Mord an Kirsten», fügt Markus hinzu. «Wissen Sie, Mord verjährt nicht.»

«Wie, was, was, was, wie, was wollen Sie denn damit sagen? Häh?»

Schweigend packen wir alles zusammen und verlassen die Wohnung.

Danach tuckern Markus Meirich und ich über enge Landstraßen die Wetterau verlassend in den Hohen Vogelsberg am Hoherodskopf vorbei bis nach Hochwaldhausen, dessen Ortsname Programm ist. Es ist hoch, es gibt viel Wald, und einige Menschen hausen dort.

«Merkst du nichts?», frage ich Markus, den ich als gebürtiger Hochvogelsberger souverän durch die Kurven steuere.

«Was soll ich merken?»

«Na, dass hier literarische Luft weht.»

Fragend schaut Kollege Meirich zu mir hinüber.

«Hier sind einmal Thomas Manns Kinder Klaus und Erika zur Schule gegangen.»

«Du willst mich verarschen!», entgegnet Markus.

«Nein, Anfang der zwanziger Jahre sind die beiden in die ‹Bergschule› gegangen. Das war ein reformpädagogisches Internat. Sie haben's allerdings nur drei Monate oder so durchgehalten.»

Markus Meirich zeigt sich beeindruckt. Zu Recht. Vollkommen zu Recht!

Dass Klaus Mann allerdings später in seiner Autobiographie die Nazi-Einstellungen vieler seiner Mitschüler beklagte, verschweige ich. Nicht aber, dass er die Landschaft als «herb idyllisch» beschrieb. Von meinem eigenen Fachwissen beeindruckt, verpasse ich die nächste Abbiegung.

In ebendiesem Hochwaldhausen treffen wir Frau Dr. Michaela Claus, die vor zwanzig Jahren Kirsten Grubers beste Freundin gewesen sein soll. Wir verabredeten uns mit ihr in der Vogelsbergklinik, in der sie als Ärztin arbeitet. Eine halbe Stunde, sagte sie am Telefon, könne sie sich gerne so kurzfristig für uns freinehmen.

Michaela Claus, eine schlanke, attraktive Frau mit zu einem Pferdeschwanz gebundenem dunkelblondem Haar, begrüßt uns freundlich und lässt uns in einem Besprechungszimmer der Klinik Platz nehmen.

Wir kommen schnell zur Sache und fragen, was ihr zu Maik Fichtenau einfalle und ob sie etwas über seine damalige Beziehung zu Kirsten Gruber erzählen könne.

«Das war alles so furchtbar, ein Schock, eine Tragödie», sagt sie fast im Flüsterton. «Kirsten war sehr introvertiert, sehr ruhig und sehr eigen. Ich mochte sie, weil sie irgendwie anders war. Richtig anvertraut hatte sie sich mir allerdings auch nicht. Und als sie mit dem jungen Fichtenau zusammenkam, brach der Kontakt mehr oder weniger ganz ab.»

Michaela Claus hält inne, zieht sich die Brille von der Nase und bemüht sich, noch tiefer in ihre Jugenderinnerungen einzutauchen.

«Fällt Ihnen noch etwas zu ihrem Bruder ein?», fragt Markus.

«Dem Jochen, oh ja. Vor dem hatte sie Angst. Das weiß ich noch, immer wenn der in ihre Nähe zu kommen drohte, verließ sie den Ort. Manchmal, wenn ich bei ihr zu Besuch war, war es wie ein Spiel, vor ihm wegzulaufen. Ich hatte auch ein bisschen Angst vor ihm. Was macht der heute?»

Ich antworte, dass er die Schreinerei seines Vaters übernommen habe.

«Ach du liebe Güte», rutscht es ihr heraus.

«Glauben Sie, dass er ihr etwas angetan haben könnte?», frage ich.

Nun schweigt Michaela Claus wieder eine längere Zeit.

«Ich glaube, dass sie geschlagen wurde. Sie hatte oft blaue Flecken oder Ähnliches. Sie hat dazu aber nie etwas gesagt. Und ich habe auch nicht weiter drüber nachgedacht, wenn ich ehrlich bin.»

In der noch verbleibenden Zeit erfahren wir, dass Kirsten stark in Maik verliebt gewesen sein soll und dass dieser sie nahezu vergöttert habe. Kirsten habe die Verehrung genossen, und die beiden hätten in ihrer seltsamen Verschrobenheit auch bestens zueinander gepasst. Jedenfalls hätte Frau Dr. Claus eine solche Tat Maik Fichtenau niemals zugetraut.

Als wir fünf Minuten später im Auto sitzen und uns über die laufenden Ermittlungen austauschen, frage ich mich, ob wir nicht schon längst vordergründig dabei sind, einen zwanzig Jahre alten Mordfall aufzuklären. Eine Arbeit, die damals mein Vater hätte machen müssen. Mein Vater, der vermutlich nicht einmal mehr als Leiche aufzufinden sein wird.

Ich schlage Markus vor, auf halber Strecke zurück nach Alsfeld bei mir zu Hause ein kleines Kaffeepäuschen einzulegen. Außerdem könnten wir uns dort schon einmal durch die Jochen-Gruber-Errungenschaften ackern.

In meiner Doppelhaushälfte angekommen, öffne ich die Tür und traue meinen Augen nicht. Der Flur ist komplett aufgeräumt, alle Jacken hängen sortiert an der Garderobe, die Schuhe stehen in Reih und Glied, und der Fußboden ist blank geputzt.

«Das gibt's doch nicht», murmle ich und werfe auch in Küche und Wohnzimmer einen Blick. Es ist nicht zu fassen. Alles ist nahezu zwanghaft aufgeräumt. Selbst die Fenster sind geputzt. Das erste Mal seit zwei Jahren. Ich plärre laut nach Melina, erhalte aber keine Antwort. Auch die Kinderzimmer sind nicht wiederzuerkennen, und im Schlafzimmer wurde mein Bett gemacht. Das letzte Mal, dass ich mich daran erinnern kann, ein Bett gemacht zu haben, muss zu der Zeit gewesen sein, als ich noch bei meinen Eltern lebte und die Befehle meiner Mutter ausführte.

Markus Meirich beobachtet mich belustigt und beginnt dann, die Kirsten-Gruber-Fotosammlung zu begutachten. Ich erreiche Melina auf dem Handy.

«Melina, was, äh, also, was hast du denn dir dabei ... also, was hast du denn mit dem Haus gemacht? Ich habe dir doch schon mal gesagt, dass du ...»

«Häh?», unterbricht sie mich.

«Wie, häh?»

«Na, häh eben. Was soll ich denn mit dem Haus gemacht haben?»

Ich schildere ihr den klinisch reinen Zustand.

«Das war ich nicht», sagt sie dann. «Ich bin doch nicht bekloppt.»

Beruhigt verabschiede ich mich von ihr und komme sehr schnell zu der Vermutung, dass meine energetisch überaktive Schwester im kongenialen Duo mit meiner Mutter ihr Unwesen getrieben haben muss.

Auch dort rufe ich an, nicht sicher, ob ich mich für so eine übergriffige Aktion bedanken möchte. Meine Mutter allerdings weiß auch von nichts, ebenso wenig Ulrike. Nun gucke ich dumm aus der frisch im Schrank zusammengelegten Wäsche.

«Henning, komm mal her», ruft mich Markus ins Arbeitszimmer.

Er hält ein rosafarbenes Büchlein hoch, offenbar das Tagebuch von Kirsten Gruber. Er blättert zu einer bestimmten Stelle, deutet auf sie und lässt mich lesen:

Mit M fühl ich mich sicher. Hafen. Frieden. Er versteht mich, er hält zu mir, ist anders. Mein anders. Anders als alles. Anders als Norm. Anders anders. Was wäre ich ohne ihn? Nebel, der sich auflöst, kein Stattfinden. Er verteidigt das meine, lässt Angst auflösen. Die Lösung. Für alles und nichts. Geliebt sein, wie ich bin. Brauchen. Lieben. Wegfliegen, weit weg.

Hass! M auf P. Hätte schweigen müssen … Scham, immer wieder Scham.

Doch er sieht hin, er sieht mich, er sieht die Wunden. Er sieht hin.

Gruselig. Ein paar Zeilen weiter unten lese ich:

P nennt mich Hure.

Ich schwöre, dass ich nicht mit M schlafe.

Und doch sagt er es immer wieder. Warum macht er das? Was habe ich getan? Er findet immer was, immer irgendeinen Grund dafür.

M holt mich da weg. Nicht mehr lange und ich bin ganz weit weg.

Es war ihr letzter Eintrag im Tagebuch. Drei Wochen bevor sie erwürgt aufgefunden wurde. «M» kann nur Maik sein. Aber wer ist «P»?

«Papa», sagt Markus. «Es könnte Papa bedeuten.»

Dieter Gruber, der religiös übereifrige Vater, könnte hiernach tatsächlich seine Tochter geschlagen haben. Aus welchen verschrobenen Motiven heraus auch immer. Hat er vielleicht etwas mit dem Tod seiner Tochter zu tun? Und ist er vielleicht auch für das Verschwinden von Maik Fichtenau verantwortlich?

In Kirstens Tagebuch finden wir zudem ein eingelegtes Foto, auf dem ein junger Mann mit fescher blonder Vokuhilafrisur und Oberlippenbart in die Kamera grinst. Es erinnert mich an ein dreißig Jahre altes Foto eines Manndeckers von Arminia Bielefeld aus meinem Panini-Album.

Wir finden keine Anhaltspunkte, wer dieser Knabe sein soll. Maik Fichtenau jedenfalls, so viel ist klar, ist es nicht.

Markus findet es merkwürdig, warum nach diesem gedichtartigen Tagebucheintrag kein weiterer mehr folgt. Bis zu diesen Zeilen, drei Wochen vor ihrem Tod, schrieb sie nahezu täglich in ihr Buch.

Hat Bruder Jochen es schon vorher an sich genommen?

Konzentriert betrachten wir nun alle Fotos, die Jochen Gruber so sorgfältig in sein Album einklebte. Auf den meisten ist Kirsten alleine zu sehen, auf einigen wenigen erkennen wir in ihrer

Nähe Maik Fichtenau. Wieder fällt auf, dass Kirsten meist ohne ihr Wissen abgelichtet wurde.

«Guck mal hier», rufe ich plötzlich und deute auf eines der Fotos. «Hier, das hier, das ist er doch. Eindeutig!»

«Wer ist was?», fragt Markus.

«Da ist unser Vokuhila-Sportsfreund.»

Auf einem der letzten Fotos sitzt er auf einer Waldbank. Und neben ihm: Kirsten!

«Dann sollten wir schnell herausbekommen, wer dieser hübsche Knabe ist», sagt Markus und erhebt sich von meinem Schreibtischstuhl. «An irgendwen erinnert der mich», grübelt er.

«Arminia Bielefeld, Innenverteidiger, Saison 85/86», sage ich.

«Nein», erwidert Markus, «VfL Bochum, Thomas Kempe, 87/88!»

Beeindruckt stimme ich ihm zu.

«O. k., ich mach mich dann mal ab nach Alsfeld ins Büro», sagt Markus und greift nach seiner Tasche.

Ich bringe ihn zur Tür, nicht ohne dass er zum Abschied von Charlie unter dem Beifall von Berlusconi besprungen wird. Ich entschuldige mich und weise meine Hunde in ihre Schranken. Versuche es jedenfalls. Das helle Hemd meines Kollegen ist bedauerlicherweise nicht mehr ganz so hell.

«Oh, äh, sorry», stammele ich.

Markus grummelt, betrachtet missmutig erst mich, dann Charlie und sagt dann: «Sag mal, hat dir eigentlich schon mal jemand gesagt, dass der so aussieht wie ...»

«Ja, das hat man», unterbreche ich ihn rüde, entschuldige mich darauf noch mehrfach, bis Markus schließlich zu seinem Auto geht.

Auf dem Weg in die Küche wundere ich mich ein weiteres

Mal über den klinisch reinen, aufgeräumten Zustand des Hauses. Voller Fragen setze ich mir einen Kaffee auf, da erreicht mich eine SMS:

«Die Terrassentür stand offen. Ich hoffe, du magst es so? LG Rike.»

Kapitel 21

• • •

Unsere Alsfelder Direktion wird an diesem trüben Nachmittag wieder einmal von Sabse nebst Anhang okkupiert. Zwei adipöse Kinder rennen die Gänge auf und ab, ein drittes saugt an ihrer bleichen entblößten Brust.

«Teichner, das geht so nicht», nehme ich ihn zur Seite. «Wir sind hier eine Polizeidienststelle. Es kann nicht sein, dass deine Freundin nun bald jeden Tag hier mit den Kindern auftaucht. Und dann auch noch hier ihre, ihre Bluse ...»

«Hmm», stammelt Teichner kleinlaut und blickt unsicher zu Boden, «ich weiß, Markus hat mir das auch schon gezwitschert. Ich hab's der Sabse ja auch schon gesagt, aber was will mer mache, die kommt einfach trotzdem immer wieder hierher. Ich glaub, der ist langweilig daheim mit den vielen Kindern. Frauen halt, ne?»

Ich erkläre ihm klipp und klar, dass wir es in Zukunft nicht mehr akzeptieren werden, wenn er in der Arbeitszeit seine Sabse irgendwohin kutschiert oder Kleinkinder beaufsichtigt, während sie Zigaretten holen geht oder sich die Haare färben lässt.

Ich drücke ihm das Vokuhila-Foto des jungen Mannes aus Kirsten Grubers Tagebuch in die Hand, bitte ihn, in der Vogelsbergklinik nach der E-Mail-Adresse der Frau Dr. Claus zu fragen, das Foto einzuscannen und es ihr mit der Frage zu mailen, ob sie diesen Mann kenne.

«Yes, Sir», knödelt er und salutiert militärisch.

Ich suche mir eine ruhige Ecke, finde sie im Besprechungszimmer und tue das, was ich nun unbedingt tun muss, was ich auf keinen Fall auf die lange Bank schieben darf. Ich rufe Rike an.

«Ooooh, wie schön», säuselt sie mir zur Begrüßung ins Ohr. «Auf deinen Anruf habe ich gewartet.»

Ihr die Grenzen aufzeigen, das habe ich mir für dieses Gespräch vorgenommen. So, wie ich es mir bei den Hunden auch immer vornehme.

«Also, pass auf, Rike, so was geht nicht. Du kannst nicht einfach ...»

«Ich weiß, hihi, ich weiß, was du sagen willst», unterbricht sie mich. «Ich kann nicht einfach in dein Haus einbrechen, gell? Das willste sagen, ne?»

«Jaha, das will ich», erhebe ich nun etwas stärker meine Stimme, «es ist auch nicht nur *mein* Haus, da wohnen auch noch ...»

«Bitte, Henning, sei nicht böse. Das verkrafte ich heute nicht mehr. Büddebüdde nich ... Ich hab so einen furchtbaren Tag hinter mir. Sei nicht böse mit mir. Ich weiß auch nicht so richtig, was ich mir dabei gedacht habe. Ich wollte dir einfach nur helfen, als Freundin, so aus dem Bauch raus ... Ich weiß doch, was du gerade durchmachst. Da ist Hausarbeit eben zu viel. Trotzdem, ich verstehe, ich hätte dich wirklich fragen müssen, ich dumme Nuss, ich kann nicht einfach so in dein Haus einbrechen, klar ...»

Ich versuche, ihren Wortfluss zu unterbrechen, aber Rike redet weiter.

«Es ist aber auf der anderen Seite immer das Gleiche», klagt sie, «immer missverstehen mich alle. Ich möchte etwas Gutes tun, möchte helfen, und dann ärgern sie sich, und ich werde beschimpft. Es sollte ein Überraschungsgeschenk sein, Henning. Aber klar. Ist wohl wieder mal total in die Hose gegangen, was? Suuuuper, Rike, suuuuper, da haste ja mal wieder richtig versagt.»

«Nein, so meinte ich das nicht, ich will nur nicht ...», stottere ich in ihren Redeschwall hinein.

«'tschuldige, Henning, ich bin vielleicht heute etwas überempfindlich und verstehe alles falsch und deute es negativ.»

Mein linkes Ohr beginnt zu pfeifen.

«Aber Henning, jetzt trotzdem mal ganz ehrlich: Ein ganz klitzeklitzeklitzekleines bisschen musst du dich über ein sauberes Haus doch auch gefreut haben, oder?»

Ich schweige.

«Oder?»

Ich schweige weiter.

«Henning, weinst du?»

«Waaas?», blöke ich. «Nein!»

«Es ist schon o. k. Ich spüre doch, wie sensibel du bist. Daher fühle ich mich dir ja auch so nah. Ich habe oft das Gefühl, dass sich unsere Seelen berühren. Du auch?»

Ich drücke sie weg. Klitschnass bin ich geschwitzt, mein Ohr pfeift noch immer, und mir ist ein wenig schwindlig.

Das war ja mal ein passendes Vorprogramm für den Besuch der Gruber-Männer, die hier gleich zum Verhör erwartet werden.

Dieter Gruber schließt die Augen und lächelt unberührt, als ich ihm die Tagebuchpassage seiner ermordeten Tochter vorlege, in der sie ihre Ängste vor einem gewissen «P» beschreibt.

«Ich verstehe nicht ganz?», sagt er leise und streicht sich durch seinen gepflegten Vollbart.

Gruber hat sich für dieses Gespräch in einen hellblauen Pullunder gezwängt. Darunter trägt er ein graues Hemd und eine blassgelbe Krawatte, die er im Pullunder verschwinden lässt. Trotz 30 Grad Außentemperatur und schlecht klimatisierter Räume schwitzt er keinen Tropfen. Ganz anders sein Sohn Jochen, der in einem luftigen weißen T-Shirt für seinen Vater mit zu transpirieren scheint. Rein äußerlich könnten Vater und Sohn nicht unähnlicher sein. Hier der hagere, asketisch wirkende, kontrollierte Vater, dort der dreifach so massige, eher ungepflegte und unfassbar hässliche, nervöse Sohn.

«Sie verstehen nicht ganz?», nimmt ihn Markus in die Mangel. «Ich helfe Ihnen gerne, ‹P› steht für Papa.»

«Sie kannten Kirsten nicht, mein Lieber», entgegnet Gruber gelassen. «Sie war sehr eigen und lebte stark in ihrer eigenen pubertären Phantasiewelt.»

«Ach so», erhebe ich höhnisch die Stimme. «Sie hat das alles erfunden?»

Dieter Gruber schließt lange die Augen. Leise, fast flüsternd sagt er: «Sind Sie sich dessen bewusst, was Sie mir gerade antun? Einem bis zu seinem letzten Atemzug trauernden Vater? Ich verstehe Ihr Anliegen nicht. Was wollen Sie? Glauben Sie tatsächlich, weil ich mit einer heranwachsenden Tochter gelegentlich Meinungsverschiedenheiten hatte, dass ich sie umgebracht habe? Gott möge Ihnen vergeben.»

Dazu fällt mir erst mal nichts mehr ein.

Markus wendet sich an Jochen und legt ihm die Fotobögen vor die Nase.

«Warum haben Sie Ihrer Schwester nachgestellt?»

Gruber junior schüttelt den Kopf.

«Was soll der Scheiß? Ich habe nur ...»

«Jochen!», fährt der Vater seinen 43-jährigen Sohn an. «Nicht diese Ausdrücke!»

Merklich eingeschüchtert, setzt Jochen noch einmal an. Er habe doch nur Fotos zur Erinnerung zusammengestellt. Und außerdem sei Fotografie sein Hobby. Und da habe er früher eben häufig seine Schwester fotografiert.

Ich beobachte Dieter Gruber, der keine Miene verzieht.

«Was hatten Sie gegen Kirstens Beziehung zu Fichtenau?», richte ich meine Frage an beide.

«Nun ja», räuspert sich Vater Gruber, «das Resultat dieser Beziehung besuche ich wöchentlich auf dem Friedhof.»

«Fichtenau ist Satan», grunzt Jochen. «Und das wusste ich schon damals.»

Wir drehen uns im Kreis. So kommen wir nicht weiter.

Sollte einer der Herren Gruber irgendetwas mit dem damaligen Mord an Kirsten und dem Verschwinden von Maik Fichtenau zu tun haben, werden wir es ganz bestimmt in dieser Gesprächskonstellation nicht herausbekommen. Ich hatte auch nichts anderes erwartet. Markus und ich haben allerdings noch ein kleines Störfeuer ausgeheckt, um die Grubers ein wenig außer Kontrolle zu bringen. Wir warten schon, es scheint sich allerdings verspätet zu haben.

So lege ich zunächst einmal das Vokuhila-Foto auf den Tisch und frage standesgemäß: «Kennen Sie diesen Mann?»

In Dieter Grubers Miene ist wieder keine Regung zu erkennen. Sein wuchtiger Sohn dagegen kratzt sich etwas nervös den Nacken.

«Ich kenn den von früher», nuschelt er in seinen dichten Fünftagebart.

«War ein Bekannter von Kirsten, oder?»

Markus und ich zucken die Schultern.

«Sie kennen ihn also nicht näher?», hakt Markus nach. «Kennen Sie seinen Namen?»

Jochen Gruber verneint die Frage und fügt an, dass er diesen Typen seit Jahren nicht mehr gesehen habe. Dann klopft es endlich an der Tür, und ich hoffe bei der nun folgenden Überraschung, dass vor allem der werte Vater Gruber ein wenig aus der Fassung gerät und sein kontrolliertes Gehabe ein Ende hat.

Doch es ist Sabse, die da im ins Ordinäre abgleitenden Ibiza-Ausgehgewand in der Tür steht.

«Wo issn der Teischi?»

Wortlos starren Markus und ich sie an. Noch bevor einer von uns sie des Raumes verweisen kann, legt sie los.

«Ey, isch such den Saftsack schon seit ner Ewischkeit, isch könnt kotzen. Der geht mir so was von auf die Stöcke. Der hat mir versproche, dass er misch zum Ultraschall fährt, der Vollhonk! Mann, isch hab Termin!»

Bei Dieter Gruber sehe ich die linke Augenbraue einen Zentimeter nach oben rutschen. Jochen hat schon längst das Rosentattoo auf ihrer linken Brust entdeckt.

Ich löse mich als Erster aus der Starre, erhebe mich, greife sie sanft am Arm und möchte sie vorsichtig hinausbugsieren.

«Hier ist er nicht, Frau ... äh, Sabse, und wir haben hier eine wichtige Besprechung.»

Als ich sie durch die Tür zurückgeschoben habe, frage ich noch kurz: «Ultraschall? Bekommt ihr ein Baby?»

«Wer, wir?»

«Na, Teichner und du.»

«Bin isch scheiße, oder was? Mit Teischi? Isch? Spinnst du? Glaub mir, Alter, so fertisch bin isch noch lange net.»

Ich lasse das mal so stehen, und als ich wieder ins Vernehmungszimmer zurückkehre, sagt Dieter Gruber in verächtlichem Tonfall mit dem Finger zur Tür weisend: «Sehen Sie, genau so sollte unsere Kirsten niemals werden. Dafür haben wir alles getan.»

Markus und ich können darauf nicht mehr eingehen, denn nun höre ich endlich Schritte, die Tür öffnet sich, und die Situation eskaliert viel schneller und heftiger, als ich es mir hätte vorstellen können.

Im selben Moment, in dem Irmtraud und Richard Fichtenau die beiden Grubers am Tisch sitzen sehen, steigt in Irmtraud Fichtenau in einer solchen Geschwindigkeit Wutblut in den Kopf, wie ich es selten erlebt habe. Sie schnauft mit geädertem Hals und schreit dann mit enger, gepresster Stimme: «Da habt ihr die Richtigen! Endlich! Das sind die Verbrecher. *Die* gehören eingesperrt und nicht mein Maik!»

Ihr Mann versucht sie ein wenig zu besänftigen, indem er unaufhörlich leise auf sie einredet, doch vergeblich. Irmtraud Fichtenau spuckt, immer wieder unterbrochen durch einen bellenden, röchelnden Raucherhusten, den beiden Grubers eine beachtliche Ansammlung von Beleidigungen ins Gesicht.

Dieter Gruber erhebt sich, dreht sich von Mutter Fichtenau weg und zischt, nun frei von jeglicher Contenance: «Das muss ich mir von einer Mördermutter nicht bieten lassen.»

In diesem Moment greift diese nach Markus' Aktenordner, holt aus und trifft Dieter Gruber damit am Kinn. Erst nach diesem Schlag sind wir in der Lage, Irmtraud Fichtenau zu bändigen. Ihr linker Arm wird von ihrem Mann gehalten, den rechten hat Markus fest im Griff. Sie atmet schwer, ihre Lunge rasselt asthmatisch, und zum Finale ihres Ausbruchs spuckt sie Jochen Gruber auf die Schulter. Und zwar in deutlich anderer Weise, als es zwei Schauspieler tun, die sich vor einer Vorstellung «toi, toi, toi» wünschen.

Sohn Gruber springt darauf ungehalten von seinem Stuhl auf. Ich versuche ihn mühsam davon abzuhalten, auf Mutter Fichtenau loszugehen, was mir alleine indes nicht gelingt. Doch mit gemeinsamen Kräften verhindern wir eine weitere Eskalation. Während ich Jochen Gruber im schulmäßigen Polizeigriff unter Kontrolle bringe, richtet sein Vater mit spitzen Fingern den Pullunder, geht bedächtig an uns vorbei und raunt Jochen leise zu: «Ich warte unten im Auto.»

Dann blickt er zu Irmtraud Fichtenau, sagt wie ein Pastor: «Ich bete für Sie, dass Gott nicht allzu hart über Sie richten werde», und verlässt den Raum.

Die von uns gesteuerte Konfrontation hat uns, wie es aussieht, inhaltlich nicht wesentlich weitergebracht. Dafür wurden wir beeindruckte Zeugen eines weiteren Kapitels dieser jahrzehntelangen Familienfehde.

Zehn Minuten später beobachte ich im Bürogang, wie Sabse wüst auf den Kollegen Teichner einschimpft. Sie fuchtelt mit den Händen in der Luft herum und lässt ihre Brüste zornig auf und ab wippen. Teichner guckt nur stumm zu Boden. Ein paar Meter dahinter stehen die Bürokräfte Erika und Moni und bekichern die Szenerie. Mir reicht es. Entschlossen schreite ich auf Sabse und Teichner zu.

«Isch hätte jetzt escht mal gedacht, dass du anners bist als die annern Kerle», schreit sie. Teichner blickt verunsichert zu Erika und Moni, zu denen sich inzwischen auch Ina hinzugesellt hat.

«Dass mer sisch uff disch verlasse kann. Doch tut man sisch auf eusch Ficksäcke verlasse, dann biste ... äh, dann kann man einen drauf lasse.»

«Von wegen Ficksack», protestiert Teichner jetzt. «Schön wär's.»

«Isch weiß», poltert Sabse weiter, sortiert dabei ihre Brüste, die Gefahr liefen, aus dem Ausschnitt zu purzeln. «Das werden wir auch nie. Und wenn de noch so bettelst.»

«Ruhe jetzt», schreie ich dazwischen. «Teichner, geh bitte sofort in dein Büro. Und Sie, Frau Sabse, verlassen nun augenblicklich diese Dienststelle. Und kommen auch nur wieder, wenn Sie ein polizeiliches Anliegen haben. Ich rufe Ihnen ein Taxi, und dann warten Sie unten beim Pförtner.»

«Jetzt, momendema ...», setzt Sabse an, doch ich donnere:

«Ich sagte: RUHE JETZT! Gehen Sie nun bitte, und zwar SOFORT. Und vergessen Sie Ihre Kinder nicht und auch nicht Ihre STILLEINLAGEN, die da hinten rumfliegen.»

Nun schweigt sie tatsächlich, die Sabse, packt ihre Kinder ein und verschwindet im Treppenhaus.

Diesen Auftritt, den hätte mein Vater auch nicht besser hinbekommen. Was so ein bisschen Maximalstress nicht alles ausrichten kann! Ich würde mir nichts sehnlicher wünschen, als endlich einmal wieder von ihm zurechtgewiesen zu werden. Kann man nicht mal hergehen und wieder da sein, Papa?!

Ich suche Teichner an seinem Büroplatz auf. Vor Scham gelingt es ihm nicht, mir auch nur ein einziges Mal in die Augen zu blicken. Stattdessen verrichtet er an seinem Schreibtisch irgendwelche unnötigen Aufräumarbeiten und nuschelt dabei irgendetwas davon, dass es ihm leidtue.

«Ist schon o. k.», sage ich.

Teichner schwitzt. Wie er da so gedemütigt sitzt, tut er mir leid. Ich setze mich zu ihm.

«Läuft wohl gerade nicht so gut mit Sabse, was?»

Er sieht mich an. Kurz scheint er noch abzuwarten, ob ich noch irgendeine hämische Bemerkung nachschieße. Als er aber merkt, dass die ausbleibt, sagt er leise:

«Eigentlich lief da noch nie irgendwas mit der. Ich dachte, die Sabse und ich, das könnt was werden, das passt. Sie wollte sich halt Zeit lasse, dacht ich mir. Wie se halt manchmal so sind, die Fraue, gelle, vor allem, wenn se drei Kinner von drei Typen ham, die die Fliege gemacht ham. Doch jetzt bekomm ich langsam den Verdacht, dass se sich gar net Zeit lasse wollte, sondern eher so gar nix wollte ... von mir.»

Teichner schluckt. Es tut ihm sehr weh, das ist deutlich zu spüren. Wie ein Häufchen Elend sitzt er da. Selbst jemand wie er hat das alles nicht verdient.

«Zeit lasse», fährt Teichner fort, «Zeit lasse ist eigentlich gar net so ihr Ding. Beim Reifen-Hoffmann muss es auch schnell gegange sein. Wollt sich eigentlich nur Sommerreife druffmache lasse und hat mit nem Braten in der Röhre die Werkstatt wieder verlasse. Von nem 17-jährigen Lehrling!»

Vorsichtig frage ich ihn, ob es nicht sein könnte, dass Sabse vielleicht doch nicht die Richtige für ihn ist.

Teichner nickt. Dann sagt er traurig: «Sonst will mich ja keine.»

«Aber es ist doch immer noch besser, wenn keine dich will, als wenn Sabse dich nicht will», erwidere ich.

Nun hellt sich Teichners Blick ein wenig auf.

«Stimmt, da haste recht. Danke, Henning, so hab ich das noch gar net gesehn.»

Ich klopfe ihm jovial auf die Schulter und blinzele etwas zu väterlich.

«Ach ja, Teichner, zurück zum Beruflichen, hast du schon eine Antwort von der Ärztin aus der Vogelsbergklinik bekommen? Von dieser Frau Dr. Claus. Wegen dem Foto von diesem Vokuhila-Typen?»

«Yep, die hat grad ebe zurückgemailt.»

«Ja, und?»

«Die kannte den. Andreas Burgholtz heißt er. Ich druck dir die Mail aus und bringe sie dir vorbei, oki?»

«Leite sie mir doch weiter. Ist praktischer.»

«Oder so», nuschelt Teichner. «Äh, wie geht das nochemal? Ich komm mit dem neue Mailprogramm noch net so zurecht.»

«Wir haben das doch schon eineinhalb Jahre.»

«Hmm, ich muss auf ‹Allen antworten› drücken, gelle?»

«Mann, Teichner», herrsche ich ihn an und zeige ihm dann die richtige Funktion.

«Ah ja, klar», sagt er, «mein ich doch.»

Ich ziehe stumm die Brauen hoch und verschwinde in mein Büro.

Kapitel 22

Es hat etwas durchaus Beruhigendes, wenn man abends nach Hause kommt und alles genau so vorfindet, wie man es am Morgen zurückließ.

Ich setze mich in die Küche, schenke mir ein Glas lauwarmen Weißwein ein und starre auf den Jahreskalender, der noch immer den Monat Februar anzeigt. Wäre die Zeit doch vor fünf Monaten stehengeblieben ...

Ich lehne mich auf dem deutlich in die Jahre gekommenen Küchenstuhl zurück, spüre mich anhand meines verspannten Rückens, schließe die Augen und lasse Franziska gegenüber Platz nehmen. Dort, wo sie immer sitzt. In der Küche hatten wir immer die besten Gespräche und die schönsten Streitereien.

«Ich will mich jetzt nicht streiten», sage ich.

«Das willst du nie. Mit niemandem», antwortet sie.

Ich nicke. «Ich habe ein schlechtes Gewissen.»

«Du?»

«Ja, ich!»

«Was soll ich denn da erst sagen?», erwidert Franziska.

«Ich will mich jetzt nicht streiten, wer ...?»

«Das willst du nie», unterbricht sie mich.

«Ja, aber das hatten wir schon. Also ich will mich jetzt nicht streiten, wer das schlechtere Gewissen von uns beiden hat, aber ich habe nun mal ein ziemlich großes, da ich dich nicht noch häufiger im Gefängnis besuche.»

«Aber wir haben doch gemeinsam vereinbart, dass du nicht ständig bei mir aufkreuzen sollst.»

«Trotzdem!»

«Dir ist nicht zu helfen.»

«Ich weiß.»

«Memme!»

Ich drücke die Augen fester zu, damit ihr Bild nicht verschwindet. Bitte, Franziska, sprich weiter mit mir. Beschimpfe mich von mir aus, aber verschwinde nicht.

«Ich glaube, Henning, es wäre nicht gut, wenn du mich häufiger besuchen würdest. Dafür bist du noch viel zu ärgerlich auf mich. Du hast mir das alles noch nicht verziehen. Bis heute nicht. Du hast mir den Totschlag nicht verziehen, dass ich damals flüchtete, auch nicht, und schon gar nicht, dass ich nun freiwillig einsitze.»

Ich will mich gegen ihre Worte wehren, doch es geht nicht.

«Das ist alles in Ordnung so», spricht sie weiter. «Das kann ich auch sehr gut verstehen, würde mir wohl auch so gehen. Nur eines will ich nicht, ich will nicht, dass du denkst, dass du irgendetwas an dieser Situation hättest ändern können. Hör auf, dich verantwortlich zu fühlen. Das steht dir nicht. Früher fühltest du dich für nichts, was zu Hause stattfand, verantwortlich, heute für alles. Versuch's mal mit dem Mittelweg.»

«Das sagt sich so leicht», stammele ich ein wenig weinerlich und öffne kurz die Augen, da Charlie seine Schnauze in meinen Ellenbogen rammt. Als ich sie wieder schließe, steht Franziska auf und verschwindet.

«Bleib hier», flehe ich. «Bleib hier, komm wieder her, rede weiter mit mir, Franziska ...»

Weg ist sie.

Ich öffne die Augen, und Melina steht mit offenem Mund in der Küche. Das Blut steigt mir schneller in den Kopf, als mir irgendetwas zu sagen einfällt. Melina dreht sich um und verlässt hastigen Schrittes die Küche. Ich hinterher.

«Melina», rufe ich, «warte doch mal. Lass uns doch mal reden.»

Meine Tochter allerdings rennt die Treppe hinunter in ihr Zimmer und schließt die Tür. Ich lasse sie. Ich habe nicht die Kraft, wie so oft in den letzten Jahren vor ihrer Tür auf sie einzureden.

Ich schleppe mich zum Wohnzimmer, haue mich aufs Sofa, zappe durchs Fernsehen und bleibe bei einer reißerisch aufgemachten Nachrichtenkanal-Doku hängen, die über den Einmarsch der Wehrmacht nach Polen berichtet. Kurz vor Russland höre ich Melina wieder in die Küche schleichen. Ich hieve mich vom Sofa und folge ihr.

«Was?», raunzt sie mich an, als sie mich entdeckt.

Ich versuche sie etwas ungelenk väterlich zu berühren, aber sie zieht ihren Arm weg.

«Ich hab noch alle Tassen im Schrank, ehrlich», sage ich. «Mir fehlt Mama manchmal, und ganz manchmal, also sehr, sehr manchmal, rede ich halt so mit ihr, als wäre sie da. Das hilft mir. Ich kann verstehen, dass dich das ...»

«Ach, drauf geschissen», unterbricht sie mich und setzt sich auf den Stuhl, auf dem vorhin ich gesessen habe. Ich setze mich auf Franziskas Platz.

«Drauf geschissen», wiederholt sie noch einmal, «ich red doch auch manchmal wie so 'n Kloppi mit ihr. Darum geht's doch gar net. Aber soooo wahnsinnig scheinst du sie ja nicht zu vermissen, wenn du gleich was mit ner anderen anfängst.»

Fragender und verwirrter, als ich es jetzt tue, kann man vermutlich nicht aus der Wäsche gucken.

«Ach vergiss es einfach, es geht mich ja nix an», meckert sie, steht wieder in einer Art Übersprungshandlung von ihrem Stuhl auf, öffnet den Kühlschrank und sucht nach etwas, das ihr dieses Gespräch anscheinend nicht gibt.

«Melina, ich weiß wirklich nicht, wovon du redest», rufe ich ihr in den Rücken und befürchte, dass sie hinter eine meiner beiden Mini-Liebschaften der vergangenen zwei Jahre gekommen ist. Aber das ist doch schon länger her.

Melina schnappt sich eine Cola, schraubt die Flasche auf, trinkt, rülpst und schweigt.

«Das ist nicht fair», klage ich nun. «Jetzt erzähl mir bitte genau, was du zu wissen glaubst.»

«Und dann sooo ne Tante ...», stöhnt sie und schüttelt angewidert den Kopf. «Kotzwürg, da hätte ich selbst dir einen besseren Geschmack zugetraut.»

Wieder setzt sie sich und drückt dabei ihre Beine an die Tischkante.

«Ich verstehe immer noch nichts», sage ich schon fast resignierend.

«Komm, verarsch mich net. Ich bin mit Sarah in der Stadt, da labert mich diese Tussi an. Sagt so was wie: Ahhh, du bist doch die Melina, wir kennen uns noch gar nicht. Dein Papa hat doch bestimmt schon viel von mir erzählt und so. Ich guck sie voll behämmert an und versteh nur Bahnhof. Da sagt se mir, sie sei deine neue Freundin, und wir würden uns ja bestimmt bald besser kennenlernen. Sorry, Dad, aber das kannste dir so was von abschminken.»

Mir schwant Schlimmstes.

«Sag mal, wie sah die aus? Klein, schmal, blass, schwarze Haare, Pferdeschwanz?»

Melina nickt.

«Das ist doch nicht zu fassen», schreie ich. «Diese Irre, die bring ich ... also das vielleicht nicht, aber die kann sich so was von auf was gefasst machen!»

Melina runzelt die Stirn, und dann erzähle ich ihr haarklein alles über meine «Beziehung» zu Rike. Selten hat mir meine Tochter gebannter zugehört als in diesen zehn Minuten.

Ich habe stark gehofft, Egon bei meinem abendlichen Hundespaziergang nicht über den Weg zu laufen, doch anscheinend wacht der Hundewitwer von früh bis spät über das gesamte Waldgebiet rund um Bad Salzhausen. Er erkennt mich von weitem und steuert schnurstracks auf mich zu.

Auch wenn Bummo ein grauenhaft angsteinflößender und unerträglich aggressiver Hund war, fühle ich ein wenig mit Egon mit.

«Ich habe das Gefühl, dass ihr von der Bullerei mit den Ermittlungen eher so stagniert, oder?»

«Wir sind dran», floskele ich. «Wir werden ihn schon kriegen.»

«Pass auf, ich denke, das könnte hilfreich sein», sagt Egon und kramt einen zerknüllten DIN-A4-Zettel aus seiner Hosentasche. «Hier, ich hab mal mit der Irmgard vom Tierschutzverein ein paar Hauptverdächtige aufgelistet.»

«Aha», sage ich und lese:

1. Thorsten Jung – Jogger, meckert jedes Mal über unsere harmlos spielenden Hunde. Behauptet, er sei mal von Bummo «angefallen» worden, nur weil der ihm mal mit den Pfoten auf seinen Schultern «Hallo» sagen wollte und ihm vorher ein klein wenig aus Spaß hinterhergerannt ist.
2. Sonja (Nachname unbek.), aggressive Mutter mit Kleinkind, lässt ihr Gör immer mit Ball frei spielen und wundert sich, dass unsere Hunde ihr Revier verteidigen wollen. Schreit dann wie eine Irre rum. Als wär die Wiese nur für die Kinder da.
3. Türkenjungs (Namen unbekannt), fühlen sich beim Fußball gestört und haben mehrmals mit Ball auf Boxer Django ge-

schossen. Nebenbemerkung: Rolf hat sie schon mal beim Drogenverzehr mit Wasserpfeife gesehen ...

4. Antje und Hans Greiling, Katzenbesitzer mit Hundeallergie und somit von Haus aus Hundehasser, schon mehrmals durch verächtliche Blicke aufgefallen.
5. Bernd Neumann, Postbote, wurde dementsprechend häufig mangels Sachkenntnis im Umgang mit Hunden «gebissen» und ist bester Kumpel von
6. Frank Hillich, der im Rewe hinter der Fleischtheke arbeitet und somit gut an Leberwurst rankommt.

Ich bedanke mich, um schnellstmöglich Ruhe vor Egons Zorn und Ermittlungseifer zu haben, warne ihn aber nochmals intensiv davor, ein zweites Mal vermeintlich Verdächtige zu überwältigen. Manni Kreutzer schrieb mir vor ein paar Stunden per Mail, dass er noch immer unter Schock stünde, unter Panikattacken leide, er diese Gefühle allerdings gut für seine Kunst nutzen könne. Er hätte schon wieder Ideen für mindestens drei neue Songs. Daran ist alleine Egon schuld!

Kapitel 23

• • •

Es wäre um ein Vielfaches netter gewesen, wenn Miriam allein aus Berlin angereist wäre, gar keine Frage, doch das Leben ist kein Wunschkonzert, wie meine Mutter zu sagen pflegt.

Jedenfalls sitze ich mit ihr und ihrem Vorgesetzten, Hauptkommissar Brunschel, in einem griechischen Lokal in Alsfeld zum Mittagssnack. Zunächst hatte der Frankenberliner Brunschel gar einen alleinigen Arbeitsbesuch angedroht, um, wie er es formulierte, die Zusammenarbeit der beiden Polizeidienststellen in Berlin und Alsfeld zu intensivieren. Doch glücklicherweise schloss sich Miriam der Reise ins Hessische an, da sie ab morgen Urlaub habe und dies ohnehin mit einem Kurzbesuch in der alten Heimat verbinden wolle.

Während wir auf den Kellner warten, bemerkt Brunschel: «Na, dann wollnwa doch mal a weng die Griechen unterstützen, wa? Die können's gebrauchen.»

Vor einer knappen Stunde habe ich Miriam und Brunschel am Bahnhof abgeholt. Jetzt stärken wir uns noch schnell, um dann gleich zur gemeinsamen Besprechung mit Körber und Markus ins Revier zu fahren.

«Dit is für mich eine wahre Wohldaht, mal wieder in so einer ganz normalen Gaststädde zu sitzen. So a weng muffig und spießig. Dit kenn icke gar nüscht mehr. Bei uns in Berlin ist ja allet immer a weng hip, jedenfalls da, wo icke so verkehre», sagt Brunschel und nippt wichtig nickend an seiner Apfelsaftschorle. Er trägt ein bemerkenswert geschmackloses buntes Hemd, mit dem er in hippen Berliner Trendlocations bestimmt super ankommt, und hat sich zwischen seinen Geheimratsecken ein kleines klägliches Haarbüschel zipfelig nach oben gegelt.

«Jetzt übertreiben Sie mal nicht, Herr Brunschel», erwidert Miriam. «In Berlin ist es in gewisser Weise genauso provinziell wie überall. Nur auf größerem Raum.»

«Na, na, na, na», brunschelt Brunschel und wackelt dabei mit seinem Zeigefinger vor Miriams Nase herum. «Dit ist schon ne janz andere Hausnummer. Berlin, da bulsiert es schon anders als in Kuhkäffern wie hier zum Beispiel.»

Miriam lächelt und prostet mir solidarisch zu. Hinter ihr an der Wand ist originellerweise die Akropolis zu sehen.

Rafael Brunschel grinst. Eigentlich grinst er immer, die ganze Zeit. Auch wenn es nichts zu grinsen gibt, grinst er. Vielleicht grinst er auch gar nicht, sondern sieht nur so aus. Jedenfalls zieht er unablässig seine Mundwinkel nach oben und zeigt seine oberen leicht überbissigen Zähne.

«So schön die Rrruhe auch is, icke könnt dit nimmer, in so ner Gechend leben.»

Während er diese Worte spricht, guckt er mich mit einem Blick an, als würden wir in der Favela in Lehmhütten wohnen.

«Nee, nee, nee, icke könnt dit nimmer.»

Miriam verteidigt nun immer lebhafter und lautstärker ihre alte Heimat und die Provinz an sich und gibt ihrem Chef erstaunlich klar zu verstehen, was sie von großstädtischer Arroganz hält. Ich mische mich da nicht ein, habe ja selber die Schnauze voll von meiner Heimat und bestelle mir stattdessen einen Griechischen Salat.

Brunschel entscheidet sich für den «Grilldeller» mit gerolltem Franken-R und Miriam für gebackenen Schafskäse.

«Habt ihr hier überhaupt Inderned?», fährt Brunschel eine Viertelstunde später mit vollem Mund lachend sein originelles

Provinzbashing fort. «Doch, dit habt ihr scho, gell, allerdings wählt ihr euch noch mit Modem ein, oder?»

Aller Heimatverbundenheit zum Trotz wird mir bei der Vorstellung, dem Herrn Brunschel mit der flachen Hand so kraftvoll aufs Gesicht zu drücken, dass er rücklings auf die Fliesen des griechischen Wirtshauses kracht, ganz warm ums Herz.

«Was icke in Berlin für frückte Düben kennengelernt habe, det ist a Wahnsinn. Wat'n Banobdigum ...»

«Ein was?», frage ich nach.

«Banobdigum!»

«Panoptikum», übersetzt Miriam augenrollend.

«Eener von meinen Bekannten, der ist dodal frückt, dodal abgefahrn, der ist richtig freakig, so 'n Anarcho, der kommt aus der Bankszene.»

Ich blicke ihn fragend an. «Aus welcher Szene?»

«Aus der Bankszene», antwortet er. «So eener, der könnt hier bei euch aufm Land nicht überleben. So wat jibts nur in Berlin, wa?»

«Na ja», wende ich ein, «selbst wir hier in Oberhessen haben Banken. Wir lagern unser Geld nicht unter den Betten.»

Brunschel guckt hilfesuchend zu Miriam, doch die verweigert ihm den Blickkontakt. Dann lacht er auf.

«Ach so, nee, net aus der Bankszene, ick meen, der kommt aus der Bankszene.»

«Ja, sag ich doch, Bankszene», spiele ich das Spiel weiter. Meine Laune bessert sich sekündlich.

«Naa», wird Brunschel immer lauter, «dit ist ein Banger, keen Bänger, Mann!»

«Aaach so», rufe ich theatralisch über den Tisch, «ein Punker! Mit P!»

Das «P» spreche ich so hart aus, dass ein kleiner Spucketropfen in Richtung Akropolis segelt.

«Ja, sag ich doch, ein Banger», murmelt Hauptkommissar Rafael Brunschel nun deutlich leiser und trinkt verunsichert seinen Espresso aus.

Schneller als gewünscht erholt er sich aber wieder und schafft es perfekt, in das mühsam begonnene Gespräch mit Miriam über ihr Urlaubsziel oder über die Verfassung meiner Mutter und überhaupt, wie es denn so bei der Alsfelder Polizei liefe, kleine Störfeuer zu legen.

So lässt er unmissverständlich einfließen, es sei in gewisser Weise ja auch verständlich, dass so eine kleine Provinzpolizei mit Kriminalfällen dieser Art etwas überfordert sei. Was ich allerdings nicht als Vorwurf missverstehen solle, denn wann passiere hier denn schon einmal ein Mord. In Berlin hingegen klingele alle zehn Minuten das Telefon, und irgendein weiteres schweres Verbrechen, und zwar mindestens Mord, warte auf die Beamten. Zeitgleich mit Miriams Einwand, dass dies doch etwas übertrieben sei, klingelt mein Handy, und das Revier teilt mir mit, dass ein schweres Verbrechen geschehen ist. Und zwar mindestens ein Mord. Leider fehlt mir in diesem Moment die Muße, auf Brunschels Gesichtsausdruck zu achten, denn ich bin schon auf halbem Weg zum Tatort.

Jochen Gruber liegt leblos am Rande eines Feldweges zwischen dem Bad Salzhausener Kurpark und dem Segelfluggelände Nidda. Um seinen Kopf hat sich eine hässliche Blutlache gebildet.

Es ist kein schöner Anblick.

Jochen Gruber war ja auch lebend keine Schönheit, doch wie er da nun tot auf dem Bauch liegt, ist er es erst recht nicht.

Die Kollegen um mich herum gehen nüchtern ihrer Arbeit nach. Ich nicht. Mich nimmt so etwas mit. Ich kann in diesen Situationen noch immer schwer auf Knopfdruck in den professionellen Modus schalten. Ich verschalte mich da oft. Ich schalte in ein Programm, in dem ich apathisch und leer vor mich hin starre und über alles andere nachdenke, nur nicht über das, was anliegt. Da Rafael Brunschel neben mir steht, gebe ich mir zwar alle Mühe, mit dahergeredeten Floskeln wie «Hmm, lange kann der noch nicht tot sein» oder «Nach Selbstmord sieht das aber nicht aus» diesen Zustand zu überspielen, doch viel wird auch das nicht bringen.

Die Spurensicherung stellt die mutmaßliche Mordwaffe sicher, ein Jagdgewehr. Vermutlich wurde ihm von hinten mit diesem Gewehr in den Kopf geschossen, heißt es.

Markus ist da, Teichner auch, Sabse nebst Kindern zum Glück nicht.

Bei dem Gedanken, dass ich wohl die Aufgabe übernehmen darf, Jochen Grubers Eltern die Nachricht zu überbringen, wird mir übel. Ich gehe ein, zwei Schritte zur Seite, um nicht mehr den altklugen Atem Brunschels in meinem Genick spüren zu müssen.

Markus taucht neben mir auf und fragt, ob ich glaube, dass Maik Fichtenau mit dieser Geschichte etwas zu tun haben könnte. Da ich noch gar nicht in der Lage bin, irgendetwas zu glauben, zucke ich mit den Schultern.

«Ich denke, nein», beantwortet er sich selber seine Frage. «Wenn es zu seinem Rachefeldzug gehören sollte, dann wäre diese Tat sicher besser geplant. Dann erschieße ich mein Opfer nicht mit einem Gewehr und lasse die Waffe am Tatort liegen.»

Ich nicke einfach mal. Hier braucht mich im Moment keiner, hier bin ich keine Hilfe, und so verschwinde ich, so schnell es irgend geht, vom Tatort.

Schneller als ich es mir selbst zugetraut hätte, komme ich aber wieder zu klarem Verstand und gebe Markus per Handy durch, ich sei auf dem Weg zu den Gruber-Eltern. Ich werde sie darüber informieren, dass nach ihrer Tochter nun auch ihr Sohn gewaltsam umgekommen ist.

Ich mache mich also auf den Weg nach Ulfa. Verblüffend ruhig stehe ich bald darauf vor dem Wohnhaus der Eltern Gruber. Na also, es geht doch, ich funktioniere also doch wieder als Hauptkommissar.

Ich klingele dreimal, doch niemand öffnet. So spreche ich mit meinem Handy auf ihren Anrufbeantworter und bitte um schnellstmöglichen Rückruf. Danach steige ich wieder ins Auto, denke kurz nach und beschließe, einen Blick in Jochen Grubers Wohnung zu werfen. Wer weiß, vielleicht finde ich ja dort hilfreiche Hinweise. Vielleicht auch nicht, Hauptsache, ich tue irgendetwas, das mir sinnvoll erscheint und mit Polizeiarbeit zu tun hat.

Grubers Wohnungstür ist erwartungsgemäß versperrt, doch ich habe Glück. Eine Nachbarin mit üppiger Dauerwelle überlässt dem Hauptkommissar vertrauensvoll einen Schlüssel, ohne dass ich mich mit umständlichen Erläuterungen erklären muss.

Die lieblos eingerichtete, karge Dreizimmerwohnung muffelt über den Tod ihres Mieters hinaus nach einem traurigen Leben. Ich höre den Anrufbeantworter ab, drei neue Nachrichten. Ein Christian, der eine Frage zur Hauptversammlung irgendeines Jagdvereins hat, zweimal seine Mutter, und das war's.

Als ich die Küche betrete, steht mir der Mund offen. Auf dem Tisch liegen ein leeres Leberwurstdöschen und daneben Dutzende Rasierklingen.

Aha, Jochen Gruber war also der Hundemörder. Und liegt jetzt selber tot im Gebüsch. Das kann doch nicht wahr sein. Haben diese Irren es wirklich getan? Egon und die Tierschutz-Irmgard, all meinen Warnungen zum Trotz?

«Hände hoch!»

Dass ich diesen Satz einmal real zu hören bekomme, hätte ich trotz meines Berufes niemals gedacht. Ich folge der Weisung. Mit dem Rücken stehe ich zu dem «Hände-hoch-Rufer» und wage zunächst einmal nicht, mich umzudrehen.

«Was machen Sie hier?», fragt mich eine mir fremde Männerstimme.

«Ich bin Polizist, Hauptkommissar Henning Bröhmann. Ich bin hier in der Wohnung, da Jochen Gruber heute tot aufgefunden wurde. Ja, und was machen Sie hier?»

In der darauf eintretenden Stille wage ich es, mich vorsichtig umzudrehen. Mein Gegenüber ist ein mittelgroßer, muskulöser Mann um die dreißig mit dafür schon sehr dünnem Haar und einem recht dümmlichen Gesichtsausdruck. Er trägt ein weißes ärmelloses Shirt und eine affige Militaryhose. Das Jagdgewehr ist noch immer auf mich gerichtet.

«Es wäre schön, wenn Sie vielleicht die Waffe mal auf die Seite legen könnten», schlage ich vorsichtig vor.

«Ausweis», bellt er nun.

Ich greife an meine Hosentaschen und bemerke, dass ich meinen Polizeiausweis im Auto liegen habe.

Mein neuer Freund scheint mir nicht zu glauben, was mich nun langsam etwas nervös macht.

«Bist du dieser Scheiß-Fichtenau, oder was?», schreit er nun.

Es scheint sich ein möglicherweise folgenschweres Missverständnis anzubahnen.

Mein Handy surrt in der Hosentasche. Fragend blicke ich mein Gegenüber an.

«Darf ich?», frage ich.

«Her damit!», knurrt er.

Ich ziehe es heraus und halte es ihm hin. In dem Moment, in dem er nach meinem Handy greift, hole ich mit dem rechten Arm aus und treffe ihn mit der Faust am Kinn. Sagen wir mal, fast. Eher verfehle ich es knapp. Wütend stürzt er sich auf mich. Irgendwie wehre ich ihn ab und treffe ihn schlussendlich doch mit einem gezielten Schlag auf die Nase. Er verliert das Gleichgewicht, kippt nach hinten, und ich entreiße ihm wie ein wahrer Held die Flinte. Ein bisschen fühle ich mich wie Bud Spencer oder jedenfalls wie Terence Hill.

So lässt es sich aus meiner Sicht entspannter kommunizieren.

«Jetzt kommen Sie mal runter», fahre ich den Unbekannten an. «Ich bin nicht Maik Fichtenau und werde Sie auch nicht umlegen. Ich bin tatsächlich Polizist und habe schlicht und ergreifend ein paar Fragen an Sie. Also, wer sind Sie?»

«Chrrsssfdddt.»

«Wie bitte?»

«Christian Findt!»

«O. k., geht doch. Und nun sagen Sie mir, was Sie hier zu suchen haben!»

Christian Findt richtet sich langsam und bedächtig vom Boden auf.

«Ich bin nur ein Kumpel von Jochen. Wohne gleich da drüben.»

Er berichtet mir, dass er mit Jochen Gruber ein Hobby teile: das Jagen. Beide seien aktive Mitglieder der Wetterauer Jägergesellschaft e. V., das heißt, Gruber ist es ja nun nicht mehr.

«Was wissen Sie über Maik Fichtenau?», frage ich.

«Eigentlich nichts», antwortet er. «Ich weiß nur, dass das diese Ratte ist, die Kirsten ermordet hat und jetzt wieder frei ist. Mehr weiß ich nicht. Wieso?»

«Nur so», antworte ich kurz.

Mir ist nicht klar, ob ich diesen Herrn Findt nun mit nach Alsfeld nehmen soll oder nicht. Kurz bevor ich mich dagegen entscheide, werde ich auf etwas aufmerksam, das ich in seiner baumgrünen Jägertasche entdeckt habe, die offen neben ihm auf dem Fußboden zur Seite gekippt liegt.

«Darf ich mal?», frage ich rhetorisch und packe mir die Tasche. Ich habe richtig gesehen. Ich greife hinein und lege fünf Döschen Leberwurst mit den passenden Rasierklingen neben die anderen auf den Tisch.

Ach, wie gut es tut, für einen kurzen Moment einmal alles im Griff zu haben.

«Tja», singe ich, «da sprechen wir bei der Polizei von Beweismitteln, mein Lieber.»

Ich schreite vor ihm auf und ab und halte dabei die Schrotflinte in einer Hand. «Dann sind Sie also der Hundemörder.»

Findt schüttelt heftig den Kopf und entgegnet: «Wir sind keine Mörder, wir sind höchstens Sachbeschädiger für eine gute Sache.»

In einem Punkt hat er recht. Das Töten von Tieren wird nicht als Mord geahndet, sondern eben als eine schwere Form der Sachbeschädigung.

«Wir? Das heißt, Sie und Gruber haben den Mist zusammen verbrochen?»

«Was heißt denn verbrochen?! Nur so war doch durchzusetzen, dass diese Wichser endlich ihre Hunde an die Leine nehmen. Nur so konnten wir verhindern, dass noch mehr Wild im Wald aufgescheucht und von diesen Dreckskötern gejagt wird. Letztes Jahr hat einer von denen Mistviechern ein Reh gerissen.»

Seine Stimme wird laut, es scheint tatsächlich eine mit Herzblut verfolgte Mission gewesen zu sein.

«Wir sind es doch», bellt er, «die das ganze Jahr unter großen Entbehrungen ehrenamtlich für das ökologische Gleichgewichtsdings sorgen, Population und so. Wir haben das im Griff, verstehen Sie? Aber nicht, wenn da diese Köter rumwildern. Wie sollen wir da denn den ... äh ... Bestand reglementieren?»

«Regulieren, meinen Sie wahrscheinlich, regulieren.»

«Zu gern hätte ich mal einen von diesen Kläffern abgeknallt, das sag ich Ihnen. Konnte mich grad so zusammenreißen. Das ist eine wichtige, ehrenhafte Aufgabe, verstehen Sie? Und alles ehrenamtlich!»

Ich zucke mit den Schultern.

«Ohne uns gäb's keinen Wald mehr, mein Lieber. Machen Sie sich das mal klar. Da wäre alles weggefressen. Alles, das sag ich Ihnen. Ohne uns könnt ihr nämlich alle einpacken.»

Ich gebe zu bedenken, dass dies nicht das Thema sei und es nun mal nicht angehe, Leberwurst-Todesbomben in den Wald zu legen.

«Ach, wissen Sie», muss ich dann doch noch loswerden, «ich möchte gar nicht über Sinn und Unsinn Ihres Hobbys diskutieren. Aber warum müssen Sie und Ihre Jagdfreunde immer so ein albernes Gedöns um das Töten von Tieren machen?»

Sofort beginnt eine weitere Litanei der Selbstverteidigung, in der er irgendetwas von Tradition und so sabbert, und schon bereue ich, diese Bemerkung fallen gelassen zu haben.

Auf meinem Handy lese ich, dass Miriam angerufen hat. Zeit, meine kleine Show hier mit dem «Sachbeschädiger» zu beenden. Tja, und dieser eine unschöne Verdacht drängt sich immer stärker auf: Jochen Gruber wurde von einem aufgebrachten Hundebesitzer auf frischer Tat ertappt und mit einem Jagdgewehr erschossen. Egon, bist du nun ein Hauptverdächtiger? Oder war's Irmgard, die cholerische Tierschutzvorsitzende mit den derben Abhack-Phantasien?

Aber was mache ich hier eigentlich? Werte ich mich nun mit

der Überführung eines dämlichen Hundekillers auf? Mein Vater ist verschwunden, und weil ich es nicht fertigbringe, ihn zu finden, krame ich in einem zwanzig Jahre alten Mädchenmord herum. Meine Frau sitzt im Gefängnis, und ich schaffe es nicht, sie häufiger zu besuchen. Meine Mutter überlasse ich meiner Schwester, meinen Sohn schiebe ich ins Ferienlager ab, und meine Tochter lasse ich mit ihrer Überforderung alleine.

Aber ich brauche jetzt wirklich erst einmal Ruhe.

Und werde Folgendes tun:

Ich bringe Christian Findt nach Alsfeld ins Revier, nehme an der Besprechung zum Mordfall Gruber teil, lasse Markus alles Weitere managen, so, wie ich es früher auch immer getan habe, und dann am späten Abend fahre ich nach Hause, genieße das Alleinsein, da Melina heute bei einer Freundin übernachtet, und lasse mich nach allen Regeln der Kunst destruktiv volllaufen. Das ist der Plan.

Doch bevor der heißersehnte letzte Teil dieses Planes umgesetzt werden kann, geht es also erst einmal direkt nach Alsfeld zur Teambesprechung.

Kapitel 24

• • •

Kriminaloberrat Ludwig Körber legt sich besonders ins Zeug. Er scheint alles dafür tun zu wollen, dass in Rafael Brunschels Augen unsere Polizeiarbeit wie aus einem Guss funktioniert. Nicht wieder möchte er dieses hämische Grinsen des Berliner Kommissars sehen müssen. Eine zusätzliche Motivation der Selbstdarstellung dürfte die Anwesenheit von Oberstaatsanwalt Berthold Schmitt sein. Körber spricht viel lauter, viel autoritärer und führt die Besprechung in der Polizeidirektion mit einer Verve, die ich selten bei ihm erlebt habe. Meinen Vorsatz, mich etwas zurückzuziehen und Markus reden zu lassen, kann ich leider nicht ganz einhalten. Onkel Ludwig bittet mich, eine kurze Zusammenfassung der Geschehnisse vorzutragen. Etwas widerwillig schleppe ich mich zum Flipchart und schreibe den Namen «Jochen Gruber» an das untere Ende der Opferliste.

Ich weise darauf hin, dass der Beginn allen Übels das Jahr 1991 ist, der Mord an Kirsten Gruber.

Unter ihrem Namen stehen alle weiteren Opfer aufgelistet:

Kirsten Gruber
Viktor Gummer
Roland Dürrstein
Günther Bröhmann???
Jochen Gruber

Ich erkläre, dass die Suche nach dem Hauptverdächtigen Maik Fichtenau bisher ergebnislos verlaufen sei. Nach seiner langen Haftstrafe sei er offiziell bei seinen Eltern gemeldet, wo er allerdings nur kurz nach seiner Entlassung aufgetaucht sei. Er habe weder ein Konto noch eine Kreditkarte, mit der er gegebenenfalls Spuren hinterlassen könnte.

«Ihr geht also immer noch von einem Rachefeldzug des Verdächtigen aus?», schmettert Ludwig mir ins Wort. Das «ihr» in seiner Frage stößt mir auf. Bei Ermittlungserfolgen wandelt sich das dann schnell zu einem «wir».

«Es ist weiterhin durchaus denkbar, dass Fichtenau unschuldig gesessen hat. Es wurde damals etwas, äh, wie soll ich sagen, schlampig ermittelt, wie die Ermittlungsakten zeigen ...»

Wieder fällt mir Körber ins Wort: «Na, mal langsam mit den jungen Pferden. Und ein bisschen mehr Respekt vor der Arbeit der Kollegen, wenn ich bitten darf.»

Affektiert lachend blickt er zum Herrn Oberstaatsanwalt. «Vor allem, wenn die Ermittlungen derart stagnieren, sollte man den Mund nicht allzu voll nehmen.»

Ich weiß nicht, was für eine Show Onkel Ludwig hier gerade abzieht. Eigentlich ist es mir auch egal, und so referiere ich unbeeindruckt weiter.

«So ist es wahrscheinlich, dass sich Fichtenau an all denen rächt, die mit seiner Verhaftung und Anklage in Verbindung standen. In erster Linie Viktor Gummer und, na ja, mein äh, also ... Günther Bröhmann.»

An dieser Stelle räuspert sich der Oberstaatsanwalt Schmitt. Ein ruhiger, besonnener und kollegial auftretender Mann.

«Halten Sie es eigentlich für eine gute Idee, dass Sie die Ermittlung führen? Sind Sie nicht persönlich viel zu stark involviert?»

«Genau», wirft Ludwig Körber anbiedernd hinterher.

Ich schlucke, erwidere dann aber, dass die Hauptleitung der Ermittlungen Markus Meirich innehabe.

«Na ja», fällt mir mein Patenonkel weiter in den Rücken, «ich vermisse bei dir in den letzten Tagen schon eine gewisse Sachlichkeit.»

Ich versuche ein weiteres Mal, seine Bemerkung zu ignorieren.

«Zudem ist mein Vater bisher auch nur vermisst und noch kein ...», füge ich an.

Nun tuschelt Ludwig leise etwas in Richtung Oberstaatsanwalt Schmitt. Ich höre etwas wie «wollte dem Jungen das Gefühl geben, etwas für seinen Vater zu tun» und «natürlich weiß ich, dass er der falsche Mann ist».

Der Staatsanwalt murmelt etwas zurück, und Ludwig sagt halblaut, er habe in den letzten Tagen ein besonderes Auge auf mich geworfen, zumal ich auch sein Patensohn sei.

Gerade vorhin noch fragte ich mich, wie ich es eigentlich schaffe, meine Gefühle der Angst um meinen Vater so unter der Oberfläche zu halten.

Nun aber, wie da mein Onkel so ungeniert dem Staatsanwalt in den Arsch kriecht, stelle ich ganz plötzlich fest, dass ich das Gefühl der Wut nicht mehr ganz so im Griff habe. Jedenfalls platzt da etwas aus mir heraus, das besser dringeblieben wäre.

«Ludwig, du falsches fettes Arschloch», schreie ich. «Du verfickter mieser hinterhältiger ...»

«Henning», schreit Markus dazwischen, um größeres Unheil zu vermeiden.

Ich schlucke den Rest meiner Worte herunter und stürme aus dem Besprechungsraum. Hinter mir höre ich Rafael Brunschel sagen:

«Warum sind hier auch alle miteinander verwandt? Dit kann ja nich jutjehen.»

Noch schnappatmend und kochend vor Wut bleibe ich einen kurzen Moment vor der angelehnten Tür im Gang stehen und verfolge ein bisschen mit, wie die Besprechung weiter verläuft.

Ich höre Markus, wie er in seiner gewohnt ruhigen Art direkt zum Mordfall Jochen Gruber überleitet.

«Gruber wurde heute früh zwischen 6 und 7 Uhr getötet», sagt er. «Wir gehen fest davon aus, dass der Fundort auch der Tatort und die Tatwaffe das Gewehr des Opfers ist. Gruber hat die Köder ausgelegt, er muss sein Gewehr einige Meter von sich entfernt deponiert haben, als er in die Büsche gegangen ist. Augenzeugen haben wir bisher keine ausfindig machen können. Wird wohl wegen der frühen Tageszeit auch schwierig werden.»

Natürlich sei auch Fichtenau ein Verdächtiger, erklärt er weiter, mit Blick auf die jahrzehntelange Fehde der beiden Familien. Und dann bringt er die Hundemordgeschichte auf den Tisch. Immer wieder lässt er einfließen, dass ich, Henning Bröhmann, diesen Fall nebenher selber aufgeklärt hätte.

«Wir müssen in Betracht ziehen, dass Jochen Gruber beim Auslegen von Rasierklingen auf frischer Tat ertappt worden ist und von einem Mitglied dieser Hundebesitzergruppe erschossen wurde.»

Ja, das müssen wir, traurig, aber wahr.

Als ich vorhin den konstruktiven Gedanken fasste, mich heute noch zu betrinken, hatte ich natürlich vor, das alleine zu tun. Und niemand, wirklich niemand soll mir dabei in die Quere kommen. Auch nicht der gute Manni, obwohl er für Pläne dieser Art ein qualifizierter Partner ist.

Manni Manfred Kreutzer fängt mich auf dem Parkplatz der Polizeidirektion ab. Er trägt ein neues schwarzes Polyester-Hemd mit wildem Cowboy-Muster.

«Aaach, gut, dass isch disch seh, mein Freund! Wollt grad mal bei eusch vorbeigugge, was so ansteht, wo der Has so hinläuft.»

«Du, Manni, ja, mach das ruhig, ich glaub, die freuen sich alle, wenn du die jetzt mal besuchst. Die sind alle im Konferenzraum. Da ist grad super Stimmung.»

Doch Manni schüttelt den Kopf.

«Ach, erst mal freu isch misch, dass isch disch antreff, mein Bröhmännsche, das schickt.»

Schicken ist ein hessisches Wort für genügen.

«Weißte, Henni, weiß grad net so rischtisch, wohin mit mir. Fühl misch, wie soll isch saache, so ...»

An Mannis Stirn ziehen mit einem Mal Wolken auf.

«... so verlorn.»

«Verloren? Du?»

«Ja, isch! Weißte, wenn einen die Muddi rausschmeißt, dann macht das einen nachdenklisch, verstehste? Da stellt man sisch auch schon mal ein paar existierende ... äh existenzialistische Fraache.»

«Aha.»

«Weißte, so was wie: Wer bin isch, wo komm isch her, und wenn ja, warum auch net?!»

«Hmm», mache ich und bin kurz davor, ihn doch zu mir nach Hause einzuladen. Vielleicht besser, als alleine zu sein. Manni kann einem auf seine sehr eigene Art und in Maßen genossen auch mal guttun. Jedenfalls würde er mich wirkungsvoll von mir ablenken, und das wäre im Moment wahrlich nicht verkehrt. Er legt seine Hand auf meine Schulter. «Mir ist nämlisch klargeworde, isch bin alleiner, als die Leut so denke.»

«Du?», erwidere ich. «Du bist doch ständig unterwegs, triffst dich mit deinen Kumpels und gehst was trinken oder so ...»

«Ach, hör doch uff.»

So kenne ich ihn gar nicht. Der immer locker draufige Launebär präsentiert mir eine neue Seite. Melancholisch schüttelt er den Kopf.

«Welsche Kumbels dann, häh?»

«Na ja, zum Beispiel die vom Grillverein?»

«Grill*sport*verein!»

«Ja, ich weiß, Grillsportverein.»

Wie könnte ich meinen Besuch bei den «Rainroder Schweinebäuchen» vergessen, als ich den naiven Versuch wagte, einen Bio-Hähnchen-Paprikaspieß mit Aluunterlage auf einen richtigen Männerschwenkgrill zu legen? Ich wurde damals behandelt, als hätte ich eine Kinderleiche grillen wollen.

«Oder die Feuerwehrleute, mit denen du immer diese Ausflüge zur Loreley machst.»

Manni schüttelt nun noch heftiger den Kopf.

«Weißte, Henni, wenn isch von mir als ‹Lonesomen Wolf› singe, dann mein isch damit net nur die Mami. Isch mein das allgemein. So rischtisch, wie soll isch saache, so rischtisch gehör isch doch nirgends dazu. Da mach isch mir nix vor. Isch bin und bleib einfach immer ein Fremder!»

Wieder drängt es mich, ihn zu mir einzuladen und mich mit ihm gemeinsam zu betrinken. Aber ich habe mir vorgenommen, das alleine zu tun. Das ziehe ich jetzt durch.

«Manni, du und ein Fremder? Wenn du kein waschechter Vogelsberger bist, wer dann?»

Nun lacht er laut auf.

«Was? Isch? Isch und waschescht? Isch alter Zigeuner? Wo isch überall rumgekomme bin? Isch wohn doch erst seit 27 Jahrn hier, bin ein ewisch Zugereister, verstehste?»

Nun öffne ich doch schon mal die Autotür, um ihm vorsichtig zu signalisieren, dass ich auf dem Sprung bin.

«Geborn bin isch in Dieburg ... Südhesse, verstehste? Weißte, was das heißt? Nix Mittelhesse, schon gar net Osthesse und schon erst rescht gar net Oberhesse. Von da gings an den Edersee, dann in den Taunus nach Ober-Erlebach, dann rüber nach Schöffegrund in de Lahn-Dill-Kreis, danach Orteberg, Wetterau und dann erst Schotte.»

«Na, und», sage ich und sitze schon halb auf meinem Fahrersitz. «Da bist du doch ein richtiger Hesse. Reicht doch.»

«Haha, abhake, wie tu isch dann schwätze? Nix Fisch, nix Worscht. Die Jungs von den Grebenhainer Hobby-Brennholzspaltern, die saache immer, isch schwätz wie so 'n *Gießener*! Weißte, wie weh das tut? Wie ein Gießener? Isch? Und außerdem tät isch das ‹r› net rischtisch rolle.»

«Du, entschuldige, Manni, aber ich muss jetzt wirklich los», sage ich und starte schon mal den Motor. «Wir können das ja wann anders noch mal vertiefen.»

Doch Manni weicht nicht von meiner Seite.

«Na ja, so 'n kleines Tunnellischt am Ende des Horizonts gibt's seit vorgestern schon.»

Ich schnalle mich an, löse die Handbremse und lasse die Fensterscheibe hoch.

«Willste net wisse, was isch wo damit mein?», fragt Manni und steckt seine Hand in den Spalt.

Nein, will ich jetzt eigentlich nicht mehr, denke ich, sage es aber nicht.

«Das kann isch mir vorstelle, dass du da neugierisch bist. Isch verrat's dir aber net. Noch net! Nur so viel: Es hat mit einer Dame zu tun, die isch gestern ganz zufällig im ‹Saloon› in Rudingshain getroffe hab. Und wenn isch Dame sag, dann mein isch auch Dame.»

«Na siehste!»

«Aber hallo na siehste! Aber mehr verrat isch net ...»

«Macht nichts!»

«Noch net! Du wirst staune, mein Lieber! Ganz besonders du!»

Schwelgend blickt Manni in die Ferne. Ich nutze den kurzen Moment des Innehaltens, winke noch kurz und mache mich dann endlich auf den Weg nach Hause.

Das Haus ist leer. Sohn mit Fußballverein unterwegs, Tochter mit beiden Hunden bei einer Freundin, Ehefrau ohnehin abgängig. Vor nicht allzu langer Zeit war es für mich das Größte, wenn ich mal für ein paar Stunden ganz allein im Haus sein konnte, wenn ich mich wieder einmal ein klein wenig wie ein Junggeselle fühlen durfte. Ohne Pflichten, ohne Kompromisse, ohne Kontrolle. Heute, an diesem Abend, wünsche ich mir das Gegenteil. Ein einfaches, gewöhnliches Familienleben mit allem, was dazugehört. So, wie es früher einmal war. Mit «Hallo, Schatz, wie war dein Tag?» und «Na, Kinder, schon Hausaufgaben gemacht?». Das wird so nie wiederkommen:

Melina ist fast erwachsen, die wird ohnehin ihren Weg bald alleine gehen müssen. Laurin braucht seine Eltern natürlich noch eine Weile. Uns beide, wie und wo auch immer.

So einiges kann nicht weitergehen wie bisher. Es ist langsam an der Zeit, das erste Mal im Leben bewusste, erwachsene Entscheidungen zu treffen. Und warum soll auch der olle Bröhmann beruflich nicht auch noch mal ganz von vorn anfangen können?

In all meiner Traurigkeit, in all meiner Sehnsucht nach Franziska, in all der Angst um meinen Vater, in all dieser Unsicherheit, fühle ich so etwas wie Kraft in mir aufsteigen. Es wird ein anderes Solobesäufnis heute. Ein konstruktives.

So sitze ich an unserem Küchentisch und falle kraftvoll über die erste Flasche Weißwein her. Ich starre auf den gegenüberstehenden verwaisten Franziska-Stuhl und flüstere leise ihren Namen.

Doch diesmal antwortet sie nicht.

Ich mache mich auf den Weg ins Schlafzimmer, um mir, wie man so unschön sagt, bequeme Kleidung anzulegen. Eigentlich ist das ja keine Art, nur weil man die Privatgemächer betritt, sofort in würdelose Trikotagenware wie Jogginghosen oder, noch schlimmer, Leggins zu springen. Lange habe ich mich diesem Diktat widersetzt und mich zu Hause aus Protest fast noch besser gekleidet als im öffentlichen Leben, doch inzwischen lasse auch ich mich gehen und schlurfe in den eigenen vier Wänden in grauen ausgebeulten Baumwollhängejogginghosen herum.

Karl Lagerfeld sagte einmal: «Wer Jogginghosen trägt, hat die Kontrolle über sein Leben verloren.»

Besser kann man es nicht ausdrücken.

Als ich die Schlafzimmertür öffne, liegt eine Frau in meinem Bett. Ich blinzle verwirrt.

Gehen mir nun die Phantasiegäule durch? Klar, es gibt schlimmere Phantasien als Frauen im Bett, aber trotzdem. Ich schließe die Augen, zähle bis drei, öffne sie dann wieder, dann liegt da aber noch immer diese Frau. Franziska ist es nicht, so viel ist klar. Ich drehe mich um und schließe die Tür. Brauche Zeit. Zum Nachdenken und um durchzuatmen. Zur Sicherheit drehe ich mich um und stelle fest: Ja, es ist dein Haus. Ja, es ist auch dein Schlafzimmer. Dann reiße ich die Tür wieder auf, und nun meldet mein Gehirn: die Irre!

Rike hat es sich nur mit Unterwäsche bekleidet in meinem ehelichen Schlafzimmer bequem gemacht.

«Hallo, Henning», wispert sie und lächelt.

«Zieh dich sofort an und verlass dieses Haus», schreie ich.

«Hihi», entgegnet sie darauf. «Ich wollte dich nicht erschrecken. Ich war halt müde und hab gedacht, legste dich einfach mal ein bisschen hin.»

Aha, sie legt sich einfach mal ein bisschen hin.

«Du spinnst doch wohl völlig! Raus hier, weg hier! Raus!»

Erstaunlich gelenkig springt Rike aus dem Bett und klammert sich an mich.

«Verzeih, Henning, verzeih mir, ich weiß auch nicht, also, ich wollte dich nicht so verschrecken, das wollte ich wirklich nicht, glaub mir, glaub mir, ich wollte, ich wollte doch nur ...»

Würdelos, nur mit weißem Unterhemdchen und Schlüpfer bekleidet, drückt sie sich immer fester an mich.

«Lass es zu», haucht sie. «Lass es einfach zu.»

«Einen Scheißdreck lasse ich zu», schreie ich völlig hysterisch.

«Schon dich nicht», schreit sie plötzlich laut zurück. «Lass es zu, hab keine Angst, verletzt zu werden, lass dich ein, lass dich ein.»

Ich möchte nicht grob werden, doch ich weiß nicht, wie ich dieses halbnackte dürre Klammeräffchen anders von mir wegbekomme.

«Lieb mich, bitte lieb mich», kreischt sie als Nächstes und beginnt dann laut zu weinen.

Das Fenster steht offen. Was wohl Frau Hubschmitt, meine aufmerksame Nachbarin, von diesem Rike-Ausruf hält? Frau Hubschmitt, die alles hört, die alles weiß, was in Bad Salzhausen vor sich geht. Frau Hubschmitt, die mich Sommer für Sommer darauf hinweist, wann und wie ich meine Hecke zu schneiden habe. Frau Hubschmitt, die über meine Eheprobleme mit Franziska besser Bescheid weiß als ich selbst. Diese Frau Hubschmitt hörte nun also, wie eine erkennbar und maximal erregte fremde Frau «Lieb mich, lieb mich» aus meinem Schlafzimmerfenster brüllt.

Dass Rike einen Sprung in der Schüssel hat, war klar. Dass die

Schüssel allerdings schon so zersprungen ist, das habe ich nicht geahnt.

Ich muss handeln. Doch ich weiß nicht, wie. Ich weiß nur, ich will ihren Venushügel nicht länger an meinen Oberschenkel gepresst bekommen.

«Beruhige dich bitte», versuche ich es nun in etwas milderem Tonfall. Es gelingt mir, sie sachte zur Bettkante zu führen. Dort setze ich sie ab. Ich hocke mich daneben, lasse aber genügend Abstand.

Deeskalieren!

«Wie lange bist du denn schon hier?», frage ich.

«Keine Ahnung, aber für dich warte ich ein ganzes Leben, wenn es sein muss.»

Ich bekomme Angst. Rike kichert.

«Was mache ich hier eigentlich? Sitze hier in Unterwäsche auf deinem Bett, hihi. Was musst du nur von mir denken? Denk bitte nicht, dass ich so eine bin, die gleich mit dem Nächstbesten ins Bett springt. Das darfst du nicht denken, Henning, hörst du?»

«O. k., pass auf, Rike, *das* hier, ja? Das will ich nicht. Du hast hier nichts zu suchen!»

«Das ist süß, hihi.»

Sie rückt näher an mich heran und lehnt ihren Kopf an meine Schulter.

Ich rücke wieder von ihr weg.

«Ich find das süß von dir, dass du so zurückhaltend bist. Andere Männer hätten das sofort ausgenutzt. Eine Frau in ihrem Bett, hihi. Aber du bist anders.»

Ich stehe auf und suche nach ihren Klamotten. «Rike, ich will jetzt, dass du gehst», sage ich noch einmal.

Doch sie hört mich nicht.

«Erst dachte ich, als du mich auf der Abifete angesprochen hast, du willst mich nur ins Bett kriegen. Dann habe ich aber schnell gespürt, wie, na ja, wie unsere Seelen sich küssten.»

Sie greift zum Nachttisch und kramt nach irgendetwas in ihrer Tasche. Sie holt eine Nagelfeile hervor. Eine sehr spitze Nagelfeile. Was will sie damit?

Sie feilt sich die Nägel.

«Du hast mich *nicht* verarscht, Henning. Du hast es ernst gemeint mit mir. Du gibst mir meinen Lebensmut zurück. Dafür danke ich dir zutiefst, hihi.»

Sie lacht mich an, dass es mich schaudert. Was soll ich denn jetzt tun? Wie kriege ich sie hier weg, ohne dass ich gleich eine Nagelfeile im Auge habe?

«Es ist gut», sagt sie nun, «wenn du diese Franziska loslässt. Sie tut dir nicht gut, sie macht dich kaputt. Sie zerstört dich und deine Kinder, die Mörderin.»

Ich schweige eine Weile, da mir keine Reaktion darauf einfallen will.

Als würde sie ahnen, in welche thematische Richtung meine nächste Bemerkung ausfallen könnte, sagt sie:

«Schick mich jetzt nicht weg, hörst du? Und setz dich bitte wieder hin.»

Aber ich bleibe stehen, werfe ihr ihre Klamotten auf den Schoß und bitte sie ein weiteres Mal, dieses Haus zu verlassen. Vergebens.

«Ich spüre dich. Ich spüre auch, dass du jetzt hier gleich mit mir schlafen willst. Ich rieche deine Erregung.»

Sie greift nach meiner Hand, die ich sofort wegziehe. «Und ich hab's gefühlt, Henning, als wir uns neulich umarmten, ich hab gefühlt, wie erregt du warst.»

«Das ist nicht wahr», sage ich patzig und merke gleich, dass all mein Gerede zu nichts führt. Doch sexuelle Erregung geht anders, erinnere ich mich dunkel.

«Weißt du, Henning, ich hatte nie Glück mit Männern. Alle haben mich benutzt und belogen. Das passiert mir nicht noch mal. Heute bin ich schlauer. Wenn mich jemand verletzt, dann bin ich es selber.»

Verstohlen blicke ich auf ihren linken Unterarm, den kleine Narben zieren. In der rechten Hand hält sie noch immer die Feile. Eine unschöne Kombination.

Ein neuer Plan muss her. Eine Notlüge.

«Pass auf, Rike, wir machen das so. Wir treffen uns morgen. Ich muss nämlich jetzt gleich los ... äh ... Melina abholen.»

«Die übernachtet doch bei Jenny», sagt sie trocken.

Woher in Gottes Namen weiß sie das schon wieder? Es gruselt mich immer mehr.

«Ja, stimmt, das hatte sie vor, aber sie hat vorhin angerufen, dass sie Bauchschmerzen hat, und ich soll sie doch bitte holen.»

Nun weint sie wieder. Das fehlte noch.

«Du bist so ein guter Mann, so ein toller Vater», schluchzt sie. «Du holst deine Tochter, obwohl du mit mir schlafen könntest.»

Sie muss *jetzt* weg hier, über alles andere kann ich mir dann Gedanken machen. Bitte, Rike, bitte, zieh dich jetzt an und geh!

Doch stattdessen weint sie noch ein wenig.

«Ich muss jetzt wirklich los», sage ich. «Und du auch!»

«Berühr mich noch mal bitte, bevor du gehst.»

«Lass uns das doch morgen in aller Ruhe besprechen, o.k.? Ich kann gerade nur an meine arme Tochter denken.»

«Du bist so gut, hihi.»

«Los, Rike, zieh dich jetzt an!»

«Soll ich nicht doch besser bleiben? Ich kann mich doch um Melina kümmern, wenn ihr wieder da seid.»

«Nein», entfährt es mir. «Das wäre nicht gut. Du weißt doch, äh, wie Pubertierende so sind.»

«Ja, hihi.»

«Rike, es eilt!», schreie ich so laut, dass es wieder locker für Frau Hubschmitt reicht.

Endlich steht sie auf, noch immer mit der Nagelfeile in der Hand. Langsam geht sie auf mich zu. Was passiert jetzt? Nichts.

Sie geht an mir vorbei und zieht sich endlich, endlich ihre Hose an.

Meine Ohren glühen, und an meiner Flanke läuft ein Rinnsal Schweiß hinab.

Beim gemeinsamen Verlassen des Hauses wehre ich jegliche Körperberührungen erfolgreich ab.

Auf dem Balkon des Nachbarhauses steht Frau Hubschmitt und gießt die Geranien. Sie schaut mich stumm an, während unten aus den Töpfen Wasser herausläuft.

Als ich meine Autotür öffne, gelingt es mir nicht mehr, Rikes finalen Angriff abzuwehren, und so habe ich unter den aufmerksamen Augen von Frau Hubschmitt einen kurzen Moment lang ihre Zunge im Hals. Ich schiebe sie so schnell es geht mit meiner eigenen Zunge wieder dahin, wo sie hingehört, drücke Rikes Körper mit einer Hand weg, springe in mein Auto und verriegele die Tür.

«Bis morgen!», ruft sie mir noch zu und geht zu ihrem eigenen Wagen.

Danach tue ich so lange so, als müsste ich etwas an meinem Navi einstellen, bis sie mit ihrem kleinen Fiat endlich von dannen gefahren ist.

Doch ich traue dem Frieden nicht. Vielleicht lauert sie noch in der Nähe. Ich wage es nicht, ins Haus zurückzukehren, ich muss irgendwohin fahren und den Anschein erwecken, dass ich tatsächlich Melina abhole. Doch wohin? Ich brauche irgendein Ziel.

Nervös und hilflos blicke ich mich im Auto um und entdecke auf meinem Beifahrersitz einige Bürounterlagen, die ich dort habe liegenlassen. Auf der Fußmatte liegt, wohl aus dem Ordner herausgepurzelt, das Vokuhila-Foto von Andreas Burgholtz, das wir in Kirsten Grubers Tagebuch fanden. Unter dem Foto steht die von Teichner recherchierte Adresse.

Da fahre ich jetzt hin. Und vielleicht ist er ja da, und ich kann mit ihm ein wenig reden. Warum auch nicht? Ich kann mich heute Abend zu Hause ohnehin nicht mehr entspannen. Also, Bröhmann, einfach weitermachen, hinfahren, auch wenn ich noch immer meine Jogginghose trage, doch egal, die Kontrolle über mein Leben habe ich ohnehin schon längst verloren.

Also gebe ich die Adresse in mein Navi ein und fahre los.

Kapitel 25

Obwohl ich mein ganzes Leben in dieser Region lebe, entdecke ich doch immer wieder neue Ecken. Da glaubt man sich fernab jeder Zivilisation, und doch taucht plötzlich wieder ein Haus auf, wo man schon lange nur noch Wald vermutete. So geht es mir heute auch hier ganz in der Nähe der über 700 Meter hohen Herchenhainer Höhe.

Chantal, mein Navigationsgerät, ist schon längst wieder zickig und will mir im entscheidenden Moment nicht mehr weiterhelfen. Sie ist beleidigt, da ich sie seit bald zwei Jahren nicht mehr mit aktuellem Kartenmaterial versorgt habe. Chantal fühlt sich vernachlässigt, das gibt sie mir vor jedem neuen Start mit vorwurfsvoller Stimme mit auf den Weg.

Am Ende eines schmalen Waldweges finde ich trotzdem irgendwann das Haus Nr. 32. Ein blauer Passat parkt in der Einfahrt, Anlass also zur Hoffnung, Andreas Burgholtz anzutreffen. Burgholtz ist unverheiratet, steht in den Unterlagen, er hat keine Kinder und lebt seit fünfzehn Jahren allein in diesem einsamen holzvertäfelten Haus in der Nähe des Herchenhainer Skigebiets. Wie ein Ferienhaus kommt es daher. Der Fußweg zur Haustür ist liebevoll gepflastert, das Brennholz an der Seitenwand akribisch gestapelt. Alles macht einen aufgeräumten, aber nicht zwanghaft ordentlichen Eindruck, irgendwie sympathisch und einladend, sodass ich hoffe, auf einen angenehmen auskunftsfreudigen Zeitgenossen zu treffen. Es ist doch beneidenswert, wenn man sich nicht mit Frau Hubschmitts herumschlagen muss, weil man überhaupt keine Nachbarn hat.

«Warnung vor dem Hunde» steht auf einem Schild am Gartentor geschrieben. Als ich die Klingel um kurz vor halb neun betätige, bin ich erleichtert, dass kein martialisches Hundegebell ertönt. Einige Sekunden tut sich gar nichts, ich klingele ein zweites Mal.

Nun sind Schritte zu hören. Andreas Burgholtz öffnet die Tür.

«Guten Abend, Herr Burgholtz, entschuldigen Sie die abendliche Störung, ich bin Hauptkommissar Bröhmann, ich hätte ein paar Fra...»

Burgholtz guckt mich so komisch an, dass ich verstumme. Seine Vokuhilafrisur hat sich in den letzten zwanzig Jahren zu einer Voglahiku gewandelt. Vorne Glatze, hinten kurz.

«Dürfte ich vielleicht kurz hereinkommen?», frage ich und blicke wieder in diese aufgerissenen Augen. Was hat er denn?

Da schreit eine Stimme aus dem Hintergrund.

«Kommen Sie rein, machen Sie die Tür zu, und legen Sie sich auf den Boden, sonst jage ich dem Burgi eine Kugel in den Rücken.»

Ein Mann in meinem Alter steht drei Meter hinter Burgholtz im dunklen Hausflur und hält eine Waffe auf ihn gerichtet. Burgholtz tritt zur Seite. Ich gehe hinein, werfe mich auf den Bauch und frage mich allen Ernstes, was das hier nun schon wieder soll. Schon zum zweiten Mal werde ich an diesem unglückseligen Abend von einer Person gegen meinen Willen befummelt. Diesmal von einem nach Schweiß riechenden Kerl, der mich offenbar nach Waffen abtastet. Auch nicht viel besser.

«Ich habe nichts dabei», ächze ich auf dem Boden liegend.

«Fresse!», schnauzt er und zieht mir mein Handy aus der Hosentasche.

Ich blicke zur Seite und sehe in der Küche einen mittelgroßen Hund in seinem Blut liegen. Mein neuer Freund stupst mir währenddessen mit der Schuhspitze in die Seite, wohl um zu signalisieren, dass ich aufzustehen habe. Er bemerkt dabei, dass ich noch immer zu dem daliegenden Hund blicke, und sagt: «Tja, tote Hunde beißen nicht.»

Vorsichtig richte ich mich auf und hebe die Hände.

«Und wenn du nicht machst, was ich sage, bist du als Nächster dran. Kapiert?»

Ich nicke, denn was gibt es daran auch nicht zu kapieren.

Andreas Burgholtz sieht mitgenommen aus, ungepflegt und unrasiert. Es hat den Anschein, als ob er schon einige Zeit diesen unliebsamen Besucher zu Gast hatte.

«Was wollen Sie denn von mir? Jetzt seien Sie doch bitte vernünftig», schwafle ich gegen die einsetzende Angst an. Noch immer stehe ich mit dem Rücken zu ihm und hatte somit bisher keine Gelegenheit, den Kidnapper aus der Nähe zu sehen.

«Fresse, hier runter», werde ich angeherrscht und gemeinsam mit Burgholtz gezwungen, eine enge Kellertreppe hinabzusteigen.

Viele Keller haben die unschöne Eigenschaft, feucht zu sein. Dieser hier ist sehr feucht. Wir gehen einen kurzen Gang entlang, mitten durch die typischen Sachen, die man gerne nach unten abschiebt, während man sich entweder einredet, an Dingen wie alten Schulheften, Michael-Jackson-Postern oder ausgemusterten Lattenrosten zu hängen, oder tatsächlich meint, den kaputten Diaprojektor und den Kassettenrecorder doch noch einmal gebrauchen zu können. Wenn es für mich überhaupt einen Trost in dieser verfahrenen Situation geben kann, dann den, dass dieser Keller noch schlimmer aussieht als unserer zu Hause. Meine Kicker-Stecktabellen von 1979–1994 und den Commodore C64 habe ich immerhin schon vor längerem weggeschmissen.

Während Herr Kidnapper einen kleinen Kellerraum öffnet, dort Andreas Burgholtz an einem Heizungsrohr mit einer rostigen Kette befestigt und gleichzeitig die Waffe immer wieder auf mich richtet, habe ich zum ersten Mal die Gelegenheit, ihn zu betrachten. Er trägt eine gelbe Basecap, ein blaues langärmeliges verschwitztes T-Shirt und eine ausgebeulte graue Jogginghose, die mich unpassenderweise wieder an Karl Lagerfeld denken lässt. Vom Gesicht kann ich von der Seite nicht viel erkennen. Doch so langsam wird mir klar, mit wem wir es hier zu tun haben, und eine richtige Überraschung ist es natürlich nicht: Maik Fichtenau.

Er schließt die Kellertür ab und führt mich zu einem weiteren kleinen Abstellraum. Er öffnet die Tür, und mit einem Schlag wird dieser Tag, an dem ich mir zunächst Berliner Arroganz in mittelfränkischem Dialekt anhören musste, dann Jochen Gruber erschlagen im Feld lag, ich meinen Chef als «falsches fettes Arschloch» beleidigte, später von einer wirren halbnackten Stalkerin im Bett belästigt wurde und jetzt in einem feuchten fremden Keller die Waffe eines Kidnappers im Kreuz habe, für einen kurzen Moment wird dieser Tag zum schönsten der vergangenen zehn. In der Ecke dieses ehemaligen Kartoffelkellers liegt auf einer Decke, zwar etwas derangiert, aber doch lebend, mein Vater. Meine Erleichterung und die ungläubige Freude darüber, dass er nicht tot ist, überstrahlt die Tatsache, dass ich nun auch an eine Kette gehängt werde und mir nicht im Entferntesten vorstellen kann, wie man aus dieser Nummer hier wieder rauskommen soll. Keiner weiß, dass ich hier bin. Niemandem habe ich davon etwas erzählt. Keinem Kollegen, keiner Melina, niemandem.

Doch all das ist mir egal. Ich kann es noch immer nicht fassen, dass dort in der Ecke mein Vater liegt. Kurz nachdem mich Fichtenau angekettet hat, verschwindet er hektisch aus unserem Kellerraum und rennt den Gang zurück zur Treppe und diese hörbar wieder hoch.

«Henning», höre ich meinen Vater brüchig flüstern.

«Papa», antworte ich ihm ähnlich brüchig.

«Wann kommen die anderen?», flüstert er weiter, sich langsam hüstelnd aus der Liegeposition aufrichtend.

«Welche anderen?»

«Na, die Kollegen.»

«Papa, äh, ich find's erst mal schön, dass du, na ja, dass du lebst.»

«Hmm.»

Wir sitzen drei Meter voneinander entfernt. Auch mein Vater ist festgekettet, sodass ich ihn nicht berühren kann. Doch selbst wenn dies möglich wäre, so wäre ich mir selbst in dieser Situation nicht sicher, ob er es wollen würde.

«Schon Wahnsinn, in welche Situationen uns dieser Sommer bringt, was?», sage ich. «Erst Berlin, jetzt das.»

«Hmm.»

Er schweigt, wie nur mein Vater schweigen kann.

«Wer kümmert sich um Mutter?», fragt er dann nach einer gefühlten Ewigkeit.

«Ulrike ist da. Sie tut ihr gut.»

«Ulrike, hm.»

«Ja, Ulrike ...»

«Gut!»

«Ja, gut.»

Mein Vater schaut in dem spärlich beleuchteten Raum überallhin, nur nicht zu mir. Dann fragt er wieder nach den Kollegen. Im ersten Moment will ich ihm wahrheitsgemäß antworten, dass eben überhaupt keine Scheiß-Kollegen kommen, sondern dass ich stattdessen nach meinem verbalen Ausfall gegen Onkel Ludwig kurz vor einer Suspendierung stehe. Doch mein Restverstand diktiert mir:

«Die müssten gleich da sein. Warten auf den richtigen Moment, bis sie zugreifen.»

Nun sieht er mich an. Ich erschrecke vor seinem Blick. Seine Augen sind kalt, müde, verängstigt, er ist um zehn Jahre gealtert.

«Du lügst», sagt er knapp.

«Nein, ehrlich, der Markus müsste gleich mit ...»

«Hör auf damit», fährt er mich an. «Ich merke, wenn du lügst. Schon immer. Ich sehe das an deinen Augen und höre es an deiner Stimme.»

Ich schweige.

«Warum machst du das?», krächzt er plötzlich deutlich lauter, sodass ich zusammenzucke. «Was willst du hier? Was nutzt es denn, wenn deine Mutter nun Mann *und* Sohn verliert? Kannst du nicht *einmal* hergehen und deinen Scheiß-Kopf einschalten?»

Wie ein Achtjähriger kauere ich mich zusammen. Dann erwidere ich viel zu zaghaft, dass es so weit nicht kommen würde.

«Doch», sagt Vater kühl, «der meint es ernst, der ist wahnsinnig. Der bringt das hier zu Ende. Er will mich und diesen Burgholtz töten. Das hat er immer und immer wieder gesagt. Und meinst du allen Ernstes, dass er dich dann laufen lässt?»

Darauf weiß ich nichts zu sagen, stattdessen beginnen meine Knie zu zittern. «Es ist dieser Fichtenau, nicht wahr?»

«Hmm.»

«Und warum hat er es dann noch nicht längst getan?»

«Er will, dass ich leide. Dass ich so lange wie möglich ein Gefangener bin.»

«Weil du für seine Inhaftierung verantwortlich warst?»

«Hmm.»

Wieder schweigen wir eine Weile.

Dann hüstelt mein Vater und räuspert sich. «Und diese Zeit wird nun verkürzt, weil mein heldenhafter Sohn meint, hergehen zu müssen, hier planlos aufzutauchen.»

Ich ignoriere diese Bemerkung, auch wenn sie weh tut.

«Und was hat er mit diesem Burgholtz zu schaffen?», frage ich, das Thema wechselnd.

«Keine Ahnung, frag ihn doch selbst», herrscht er mich an.

Wieder sieht er mich an, diesmal durchdringend.

«Henning, ich bin ein alter Mann. Ich kann hergehen und mit allem abschließen. Ich hatte genug Zeit, die letzten Tage, glaub mir, aber du ... du ...»

Dann bricht er ab und hustet.

Da ist er nicht der Einzige, denke ich. Auch wir, seine Familie, haben alle mehr und mehr aufgehört, daran zu glauben, dass er noch am Leben ist.

Er atmet schwer. Die Bronchien. Mein Vater ist Asthmatiker und sitzt ohne Medikamente seit zehn Tagen hier unten in diesem feuchten Loch.

«Mir wird schon was einfallen», presse ich auf der Suche nach einer mutmachenden Bemerkung sinnlos hervor.

«Ausgerechnet dir», antwortet er keuchend. «Ausgerechnet dir soll was einfallen?»

«Ach, dann leck mich doch», murmele ich so leise es geht, und erschrecke über mich selbst.

«Wie bitte?»

«Nichts!»

«Wie nichts?»

«Leck mich doch, habe ich gesagt», bringe ich nun laut und deutlich hervor. «Dann lass mich doch in Ruhe, Papa. Und entschuldige, dass ich dich hier rausholen wollte. Wird nie wieder vorkommen.»

«Da hast du recht, Sohn, das wird tatsächlich nie wieder vorkommen.»

«Immer das letzte Wort», murmele ich.

«Was? Kann man nicht hergehen und wenigstens mal jetzt laut und deutlich mit seinem alten Vater reden?»

«Du musst immer das letzte Wort haben, habe ich gesagt», schreie ich.

«Blödsinn», meckert mein Vater. «Wer muss denn immer noch so einen dämlichen Spruch hinterherschießen?»

«Siehste, schon wieder!»

«Was schon wieder?»

«Na, schon wieder das letzte Wort haben.» Was tue ich hier eigentlich gerade? Vielleicht sind das gerade die letzten Worte überhaupt, die wir miteinander sprechen.

Mein Vater hustet und keucht wieder, und mir wird übel. Dann höre ich Fichtenau die Treppe herunterkommen, eher herunterrennen.

Wenige Sekunden später öffnet er die Tür unseres Kellerraumes und steht mit einer Pistole in der linken Hand vor uns. Dürr, mit löchrigem Vollbart, tiefen Augenringen und verfilztem Haar bietet er genau den trostlosen Anblick, der zu erwarten war.

«Scheiße, Mann», haspelt er. «Was soll die Scheiße, Mann?»

Ich bin mir nicht sicher, ob dies eine Frage an mich ist, auf die ich in irgendeiner Form antworten soll.

«Mannmannmann, was soll die Scheiße, Mann? Jetzt muss alles schneller gehen.»

Das klingt wiederum nicht gut.

«Mann, du bist wirklich alleine hier, oder? Du bist alleine gekommen, oder? Alleine? Ich habe keine weiteren Bullen gesehen.

Sag, dass du alleine gekommen bist. Sonst knall ich dich gleich ab, Mann.»

Seine Betonung auf das Wort «gleich» gefällt mir so gar nicht.

«Ich bin alleine gekommen», sage ich und halte dies auch für die einzig sinnvolle Antwort. Zumal es ja auch der Wahrheit entspricht.

«Trotzdem muss jetzt alles schneller gehen. Jetzt müssen wir das Ding zu Ende bringen. Wie habt ihr das rausbekommen, Mann?»

«Was meinst du?», frage ich zaghaft.

«Dass ich hier bin, Mann!», schreit er und fuchtelt bedrohlich mit der Waffe herum.

«Ach so, äh, das hab ich eigentlich gar nicht, ich wollte nur ...»

«Fresse, Mann!»

O. k., Mann hält besser Fresse.

«Jetzt kommen doch deine Scheiß-Kollegen gleich und ...»

«Nein», rufe ich dazwischen, «die wissen nicht, dass ich hier bin. Ehrlich, Ehrenwort. Ich wollte nur zu Herrn Burgholtz.»

Nun scheint es in seinem Hirn ein wenig zu arbeiten. Fichtenau ist unter Druck, und so richtig zurechnungsfähig kommt er auch nicht rüber. Ich muss ihn irgendwie beruhigen, nur wie?

«Hey, Maik, Mann», sage ich dann einfach mal. Vielleicht kann ich mit der sprachlichen Kumpelei ein bisschen Nähe herstellen oder Vertrauen aufbauen. «Kennst du mich denn nicht mehr?»

«Fresse!»

«Wir sind doch der gleiche Jahrgang, gell? Weißte nicht mehr, wie wir mal zusammen, äh, abgehangen haben.»

«Fresse, du Penner!»

«Ach, Henning, lass es doch einfach», grummelt der Vater von der Seite.

Fichtenau kommt einen Schritt näher auf mich zu.

«Eigentlich will ich dich gar nicht töten, Mann. Du hast mit der Scheiße ja nichts am Hut. Aber was bleibt mir denn anderes übrig, du Penner? Warum musstest du hierherkommen?»

Das frage ich mich inzwischen auch, und ich merke, wie meine Knie wieder zu zittern beginnen, wie die Angst reeller wird, wie mir die Ausweglosigkeit immer klarer wird. Zeit gewinnen, nur darum kann es jetzt gehen.

«Mach bitte keinen Blödsinn, Maik, wir wissen inzwischen, dass du Kirsten nicht getötet hast», schwindle ich. «Wenn du uns hier laufen lässt, dann werden wir nichts gegen dich unternehmen, versprochen! Du hast schon lange genug unschuldig sitzen müssen.»

Nun habe ich den Waffenlauf auf meiner Stirn.

«Wieso bitte, wieso soll ich plötzlich euch Bullen vertrauen? Kannst du mir das erklären? Nachdem dein Alter mich eingebuchtet hat.»

Mein Vater wendet sich ab, er scheint tatsächlich mit allem abgeschlossen zu haben.

«Ich habe Kirsten gekannt. Sie war ein tolles Mädchen», versuche ich es nun auf diese Art. Ein Fehler, denn Maik Fichtenau drückt mir nun die Pistole noch fester an den Schädel und kreischt, niemand habe das Recht, seine Kirsten als «toll» zu bezeichnen. Danach sieht auch er, dass ich am ganzen Leib zittere.

Mein Vater hustet. «Hören Sie, Fichtenau», krächzt er, «lassen Sie ihn am Leben. Er hat damit nichts zu tun. Er hat Frau und Kinder. Machen Sie mit mir Schluss, und lassen Sie ihn laufen. Er wird Sie nicht verfolgen. Ihm können Sie vertrauen, er ist nicht so wie ... ich.»

Fichtenau wendet sich ein wenig von mir ab, sodass es mir gelingt, wieder einmal zu atmen.

«So, er ist nicht wie Sie. Er droht also nicht in Verhören mit Folter? Nein? Er schlägt nicht zu, während sein Kollege mich festhält?»

Ach du Scheiße! Das also hat mein Vater gemeinsam mit Kollege Gummer gemacht. Entsetzt suche ich Blickkontakt zu meinem Vater, doch er schaut mich nicht an.

«Genau», murmele ich tonlos, «ich bin nicht wie er.»

Fichtenau murmelt einige wahllose «Manns» durch den Raum, ehe er sich erschöpft auf den Boden setzt und sich meinem Vater und mir gegenüber an die Wand lehnt.

Ich versuche weiter, mit ihm im Gespräch zu bleiben, eine Bindung aufzubauen, Vertrauen zu gewinnen. So, wie wir es mal auf der Polizeischule gelernt haben.

«Wie stellst du dir denn vor, wie das mit dir weitergehen soll, wenn du uns hier umgebracht hast? Glaubst du wirklich, dass sie dich nicht finden werden? Was willst du denn machen?»

«Ich werde, wenn ich mit allem fertig bin, zu Kirsten gehen. Endlich.»

Scheiße. Er will zu Kirsten gehen! Was ja nur heißen kann, dass er so gar nichts zu verlieren hat, dass er diesen Wahnsinnstrip hier durchziehen wird.

«Was ist mit dem Burgholtz?», frage ich. «Was hat er mit alldem zu tun?»

Fichtenau hebt langsam seinen Kopf, blickt mich lange an, sagt dann aber nichts.

«Henning», brummt mein Vater, «lass es gut sein, es ist vorbei. Find dich damit ab.»

Mein Vater ist zermürbt. Seit zehn Tagen liegt er hier in ständiger Todesangst. Er will einfach, dass es aufhört. Er hat noch nie seine Gefühle offen vor sich hergetragen, doch jetzt hier hat er sie alle auf Eis gelegt.

«Burgi ist einer der Hauptschuldigen», wispert Fichtenau. «Durch seine Tat sind wir alle hier. Verstehste, Mann?»

Nein, ich verstehe nicht.

«Er hat sie sich einfach genommen. Einfach so. Kirsten und ich wollten immer warten. Sie war keine Nutte, so wie die anderen. Wir hatten alles schon geplant, wir wollten heiraten und so. Aber er hat sie mir genommen, und er hat sie entehrt.»

Ich hatte so etwas Ähnliches erwartet. In den Vernehmungsprotokollen standen schon einige Bemerkungen darüber, wie Kirsten und er das mit dem vorehelichen Geschlechtsverkehr handhaben wollten.

«Und denkst du nun, dass Burgholtz sie getötet hat?», frage ich weiter.

«Darum geht's doch gar nicht, Mann. Es geht darum, dass ich sie retten wollte. Nicht nur vor ihrem Vater, Mann, sondern auch vor Burgi, diesem Schwein. Und nun muss er bezahlen. Ganz einfach. Wir alle müssen bezahlen, ich, Gummer, dein Vater, Burgi ...»

Und ich auch. Einfach nur dafür, dass ich hier bin.

«Und weil du Penner hier aufkreuzen musst, kann ich mich jetzt beeilen, Mann. Das kotzt mich an.»

Wieder versuche ich ihm klarzumachen, dass er keine weiteren Polizisten zu befürchten habe, dass keiner wisse, wo ich bin. Doch er glaubt mir nicht.

«Burgi ist der Nächste», sagt er und steht langsam auf.

«Mach kein' Scheiß», rufe ich. Superspruch.

Maik Fichtenau lächelt mich wirr an, schüttelt den Kopf und murmelt irgendetwas Unverständliches vor sich hin. Ich verstehe nur Bruchteile wie «Ich muss es jetzt tun» und «Kirsten, für dich». Dann verlässt er den Raum.

Zehn Sekunden später höre ich Andreas Burgholtz laut «Nein» schreien. Ich schreie mit, mein Vater nicht; er hat sich stattdessen auf die Seite gelegt und hält sich die Ohren zu.

Mach was, Bröhmann, mach was ... nur was? Am Heizungsrohr angekettet, bleiben die Möglichkeiten recht überschaubar.

Vielleicht ist das jetzt nur eine Verzweiflungstat, von einer durchdachten Idee jedenfalls kann keine Rede sein, doch ich beginne zu singen:

«Wie eine Bluuuume am Winterbeginn, so wie ein Feuer im eisigen Wind ...»

So laut und beseelt ich kann, schmettere ich diese Zeilen durch den Keller.

«Wie eine Puuuuppe, die keiner mehr mag, fühl ich mich an manchem Taaag ...»

Auf jetzt, zweite Strophe ... Erstaunlich, wie textsicher ich bin. Schließlich war ich erst zehn, als Nicole den Grand Prix gewann.

«Dann seh ich die Wolken, die über uns sind, und höre die Schreie der Vögel im Wind ...»

Und ich höre keinen Schuss, auch wenn ich jeden Moment damit rechne. Doch im Nachbarkeller bleibt es still. Bei der nächsten Zeile kommt das Pathos von ganz alleine in meine Stimme:

«Ich singe aus Aaaangst vor dem Dunkeln mein Lied ...»

Ja, das tue ich.

«... und hoffe, dass nichts geschieht.»

Das hoffe ich allerdings.

«Hör auf damit», schreit Fichtenau plötzlich von drüben dazwischen. «Hör auf!»

Und nun der Refrain:

«Ein bisschen Frieden, ein bisschen Sonne, äh Freude, für diese Erde, auf der wir wohnen ...»

Kirsten Gruber hatte mehrfach in ihrem Tagebuch geschrieben, «Ein bisschen Frieden» sei ihr absolutes Lieblingslied. Selbst im wiedervereinigungsbesoffenen Weltmeisterjahr 1990, in dem unbescholtene Bürger massenhaft zu «Wind of Change» mitpfiffen, war es nicht gerade üblich, dass 18-jährige Mädchen Nicole hörten.

«Ein bisschen Frieden, ein bisschen Freude, ein bisschen Wärme, das wünsch ich mir.»

Mein Vater starrt mich mit offenem Mund an. Viel hat er ja noch nie von mir gehalten, doch das muss ihm jetzt endgültig den Rest geben. Plötzlich aber richtet er sich aus seiner Liegeposition auf, hustet kurz und stimmt, wenn auch nicht ganz so textsicher, ein:

«Ein bisschen nana, ein bisschen nmmhh, lalala Menschen dididi ... weinen, ein bisschen ...iden, ein bisschen Liebe, ... Hoffnung ... määähr verliern.»

Immer noch kein Schuss. Hält mein Gesinge Fichtenau tatsächlich davon ab, auf Andreas Burgholtz zu schießen? Entschlossen singe ich weiter.

«Ich weiß, meine Lieder, die ändern nicht viel, ich bin nur ein äh Mädchen, das sagt, was es füüüühlt.»

Ich nicke meinem Vater zu und ermuntere ihn zum unverdrossenen Mitsingen. Denn: «Allein bin ich hilflos, ein Vogel im Wind, der spürt, dass der Sturm beginnt.»

Ja, das spürt er, der Vogel.

Während mein Vater und ich das zweite Mal furchtlos den Refrain schmettern und ich mich sogar mitunter kühn an einer zweiten Stimme versuche, höre ich in den kurzen Atempausen ein Wimmern. Ich mag es kaum glauben, es scheint zu wirken. Doch nun gilt es; jetzt, wo es auf den kompositorischen Höhepunkt zusteuert, an dem Ralph Siegel alles ausgepackt hat, was möglich war, lege auch ich alles, was ich habe, in meine Stimme:

«Siiiing mit mir ein klaheiiines Lied, daaass die Wääääհlt im Früüüden lebt.»

Die ganze Welt im Frieden bräuchte es für den Moment aus meiner Sicht gar nicht. Mir würde es reichen, wenn es in diesem Vogelsberger Keller etwas friedfertiger zuginge. Doch solange hier keine Schüsse fallen, solange wir hier alle noch am Leben sind, so lange singe ich, wenn es sein muss, endlos «Ein bisschen Frieden». Jedenfalls befinde ich mich schon wieder in der zweiten Strophe. Sollte ich jemals hier rauskommen, dann werde ich in Facebook auf Nicoles Fan-Seite «Gefällt mir» drücken.

Irgendwann während des vierten Durchgangs heult Fichtenau dazwischen:

«Warum singst du das, Mann?»

Ich stoppe. Auch mein Vater bricht ab.

«Ich hab es doch gesagt», brülle ich hinüber. «Ich kannte Kirsten. Sie hat mir gesagt, wie sehr sie dieses Lied liebt.»

Kurze Stille. Dann höre ich draußen Schritte.

«Herr Burgholtz?», rufe ich.

«Ja.» Er lebt tatsächlich noch.

Fichtenau öffnet unsere Tür, bleibt im Rahmen stehen und schaut mich eine Weile stumm an.

«So, du kanntest sie?»

«Jaha, und ich weiß, dass sie ein riesiger Nicole-Fan war. Darüber haben wir uns oft unterhalten, denn ich bin auch einer ...»

«Hmm.»

«Jaaa, ich liebe Nicole. Auch die anderen Lieder sind genial, wie zum Beispiel, äh, na ja ... eben alle.»

«Ich hasse Nicole, Mann!»

«Was? Ja, klar, ich äh auch ... manchmal.»

«Fresse, Mann!»

«O. k., Fresse, einverstanden.»

Fichtenau legt nun erstmalig seit ich hier unten Gast bin seine Waffe aus der Hand und setzt sich neben mich auf den Boden, dessen Feuchte schon seit einiger Zeit meine Unterhose erreicht hat.

«Was hat sie noch so erzählt», fragt er, «die Kirsten?»

Ich erzähle ihm nun aus ihrem Leben. Von allem, was ich aus den Tagebucheinträgen und den Ermittlungen weiß. Ich erzähle, dass sie von ihrem Vater geschlagen wurde, ihr Bruder sie auf Schritt und Tritt verfolgt hat, sie sich von ihm belästigt fühlte und dass sie natürlich ihn und nur ihn, den Maik, abgöttisch liebte. Während ich all diese Fakten blumig verpackt erzähle, geht es gar nicht mehr darum, ob es realistisch ist, dass ich all das von ihr weiß. Ihm geht es ganz allein darum, etwas von Kirsten, von seiner Kirsten zu hören.

«Guck mal hier», sagt er und zeigt mir seinen linken kleinen Finger, der nicht ganz da ist, wo er hingehört. «Das war ihr Bruder, der Jochen. Hat ihn mir gebrochen, da war ich zehn, ist nie wieder richtig zusammengewachsen.»

«Oje», bemerke ich so mitfühlend wie irgend möglich.

«Der hat mich nie in Ruhe gelassen, ist mir immer nachgestiegen. Die ganze Scheiß-Kindheit, Mann. Guck mal hier ...» Nun zeigt er mir an seinem Oberarm Dutzende kleine Brandnarben.

«Er hat mich immer Aschenbecher genannt.»

Wieder sage ich: «Oje.»

«Jeden Donnerstag hat er mich abgefangen. Donnerstag ist Quältag, hat er immer gesagt.»

Dann, urplötzlich schreckt er hoch, greift wieder nervös zur Waffe und fuchtelt mit ihr vor mir herum.

«Hör doch auf damit», fahre ich ihn an. «Guck mal, Maik, wenn meine Kollegen tatsächlich wüssten, wo ich bin, dann wären sie doch schon längst hier. Oder nicht?»

Fichtenau hält inne, rennt hastig aus unserem Kellerzimmer und die Treppe wieder hinauf.

Ich atme durch, wie ich in meinem ganzen Leben noch nicht durchgeatmet habe.

«Gtt», höre ich aus Vaters Ecke.

«Wie bitte?»

«Gut!»

Ich frage ihn, was denn gut sei.

«Na, du.»

«Ach, ich? Oh ... äh. Ja? Echt? War ich das? War ich wirklich gut?»

«Du hast dem Burgholtz da drüben das Leben gerettet.»

Habe ich das wirklich? Habe ich die Qual nicht nur damit verlängert? Für ihn? Für uns alle?

«Mach weiter, Henning», sagt mein Vater und nickt dabei unaufhörlich mit seinem Kopf. «Du hast es. So knackst du ihn, so kannst du hergehen und ihn in den Griff bekommen.»

«Meinst du wirklich?»

«Ja. Ich habe die Kraft dazu nicht mehr. Du hast sie. Mach weiter, Junge.»

Nun bin ich es, der dem Blick meines Vaters nicht standhalten kann.

«Mach weiter» – das habe ich niemals vorher von ihm gehört. Meistens war es eher ein «Ach hör doch auf».

Nach einem weiteren kurzen Hustenanfall sagt er: «Ich hab dich nie dazu gezwungen, das weißt du.»

«Dass ich hierhergekommen bin?», frage ich. «Natürlich nicht, wie auch? Außerdem wusste ich wirklich nicht, dass du hier bist ...»

«Nein, das mein ich nicht», krächzt er mir asthmatisch ins Wort. «Ich habe dich nie gezwungen, herzugehen und Polizist zu werden.»

«Ach so», flüstere ich. «Ja, das weiß ich, Papa. Mir ist auch nicht klar, was ich mir dabei gedacht habe.»

Da lacht er über mich. Aber auf eine Weise, die es mir leicht macht, mitzulachen. Wenn ich ihn so anschaue, wie er da so liegt, wird mir wieder einmal klar, dass ich ihn bis heute eigentlich nicht wirklich kennengelernt habe. Als vierzigjähriger Mann findet man sich mit so etwas ab, doch seltsam bleibt es wohl ewig. Franziska sagte einmal, dass ich wohl zur Polizei gegangen sei, um meinem Vater doch noch nahe sein zu können. Ein Irrweg, wie ich heute weiß, und beweisen konnte ich ihm dort schon gar nichts. Nur jetzt, vorhin, da habe ich ihm etwas beweisen können. Da habe ich ihn beeindruckt. Doch es ist mir egal. Ich will nur raus aus diesem Keller, darum geht es und nicht darum, hier auf irgendeine verschrobene Weise meine verkorkste Vaterbeziehung aufzuarbeiten. Dafür ist es einfach zu spät.

«Gibt es hier auch mal was zu essen?», frage ich ihn.

«Ja, Wurst.»

«Wurst?»

«Wurst.»

Vater erklärt mir, dass Burgholtz wohl vor einiger Zeit bei einem befreundeten Landwirt in Grebenhain bei einer Hausschlachtung geholfen hat, und so gäbe es nun mal Wurst. Sehr viel Wurst.

«Wenn ich hier doch noch rauskommen sollte», äußert mein Vater erstmalig etwas Hoffnungsvolles, «dann gehe ich her und werde Vegetarier, das sage ich dir, Henning.»

Diesmal muss ich lachen. Vater schmunzelt leise mit.

«Wenn ich mich bei dir entschuldige oder so was in der Art, Sohn, dann bringt das ja auch nichts, nicht wahr?»

Ich blicke ihn fragend an.

«Doch, ich habe da mit dem Gummer schon Mist gebaut damals. Wir waren halt, wie soll ich sagen, etwas zu ungestüm, um die Wahrheit aus diesem Idioten herauszupressen.»

Ich nicke.

«Er war es aber, und das wusste ich schon damals.»

Ich wende ein, dass dies doch bis zum jetzigen Moment nicht erwiesen sei.

«Aber natürlich.» Vater schüttelt verächtlich den Kopf, wie er es schon Tausende Male über mich tat. «Er hat es längst zugegeben. Nur geht er nicht her und sagt, dass er sie getötet habe, sondern dass er sie *gerettet* habe, der Depp. Vor dem prügelnden Vater, dem bekloppten Bruder und vor dem Koitus mit unserem Zimmernachbarn da drüben.»

Dann war er es also doch.

«Hat er auch von dem Mord an Gummer und den Schüssen in Berlin gesprochen?»

Vater nickt und berichtet in umständlichem Polizeideutsch, dass Fichtenau zunächst Viktor Gummer erstickt und danach eben versucht habe, ihn, meinen Vater, auf der Beerdigung zu erschießen.

«Und den Bruder, den Jochen Gruber, hat er auch den umgebracht? Hat er da was erzählt?»

An dem ratlosen Blick meines Vaters sehe ich, dass diese Tat in den letzten Tagen wohl kein Thema war.

Ich muss pinkeln und frage meinen Vater, wie man denn damit hier umgehe.

«Entweder geht der Spinner her und führt dich mit der Waffe zur Toilette, oder er schiebt dir einen Eimer vor die Füße.»

Hmm.

«Dann aber bitte nur im Sitzen pinkeln», fügt Vater an, fängt an wie ein Schulmädchen zu giggeln und freut sich noch sehr lange über seine Bemerkung. Mein Vater macht alberne Scherze. Die Lage ist wirklich ernst.

Danach erzählt er in nüchternem Ton, als berichte er von seiner letzten Urlaubsreise, wie Fichtenau ihn entführt habe. Er habe ihn ganz profan von einem Waldweg weggezerrt und ins Auto verfrachtet. Und nun solle er zunächst als Gefangener und später dann mit dem Tode büßen. Und auch Andreas Burgholtz solle erst sein Vergehen *verstehen* und lange genug gelitten haben, ehe er erlöst werde. Er selbst, Fichtenau, würde sich dann, wenn hier alles erledigt sei, um Jochen Gruber kümmern und abschließend sich selber richten. Und zwar an dem gleichen Ort und der gleichen Stelle, wo er Kirsten Gruber erwürgte. So sei der Plan.

«Der meint es wirklich ernst, Henning. Du musst ihn aufhalten», redet mein Vater auf mich ein. «Du bist die einzige, die letzte Chance. Du hast einen Draht zu ihm.»

Ich für meinen Teil bin mir da nicht so sicher. Natürlich werde ich versuchen, weiter auf ihn einzureden, um ihn von seinem unschönen Vorhaben abzuhalten oder es wenigstens aufzuschieben. Irgendwann werden mir die Ideen aber ausgehen, da wird auch ein elftes geträllertes «Ein bisschen Frieden» nichts mehr nutzen. Doch ich konzentriere mich voll auf meine Aufgabe. Dies hält mich auch davon ab, mich vollends machtlos zu fühlen oder an Franziska, Melina und Laurin zu denken.

«Hiiillllfeeee, Hiiiiilfeeee, ich will hier raus, Hiiiilfeeeee!»

Mein Vater und ich zucken synchron zusammen. Im Nachbarkeller schreit Andreas Burgholtz.

«Hören Sie auf, Sie Idiot», ruft mein Vater zurück. «Er wird Sie umlegen.»

Burgholtz schreit weiter und rasselt dazu mit seiner Kette.

«Na und, soll er doch. Ich kann nicht mehr. Hallooooo, hört mich denn keiner? Hilfeeeee!»

Dann schreit Maik Fichtenau die Kellertreppe hinunter:

«Fresse!»

Darauf wieder Burgholtz: «Hilfeeeee!»

Nun poltert Fichtenau die Treppe runter, während er deutlich hörbar seine Waffe durchlädt.

«Halt die Fresse, Mann», brüllt er gegen das immer lauter werdende Geschrei von Burgholtz an.

«Maik, Maik», rufe ich. «Komm hierher, ich will dir noch was über Kirsten erzählen.»

«Fresse, Mann!»

«Ich kenne ihre Tagebücher.»

Dann wieder Burgholtz: «Schieß doch, du Arschloch, mach doch.»

«Ein bisschen Frieden, ein bisschen ...»

Es folgt ein Schuss, dann eine kurze schlimme Stille und danach ein schlichtes «Mann».

Mein Vater liegt wieder mit seinem Körper auf der Seite und dem Gesicht zur Wand. Ich versuche, meine zitternden Beine in den Griff zu bekommen und nicht an meine Kinder zu denken. Beides gelingt mir nicht. War es das jetzt wirklich? Kommt der jetzt gleich auch hier rüber und bringt es zu Ende? Warum sollte er es nicht tun? Zu verlieren hat er schon lange nichts mehr.

Plötzlich macht es «Ding Dong».

Mein Vater liegt noch immer regungslos den Rücken zu mir gewandt auf dem Boden.

«Papa», flüstere ich aufgeregt. «Es hat geklingelt.»

«Hmm.»

Wieder klingelt es.

«Fresse, Mann», höre ich Maik fluchen. Inzwischen ist nun also auch die Haustürklingel ein Mann, der die Fresse halten soll.

Maik stürmt in unseren Raum, kettet mich ab und befiehlt mir: «Los, hoch da. Du machst da jetzt auf und sagst, dass du ein Freund von Burgi bist und er gerade an der Tanke was zu saufen holt. Kapiert, Mann?»

Ich nicke stumm, während wir die Kellertreppe hinaufsteigen und ich seine Waffe auf der Wirbelsäule spüre.

«Machst du irgendwelche Faxen, drücke ich ab», zischt er, schiebt mich vor die Haustür und stellt sich seitlich neben mich, sodass der Besucher ihn nicht sehen kann.

Ich öffne die Tür und werde von einer Frau besprungen. Die Stalker-Rike hängt wieder einmal wie ein Klammeräffchen an meinem Bauch.

«Liebster, oh Gott, mein Liebster, geht's dir gut? Ich habe Hilfe-Schreie gehört.»

Noch ehe Maik Fichtenau Gelegenheit hat, seine Verdutztheit abzulegen, renne ich mit der immer noch an mir hängenden Rike bewaffnet die zwei Schritte auf ihn zu und ramme ihm ihren knöchrigen Hintern gegen den Arm. Die Pistole fällt zu Boden. Und wir alle mit.

Leider gelingt es Fichtenau schneller als mir, die Waffe wieder zu fassen zu bekommen, doch in dem Moment, in dem er sie auf mich richten will, sprüht ihm die in einem fort schrille Töne kreischende Rike etwas aus einer Dose in die Augen. Pfefferspray. Fichtenau schreit und schießt dabei einmal an die Decke, ehe ich ihm ins Gesicht schlage und seine Waffe in meine Gewalt bekomme.

Ich richte sie auf ihn.

«Los, mach es», schreit Rike. «Er wollte dich töten, los schieß, er wollte meinen Henning töten.»

«Du spinnst», zische ich sie an.

«Dann mach ich es», keift sie weiter. «Komm, gib her!»

«Ich erschieße hier niemanden, verstanden? Und du, hör mir jetzt bitte mal zu», brülle ich aufgeregt durch den Hausflur und halte dabei Augen und Waffe auf den noch immer benommenen Maik Fichtenau. «Du lässt mich und meine Familie ab jetzt in Ruhe. Ist das klar?»

«Meinst du jetzt mich oder ihn da», fragt Rike verstört.

«Dich, verdammt noch mal, dich meine ich. Merk dir: Ab sofort hältst du dich von mir fern. Keine Besuche, keine Anrufe, kein gar nichts.»

Rike wirkt für einen kurzen Moment tatsächlich verschreckt, doch dann sagt sie: «Du stehst unter Schock, Liebling, keine Angst, ich bin doch bei dir.»

Ich fordere Fichtenau auf, aufzustehen und mit mir in den Keller zu gehen. Rike muss ich zu nichts auffordern, die bleibt ohnehin an meiner Seite kleben, es sei denn, ich erschieße sie.

«Hier rein», befehle ich Maik und stoße ihn in den Raum, in dem Burgholtz liegt.

«Ohgottohgottohgottohgott», macht Rike hinter mir.

Der atmet ja noch. Das gibt's ja nicht. Andreas Burgholtz lebt noch.

Hektisch fordere ich Rike auf, mir den Schlüsselbund rüberzureichen, den Fichtenau auf einem Holzschrank abgelegt hat. Sie tut es. Dann trage ich ihr auf, Polizei und Notarzt zu rufen. Ich öffne die Kette, an der Burgholtz' Beine gekettet sind, und kette stattdessen seinen Mörder fest. Maik Fichtenau hat aufgegeben; er macht keine Anstalten mehr, sich in irgendeiner Form zu wehren oder mir gar die Waffe wieder zu entreißen.

Immer und immer wieder ohrfeige ich den ohnmächtigen Burgholtz. «Hören Sie mich, Andreas, hören Sie mich? Machen Sie jetzt nicht schlapp! Es ist vorbei, gleich kommt der Notarzt. Sie schaffen das ...»

Zehn Minuten später sind die Sanitäter da und versorgen ihn sofort an Ort und Stelle.

Endlich komme ich dazu, meinen Vater zu befreien. Ich kette ihn ab, atme den über Tage angewachsenen Altherrengestank ein, helfe ihm langsam auf, blicke ihm in die verweinten Augen und umarme ihn so lange und so fest wie noch nie in meinem ganzen Leben. Über meine Schulter erblickt er Rike:

«Wer ist das denn?»

«Sie ist, äh, so etwas wie eine ... verdeckte Ermittlerin.»

Danach frage ich den Notarzt, wie es um Andreas Burgholtz stünde.

«Er schafft es», antwortet er. «Er hat verdammtes Glück gehabt, der Schuss traf keine lebenswichtigen Organe.» Da beginne ich zu weinen.

Kapitel 26

Wir sitzen im Krankenhaus und hoffen, dass es meinem Vater, der kurz nach seiner Befreiung und noch bevor die Polizei eintraf zusammenbrach und das Bewusstsein verlor, schnell wieder bessergeht.

Neben mir sitzt Rike, die unaufhörlich versucht, mir die Hand zu tätscheln. Ich hatte schlicht zu wenig Kraft, sie loszuwerden.

Mutter und Schwester sitzen mir übermüdet und ängstlich, aber glücklich gegenüber und wundern sich, wer diese dürre blasse Frau da neben mir ist.

Mein Vater hat einen Schwächeanfall erlitten und zudem irgendeinen Asthmaschock. Jedenfalls bekam er keine Luft mehr, fiel ohnmächtig um und stieß sich dabei zu allem Überfluss noch unglücklich den Kopf.

Nun schneit Melina herein, die ich über Handy über den Stand der Dinge informiert habe.

Nachdem wir ihr kurz die Frage beantwortet haben, wie es denn Opa ginge, erblickt sie Rike.

«Was macht die Fotze hier?», keift sie.

«Melina», faucht ihre Oma.

Ich zucke nur mit den Schultern und bemerke, dass meine Tochter während der Pyjama-Party bei ihrer Freundin wohl ein wenig viel Alkohol getrunken hat. Jedenfalls macht es stark den Eindruck.

«Läuft da jetzt doch was mit der, oder was?», bellt sie.

Ich sage «Nein», und Rike tätschelt meinen Unterarm, den ich einmal mehr wegziehe.

Ich halte Melina, um die sich ein aparter Rumgeruch ausbreitet, vorsichtig von Rike weg und sage dann kraftlos und leise zu meinem lebensrettenden Plagegeist: «Hör zu. Ich will das wirklich nicht. Ich will gar nichts mit dir. Ich will, dass du von mir fernbleibst. Kannst du das nicht einfach mal verstehen? Ist das denn so schwer? Wirklich, ich will dich nicht mehr sehen.»

Rike bleibt eine Weile regungslos sitzen, sagt dann ruhig und meine Hand noch immer tätschelnd: «Alles ist gut, Liebster, du stehst unter Schock. Alles ist gut.»

Und dann steht sie endlich auf, die Rike, küsst mich zu allem Überfluss noch auf die Stirn, doch dann geht sie.

Ich lächle unsicher Melina zu, lass sie auf Rikes Stuhl Platz nehmen und lege den Arm um sie, während sie ihren Suffkopf an meine Schulter legt.

Wie viele Filme ich in meinem Leben wohl schon gesehen habe, in denen irgendwelche besorgte «Angehörige» nachts in einem Krankenhaus sitzen und sehnsüchtig darauf warten, dass ein Arzt im weißen Kittel gleich mit Klemmbrett den Gang entlangschreitet und die erlösende Mitteilung macht, dass es dem Patienten wieder bessergehe, dass alles wieder gut werde, man ihn allerdings noch zur Beobachtung ein paar Tage hierlassen müsse.

In dieser Nacht in der Vogelsbergklinik läuft es ganz genau so ab.

Mein Vater sei bald wieder der Alte, sagt der Arzt.

Er ist nun endgültig wieder da.

Bei aller Erleichterung bleiben aber zu viele Fragen und Baustellen offen, als dass sich bei mir ernsthaft Entspannung einstellen könnte.

Was ist nun mit dem Mord an Jochen Gruber? Wer war es?

Und was ist mit Hauptkommissar Bröhmann? Ist die Aufklärung dieses Falls überhaupt noch seine Baustelle? Schließlich hat der gestern seinen Chef im Beisein des Staatsanwaltes beleidigt. Heißt das, dass es das nun war? Dass ich suspendiert oder gar endgültig entlassen werde? Ist das vielleicht ein weiterer Wink mit dem Zaunpfahl, die Heimat zu verlassen, in die Hauptstadt zu ziehen, etwas Neues zu starten?

Und wie ginge es dann mit der Familie Bröhmann weiter? Zwei Jahre muss Franziska noch in Haft bleiben. Zwei ganze Jahre, wenn sie nicht vielleicht ein paar Monate eher vorzeitig entlassen wird. Ich muss sie nun unbedingt sehr bald besuchen, nach all dem, was passiert ist. Sie weiß ja von nichts. Weder, dass in Berlin auf uns geschossen wurde, noch davon, dass mein Vater entführt wurde. Soll ich ihr das überhaupt alles erzählen, sie damit belasten? Hat sie nicht genug damit zu tun, im Gefängnis klarzukommen?

Doch bevor all diese Fragen beantwortet werden können, geht es erst einmal darum, nicht im Auto auf der Fahrt vom Krankenhaus nach Hause einzuschlafen. Ich brauche Schlaf, viel Schlaf, in einem Bett, das diesmal für mich keine wirre Frau in Unterwäsche vorsieht.

Am nächsten Morgen werde ich um zehn durch eine SMS geweckt. Ulrike schreibt, ob sie mich heute treffen könne. Ich sortiere kurz meine Gedanken und schlage ihr dann für vierzehn Uhr das Café «Haus Ira» in Bad Salzhausen vor. Es ist das einzige Café hier und nur zweimal in der Woche geöffnet. Dienstags und sonntags. Und heute ist Dienstag. Passt also. Die schokoladigen, sahnigen Sahnetorten dort sind so groß wie eine halbe Pizza. So hungern die Stammgäste asketisch auf diese beiden Tage hin, um in der Lage zu sein, Zuckerattacken dieser Art bewältigen zu können.

Auch ich werde gleich auf mein Frühstück verzichten.

Ulrike kommt sehr bunt ins Café. Ihre Freude und Erleichterung über die Wiederkehr unseres Vaters hat sie mit diversen Blumen im Haar, farbigen Steinen an Halsketten und sehr grellen Farben an Halstuch und sonstiger Bekleidung untermalt.

Wir begrüßen uns herzlich und nehmen an einem der Tische Platz.

«Du sitzt schief, Brüderchen», sagt sie.

Ich setze mich aufrecht hin.

«Nee, nee», sagt sie kopfschüttelnd.

«Was, nee, nee?»

«Nee, nee. In dir, in dir bist du schief.»

«So, so, in mir bin ich schief?»

Ulrike zeichnet nun mit ihren Händen irgendwelche Wirbelsäulenverläufe nach.

Ich höre geduldig zu und sinniere darüber, dass «In dir bist du schief» ein schöner Schlagertitel wäre. «In dir bist du schief. Please let me explain.»

Ulrike kramt in ihrer Tasche und legt mir ein Faltblatt auf den Tisch.

«Empfehle ich dir, Bruder. Wird dir guttun, da bin ich sicher», sagt sie und deutet mit dem Finger auf den Schriftzug *Klangschalenmassagenreise für Anfänger.*

«Die Kursleiterin, die Mareike, die ist prima. Die kenne ich von verschiedenen schamanischen Reisen.»

«Hmm, klingt ja, äh interessant», sage ich und packe die Broschüre schnell weg. «Komm, lass uns mal einen Kuchen aussuchen.» Ich brauche etwas Handfestes.

Wir gehen zur Kuchentheke, suchen uns die sahnigsten Exemplare aus, bestellen zwei Kännchen Kaffee, setzen uns wieder, und ich erzähle ein bisschen von der gemeinsamen Zeit mit Papa im Keller.

«Du bist wirklich schief», unterbricht sie mich plötzlich.

«O. k., mag ja sein, aber das ist doch bestimmt nicht der Grund, warum du dich mit mir treffen wolltest.»

«Ach so, nahein», lacht sie, während vor ihr ein Turm von Torte aufgetischt wird. «Eigentlich wäre es ja nun an der Zeit, mich langsam von hier zu verabschieden. Vater ist wieder da, und auf mich zu Hause warten, na ja, da warten ... meine Blumen zum Beispiel.»

Ich nicke und versuche weiterhin, so gerade wie möglich zu sitzen, weshalb jetzt mein Nacken zu schmerzen beginnt.

«Doch pass auf, lieber Henning, das Leben geht aber oft seine ganz anderen Wege, überraschende, verrückte, aufregende, unerwartete, seltsame, merkwürdige, unglaubliche, verwirrende, verstörende, wundersame, ... hmm, wie soll ich das jetzt sagen?»

«Ach, ich glaube, ich habe dich verstanden.»

«Ja?» Ulrike malt nun imaginäre Kreise auf den Tisch.

«Wir sollten alle versuchen, mehr auf unsere Herzenergie zu hören, nicht wahr?»

Ich nicke, denn das sollten wir tatsächlich.

«Es geht darum, frei zu sein im Sein.»

Und ich, ich bin schief in mir, denke ich trüb.

«Und es geht darum, Zeichen zu erkennen, sie zu deuten und sich dem zu fügen, was vorherbestimmt zu sein scheint. Nicht belügen, sondern fügen, sag ich immer.»

«O. k., und wie sieht sie nun aus, diese Fügung? Was hast du vor?»

«Nee, Henning», antwortet Ulrike und schüttelt Kopf und Haar. «Es geht nicht darum, was ich vorhabe.»

Fragend blicke ich sie an und bekomme Rückenschmerzen.

«Es geht darum», fährt sie fort, «wohin mein Lebenspendel schlägt.»

«Also weißt du noch gar nicht, was du … äh … wohin dein Pendel schlägt?»

Ulrike lächelt mich an und beobachtet, wie ich meinen Rücken hin- und herbewege und versuche, eine schmerzfreie Position zu finden.

«Du solltest echt mal was für dich machen, Henning. Du musst endlich mal lernen, dich richtig zu entspannen.»

Ich nehme meine Schwester inzwischen ernst. Vielleicht nicht unbedingt ihr Lebenspendel, aber was sie mit meiner Mutter hinbekommen hat, hat mich nachhaltig beeindruckt.

«Deine Meinung, Henning, ist mir sehr wichtig. Daher dieses Gespräch. Pass auf, ich habe mich nämlich verliebt.»

Fast verschlucke ich mich an meiner Schwarzwälder Torte.

«Wie? Echt? Hier? Bei uns im Vogelsberg?»

«Ja, warum denn nicht?»

Ja, warum eigentlich nicht?

«Ich habe mich da in einen Mann verguckt, der eigentlich so gar nicht in mein sonstiges Beuteschema passt. Einen mit kernigem Charme, ein wirklich handfester Mann. Spirituell noch erweckungsbedürftig, würde ich sagen. Aber mit den richtigen Anlagen. Schon etwas älter. Und … du kennst ihn.»

«Wie, ich kenne ihn?»

Ulrike wehrt fein lächelnd mein Drängen ab, mir den Namen zu nennen.

«Er kommt gleich hierher», sagt sie. «In zehn Minuten müsste er da sein.»

Aufgeregt reibt sie ihre Hände und berauscht sich an ihrer Inszenierung.

«Oh, du machst es aber wirklich spannend», sage ich und rufe die Kellnerin.

Wer kann es nur sein?

Wir bestellen eine neue Runde Kaffee und bewegen uns auch ein weiteres Mal zur Kuchentheke. Hunger haben wir zwar wirklich nicht mehr, aber darum geht's hier auch nicht.

«Guhden Appo!»

Ich drehe mich um, und Manni Manfred Kreutzer steht mit Cowboyhut vor mir.

«Ach, hallo, Manni», grüße ich ihn überrascht. «Was verschlägt dich denn hierher? Ach übrigens, das hier ist Ulrike, meine Schwester.»

«Weiß isch doch!», sagt er.

«Ach, stimmt, ihr kennt euch ja.»

Ich erinnere mich, dass Ulli ja auch Zeugin seines «Lonesamen Wolf»-Vortrages in der Polizeidirektion war.

Ulrike geht einen Schritt auf ihn zu und reicht ihm die Hand. Manni greift danach, zieht Ulrike plötzlich an sich heran und küsst sie geschlagene zehn Sekunden auf den Mund. Das träume ich!

«Ich muss mich setzen», stammele ich und stolpere mit meinem Kuchenteller zurück zu unserem Platz.

Das kann doch bitte nicht wahr sein. Wenn jemand so überhaupt nicht zu meiner Schwester passt, dann Manni. Allerdings wüsste ich auch sonst niemanden, der zu Manni passt. Oder zu meiner Schwester.

Manni bestellt sich noch schnell zwei Tortenstücke und ein Pils und folgt mir dann zu unserem Tisch. Ulrike hat er im Arm.

Jetzt küsst er sie wieder. Es ist nicht zu fassen.

«Da guggt er, der Bröhmi», sagt er zwischendurch behaglich.

Ja, da guckt er.

Ulli erzählt, sie habe Manni eigentlich schon bei seiner Performance in der Direktion ein bisschen sexy gefunden, auch wenn der Auftritt unpassend gewesen sei. Danach habe sie ihn ein paarmal zufällig in der Saloon-Kneipe zu Rudingshain getroffen und immer sehr nett mit ihm geplaudert. Und so sei das eine zum anderen gekommen.

«Da guggt er, der Bröhmi», sagt Manni wieder und schlägt mir auf die Schulter. «Das ist doch was, oder? Jetzt sind wir zwei so was wie Schwäger!»

«Mal langsam, mal langsam», giggelt Ulrike.

«Noch ein Pils, Frau Oberin», schmettert Manni durch das Caféhaus, und meine Schwester schmilzt dahin. Wie sagte sie vorhin? In einen handfesten Mann habe sie sich verliebt.

«Ach übrigens, Schatzespatz, pass uff, vorhin habe isch Bescheid bekomme», wendet sich der handfeste Mann an meine Schwester. «Morje kommt se, die Rakete.»

«Echt?», quietscht Ulrike in einem Tonfall, den ich das letzte Mal von ihr hörte, als sie dreizehn war und Limahl im Fernsehen auftrat. «Ich finde das so schön, wie du dich freuen kannst.»

Es folgt ein Zungenkuss, den ich nicht sehen möchte.

«Die Sitzrakete», erklärt Manni anschließend in meine Richtung. «Ein Rasemähtraktor vom Allerfeinste, mein lieber Scholli, sag isch eusch. Ist schon immer ein Kindheitstraum von mir gewese, schon seit der Kindheit. Einmal mit so 'ner Maschin über die Wies cruise, alter Verwalter, das wollt isch schon immer. Aber mei Muddi hat sisch immer dagege versperrt. Es wird sisch net lohne bei unserm kleine Gartestück et cetera pepe. Aber dagege muss man sisch halt auch mal frei ... äh ...»

«... mähen», sage ich.

«Genau!»

Auch Ulrike ist Feuer und Flamme. Eben noch sprach sie von Lebenspendeln und Klangschalen, nun begeistert sie sich für Sitzrasenmäher. Das Leben birgt eben immer wieder Überraschungen.

Kapitel 27

Es fühlt sich durchaus ungewohnt an, dass mir urplötzlich junge Polizeikollegen bewundernd nachblicken oder aufgeregt zu tuscheln beginnen, wenn ich durch unsere Bürogänge schreite.

Drei Tage nach der Befreiung meines Vaters bin ich in der Polizeidirektion Alsfeld so etwas Ähnliches wie ein Held. Ich bin der, der, selbstlos sein eigenes Schicksal hintanstellend, seinen Vater aus der Gewalt eines brutalen Killers gerettet hat. Nun ja, ein wenig entspricht das ja auch der Wahrheit, und ich genieße diese Form der Anerkennung sehr, zumal es auch Andreas Burgholtz wieder gutgeht. Die Erkenntnis, dass mein zwanzigminütiges «Ein bisschen Frieden»-Konzert Leben gerettet hat, fühlt sich phantastisch an.

Onkel Ludwig Körber hat meine Beleidigungen völlig vergessen, sie spielen überhaupt keine Rolle mehr. Die Polizei Alsfeld steht gut da, da ist alles andere nebensächlich.

Markus Meirich hat sich vor meinem Schreibtisch aufgebaut und bombardiert mich mit Fragen, warum ich denn um alles in der Welt alleine nach Herchenhain gefahren und wie ich darauf gekommen sei, dass Fichtenau meinen Vater in Andreas Burgholtz' Haus versteckt gehalten hat. Doch fast am meisten interessiert ihn, wer denn diese eigenartige Frau gewesen ist, dic nach der Befreiung wie eine Klette an mir gehangen habe.

Der Wahnsinn dieser unglücklichen Person, mir auch noch bis zum Burgholtz-Haus zu folgen, nachdem ich sie zuvor mühsam aus meinem Bett und in ihre Kleidung hineinreden konnte, hat meinem Vater und mir das Leben gerettet. So ist es nun mal, aber das muss ich ja Markus in dieser Detailgenauigkeit erst einmal nicht erzählen. Ich picke mir stattdessen Einzelteile heraus und lasse ihn sich sein eigenes Bild machen.

Doch nun, da er mir inzwischen etwas zu viel in Sachen Rike nachbohrt, wechsele ich schnell das Thema und frage, ob es denn in Sachen Gruber-Mord etwas Neues gäbe.

Nach wie vor ist unumstritten, dass Jochen Gruber mit seinem eigenen Jagdgewehr erschossen wurde und es eher nach einer ungeplanten Tat aussieht. Da Maik Fichtenau es nicht war, werden meine erzürnten Hundefreunde schnell zu Hauptverdächtigen.

Markus fügt allerdings hinzu, dass Egon, das Herrchen des toten Bummo, für die Tatzeit ein Alibi habe, eine ordentlich gestempelte Schicht in der Druckerei Ullrich in Laubach.

Mit Irmgard Böhning, der Vorsitzenden der «Hunde-Engel», habe er bisher noch nicht persönlich sprechen können, da sie laut einer Kollegin bis gestern Nacht in Rumänien gewesen sei, um Straßenhunde zu retten. Zur Tatzeit sei sie aber noch in Deutschland gewesen. Ich biete Markus an, den Besuch im Tierheim zu übernehmen.

«Willst du dich nicht lieber erst einmal etwas erholen nach der Sache mit deinem Vater?»

Heldenhaft wie ein wahrer Mann, wie ein echter Beißer, wie ein nicht müde zu kriegender Mega-Cop schüttle ich den Kopf und sage nur kurz und einsilbig:

«Geht schon.»

In Ober-Lais, einem weiteren Stadtteilchen von Nidda, hat es sich Irmgard Böhning zur Lebensaufgabe gemacht, alle Hunde dieser Welt zu retten. Dafür reist sie unermüdlich alle paar Wochen durch Osteuropa, fahndet nach verwahrlosten Hunden, importiert sie nach Deutschland, versorgt sie dann hier, um sie am Ende mit Hilfe des Internets an Hundeliebhaber zu vermitteln.

Doch an diesem letzten Punkt hapert es noch ein wenig.

Nicht dass es zu wenig Interessenten gäbe, nein, nein, eine Vermittlung scheitert fast immer an den Anforderungskriterien, die die «Hunde-Engel» anlegen. Es scheint jedenfalls leichter zu sein, ein Kind zu adoptieren, als bei Irmgard einen gepeinigten Hund vermittelt zu bekommen.

Tatsächlich waren bisher nicht allzu viele Interessenten bereit, ihren Beruf aufzugeben, um dem betreuten Tier genügend Zeit widmen zu können. Dem Neuankömmling auf Kosten des Kinderzimmers einen eigenen Raum herrichten zu müssen, lässt viele außerdem zögerlich werden.

Aber mit Kindern hat man ohnehin kaum eine Chance. Das Kind an sich ist für Irmgard der natürliche Feind des Hundes, und so wird sie auch nicht müde, immer und immer wieder zu betonen, wie «grausam» Kinder sein könnten. Gerne erzählt sie in diesem Zusammenhang die Geschichte, wie 1978 ein dreijähriger Junge aus Herne einen kleinen Chihuahua aus dem Auto auf die Autobahn warf, weil er auf der Raststätte kein Eis bekam.

Nicht selten führt sie daher in ihrem Hundeheim mit den Kindern der potenziellen Hundebesitzer selbst entwickelte psychologische «Wesenstests» durch.

Im Hof des Heims hat sie zur freundlichen Begrüßung aller Gäste Plakate von misshandelten Hunden aufgestellt. Unter einem der Bilder steht: «Dieses Ohr hat ein 11-jähriger Junge abgeschnitten. Stellen Sie sich mal vor, wie groß das Geschrei wäre, wenn das jemand mit IHREM Kind machen würde!»

Sollte es tatsächlich einmal zu dem seltenen Fall kommen, dass eines der Tiere vermittelt werden kann, muss sich der neue

Besitzer natürlich auf regelmäßige unangemeldete Hausbesuche einstellen. Zu Beginn nicht selten dreimal die Woche. Wenn da auch nur der leiseste Zweifel bei Irmgard aufkommen sollte, packt sie den betreffenden Hund, ohne zu zögern, wieder in ihren Kofferraum und verschwindet.

Da ihre Ansprüche nun einmal so hoch sind, versorgt sie aufgrund des Platzmangels im Ober-Laiser Hundeheim bei sich zu Hause privat weitere neun Hunde.

Ein bisschen ist sie wie eine dieser Frauen, die einer Putzfrau nach der anderen kündigen, da das Staubwischen ohnehin niemand anders auch nur annähernd so gründlich hinbekommt wie sie selbst.

Ich klopfe also nach Betrachten der wonnigen Begrüßungsbilder vorsichtig an eine der Scheunentüren, in denen die Hunde untergebracht sind.

«Wuff, wuff», macht es da gleich.

Am anderen Ende der Scheune ist Irmgard Böhning mit zwei schon etwas ermattet wirkenden jungen Eltern im Gespräch, die ein ungefähr einjähriges quengelndes Kind an der Hand halten. Ich höre Satzfetzen wie «Rollo braucht hundertprozentige Fürsorge, ich wiederhole, HUNDERTprozentige Fürsorge» oder «Neeee, das geht weiß Gott nicht. Rollo hasst Fremde. Bitte keine Besuche.»

«Oh Gott, das ist ja furchtbar», höre ich den Familienvater darauf entnervt sagen.

«DAS finden Sie schon furchtbar?», kräht nun Irmgard, die auch äußerlich von Jahr zu Jahr immer mehr einer Krähe ähnelt. «Soll ich Ihnen mal zeigen, was furchtbar ist?»

«Ach, äh, nein, danke», wiegelt die Mutter mit den Händen fuchtelnd an. «Ich glaube, wir müssen dann auch mal, gell, Robert?»

«Ja», sagt Robert und nickt.

Irmgard zuckt in sich hineinlachend mit den Schultern.

«Tja, so ist das nun mal in unserer Gesellschaft, nicht wahr? Die Menschen haben eben keine Zeit mehr. Und schon gar nicht für uns Tie..., äh, also für *die* Tiere. Und genau das ist der Grund, warum unsere Tierheime so voll sind.»

Der jungen Familie scheint es inzwischen zu blöd zu sein, darauf etwas zu erwidern, und sie stampft grußlos von dannen, während Irmgard einmal mehr aufs Bitterste von den Menschen enttäuscht mit dem Kopf schüttelt.

Ich komme recht schnell zur Sache und berichte ihr nach einer kurzen Begrüßung in knappen Worten von dem Tötungsdelikt an Jochen Gruber. Ich entscheide mich für das förmlichere «Sie», obwohl man sich unter den Hundebesitzern im Bad Salzhausener Umland wie bei SPD und Gewerkschaften ganz allgemein genossenhaft duzt.

«War das der Mörder?», fragt sie.

«Was meinen Sie mit Mörder? Er ist das Opfer», sage ich bestimmt.

«Wie man's nimmt», entgegnet sie kühl. «Jedenfalls ist das der Mensch, der Bummo so grausam abgeschlachtet hat.»

Ich bleibe stumm.

«Gruber hat nichts anderes verdient als einen Schuss in den Kopf. Basta!»

In diesem Moment springt ein rumänischer Schäferhund an mir hoch und zieht seine nasse Zunge über mein Gesicht.

Gleichermaßen verängstigt wie verärgert drücke ich ihn von mir weg.

Irmgard lacht. «Ach, der Stanislav, das ist einer, haha ... Er scheint dich zu mögen. Die meisten Männer knurrt er an.»

Ich bin mir nicht sicher, ob mir diese Variante nicht lieber gewesen wäre.

«Frau Böhning, wo waren Sie am Donnerstag zwischen sechs und sieben Uhr?»

«Das ist wieder typisch. Da setzt man sich leidenschaftlich für verwahrloste Tiere ein, und schon wird man in die Kriminellenecke abgeschoben.»

Ich wiederhole meine Frage, während ich Stanislav nicht aus den Augen lasse. Ich fürchte, dass eine zweite Liebesattacke kurz bevorsteht.

«Wo ich da war?», fragt Irmgard höhnisch.

«Ja.»

«Was denkst du denn?»

«Wie, was denke ich denn?»

«Na, was denkst du denn, wo ich am frühem Morgen bin, wenn ich 26 Hunde zu betreuen habe? Draußen! Gehst du denn morgens nicht mit Berlusconi und Charlie raus?»

«Doch, klar, aber das ist jetzt nicht ...»

«Wie lange denn?»

«Keine Ahnung, so 'ne halbe Stunde ungefähr.»

«Waaaas, nur eine halbe Stunde?», ruft sie entsetzt aus. «Das ist viiiel zu wenig. Gerade der junge Charlie braucht viiiiel mehr Auslauf. Mindestens vier Stunden am Tag.»

Wieder kehre ich zu meiner Ausgangsfrage zurück und bekomme zur Antwort, dass sie natürlich mit den Hunden draußen gewesen sei. Ja, alleine. Kein Alibi also. Ohne Zweifel traue ich Irmgard Böhning diese Tat zu. Verrückt genug ist sie.

Ich möchte gerade gehen, greife schon nach der Scheunentür, da drehe ich mich noch einmal um und frage ganz beiläufig im Stil von Inspector Columbo: «Ach, eins noch: Woher wussten Sie, dass es ein Kopfschuss war? Ich jedenfalls habe es Ihnen nicht erzählt.»

Kurz ist Irmgard irritiert, dann antwortet sie: «Von Egon, der hat mir das erzählt.»

«Hmm», mache ich und werde zum Abschied von einer ungarischen Dogge ins Bein gerammelt.

Kapitel 28

Ich kann nicht schlafen. Bin komplett übernächtigt, doch ich komme einfach nicht zur Ruhe. Jedes Mal, wenn sich so etwas wie Bettschwere anbahnt, schrecke ich aufgeregt hoch, als würde mir mein Unterbewusstsein verbieten, einzuschlafen. Immer wieder zischen mir Bilder aus den Stunden im Keller durch den Kopf. Die Angst um meinen Vater, die Angst um mich, die Schüsse auf Burgholtz, der tote Hund, Fichtenaus Geschrei, es lässt mich heute Nacht einfach nicht los.

So liege ich wach, versuche zu lesen, scheitere aber daran, mich auf den Text zu konzentrieren. Ich stehe auf, gehe pinkeln, obwohl ich nicht muss, und höre unten im Wohnzimmer den Fernseher laufen. Melina, die die Vorzüge von Schulferien auskostet und zur Zeit niemals vor drei Uhr schlafen geht, tags darauf allerdings vor ein Uhr mittags auch nicht aufzustehen gedenkt, zappt sich vermutlich mal wieder durch das Elend der Fernsehprogramme.

Ich ziehe mir meinen zwanzig Jahre alten Bademantel über, schlüpfe in nicht minder würdelose Adiletten und schleppe mich zu ihr ins Wohnzimmer.

«Hey», sage ich.

«Hey», sagt sie.

Bevor ich mich setze, hole ich mir aus der Küche ein Müsli. Wie beruhigend, dass sich hier wieder alles in grauenhafter Unordnung befindet und das ungespülte Geschirr in der Spüle vor sich hin stinkt.

Melina ist wieder in der Spur, denke ich. Sie ist wieder die Alte.

«Was gibt's denn?», frage ich mit Blick auf die Glotze und haue mich aufs Sofa.

«Nix», antwortet Melina und schaltet zu einem Frauen-Boxkampf um.

«Frauenboxen ist scheiße», murrt sie.

«Männerboxen genauso», füge ich hinzu, und wir beide nicken.

Ein paar Minuten lassen wir die sich ins Gesicht hauenden tätowierten Frauen auf uns wirken, dann erhebe ich mich und sage feierlich: «Schluss damit! Nun wird es Zeit, dich in die hohe Kunst des Fernsehens einzuweisen.»

Melina runzelt die Stirn.

«Meine liebe Tochter, du bist nun fast siebzehn, da wird es Zeit für einen Massenmörder. Du bist alt genug, um unter meiner väterlichen Obhut mit der Serie ‹Dexter› zu beginnen.»

Ich hole die DVD-Boxen der ersten sechs Staffeln aus dem Schrank und stelle sie vor Melina auf den Tisch.

«Ich sage dir, so etwas Hervorragendes hast du noch nicht gesehen. Darfst du auch gar nicht, die Serie ist erst ab achtzehn und nichts für Zartbesaitete oder kleine Kinder. Also für uns beide heute Nacht genau das Richtige.»

Melina grinst zufrieden, und so gucken wir bis fünf Uhr in der Frühe dem in Miami bei der Spurensicherung arbeitenden Dexter Morgan beim Morden von bösen Menschen zu. Erschöpft, aber zufrieden schalte ich den Fernseher aus.

«Och Mann», protestiert Melina, «komm, bitte, noch eine.»

«Okay», sage ich und schalte den Fernseher wieder ein.

Während der Vorspann läuft, frage ich: «Sag mal, wie würdest du es denn finden, wenn wir nach Berlin ziehen würden?»

Melina sieht mich verwundert an.

«Wie? Wenn wer nach Berlin ziehen würde? Wir alle?»

«Ja. Mama könnte dann ja, äh, nachkommen.»

Melina schweigt sehr lange und antwortet dann: «Nicht gut.»

«Wieso? Wäre das nicht auch spannend für dich? Mal in einer

richtigen Großstadt wohnen? Du könntest auch dort dein Abitur machen.»

Melina richtet sich vom Sofa auf, während in der Morgendämmerung draußen die ersten Vögel zu lärmen beginnen.

«Ich wollte dir ... äh», stottert sie, «äh, das in den nächsten Tagen eigentlich erst sagen ... äh, also ...»

«Ja?»

«Ich will kein Abitur machen.» Sie sieht meinen schreckgeweiteten Blick. «Jedenfalls noch nicht gleich.»

«Oh ... aha.»

«Ich will eine Ausbildung machen. Und ich habe auch schon einen Platz.»

Nun stoppe ich die DVD.

«Wo, wie, was?», frage ich.

«In Gießen. Bei der Polizei.»

Ich bekomme einen Hustenanfall.

«Du willst Polizistin werden?», schreie ich meine Frage nahezu heraus.

«Ja, wieso denn net?», keift sie zurück.

Weil ... weil ... weil ... Ich weiß es auch nicht. Es fühlt sich einfach nicht gut an. Doch das will ich ihr nicht sagen. Es ist ihr Leben, und sie scheint es tatsächlich zu wollen. Sie hat sich darum gekümmert, selbständig, hat sich ohne Hilfe einen Ausbildungsplatz organisiert. Das ist schon mal der erste Unterschied zu ihrem Vater, der das alles von seinem Vater hat in die Wege leiten lassen. Melina ist anders als ich. Warum soll sie es nicht versuchen?

«Du hast recht, Melina. Warum nicht? Probier es ruhig aus. Ich trau's dir zu», sage ich, um zu vermeiden, dass sie das Gespräch gleich abbricht. «Aber, willst du nicht doch erst das Abitur machen?»

«Ich kann die fuck Schule nicht mehr sehen. Ich muss was anderes machen, mit mehr Praxis.»

«Hmm.»

«Ich kann mein Abi dann ja immer noch nachholen, wenn ich will.»

Stimmt, das kann sie.

Auch wenn ich ihre Idee, die Schule abzubrechen, nicht vorbehaltlos super finde, ihre Entschlusskraft beeindruckt mich.

Mit dieser Energie kann Melina tatsächlich einmal eine gute Polizistin werden. Auf jeden Fall eine deutlich bessere als ihr zaghafter Vater.

Melina schaut zufrieden, weil es nun endlich raus ist, und erinnert mich, der sich inzwischen vor Müdigkeit kaum mehr auf den Beinen halten kann, daran, dass wir doch noch eine weitere Folge «Dexter» zu gucken hätten.

So hauen wir uns wieder aufs Sofa und begleiten den sympathischen Blutspritzer-Forensiker ein weiteres Mal dabei, wie er seinem durch ein grauenhaftes Kindheitserlebnis ausgelösten, nicht mehr zu stillenden Drang nachgeht, Menschen für einen guten Zweck zu ermorden.

Gut und Böse sind nun mal nicht wie zwei weit voneinander entfernte Pole, sie vermischen sich eben manchmal.

«Es ist trotzdem nicht richtig», sage ich, um noch ein bisschen Restpädagogik walten zu lassen. «Selbstjustiz ist nie gut.»

Dann drückt Melina die Pausetaste.

«Bei Mama war das ja auch so ähnlich, oder?»

Ich nicke.

«Das war doch ein Arschloch, der Typ», fährt sie fort. «Er hat sie bedrängt, und vorher hatte sie Angst um mich. Er hatte es also verdient, der Wichser.»

«Nein, stopp, Melina. Mama hätte das nicht tun dürfen. Sie

wollte das auch nicht. Sie hatte die Nerven verloren. Trotzdem war es auch ein bisschen Notwehr. Aber leider nur ein kleines bisschen. Vor allem fühlt sie sich selber schuldig. Sonst wäre sie ja nicht freiwillig ins Gefängnis gegangen.»

Melina nickt traurig.

«Es ist eben kompliziert», sage ich. «Ein Täter kann auch ein Opfer sein und ein Opfer ein Täter. Zum Beispiel dieser Fichtenau, der den Opa entführt hatte. Der war auch ein bisschen ein Opfer.»

«Wieso?»

«Er wurde jahrelang als Jugendlicher von diesem Jochen Gruber bedroht und misshandelt. Der hat sogar Zigaretten auf ihm ausgedrückt.»

«Oh, fuck! Ist das der, der grad erschossen wurde?»

«Genau.»

«Dann kann ich verstehen, dass dieser Typi den abgeknallt hat.»

«Der war es aber nicht», erwidere ich. «Und noch mal: Es ist nie in Ordnung, einen Menschen umzubringen.»

«Also, wenn man mir so was antun würde oder meiner besten Freundin oder was weiß ich, von mir aus auch dir oder Mama, oder wenn ich mir vorstelle, wenn meinem Kind später so was passieren sollte, dann wüsste ich echt net, ob ich mich da unter Kontrolle habe.»

Danach schweigen wir eine Weile.

«So, wie Mama sich auch nicht unter Kontrolle hatte», fügt Melina noch an, bevor Dexter weitermordet. Melina hat mich allerdings auf eine Idee gebracht, die mich so sehr ablenkt, dass ich von der laufenden Folge kaum mehr etwas mitbekomme. Inzwischen bin ich so müde, dass mir Einschlafen zu anstrengend erscheint.

Daher lalle ich müdigkeitsbesoffen in den Abspann der Folge 8 Melina eine betont lässig formulierte Frage zu:

«Und, Melina, was machen die Guys? Gibt's da was Neues?»

Melina dreht sich zu mir um und präsentiert einen ihrer vernichtendsten Gesichtsausdrücke.

«Was macht wer bitte? Häh? Guys? Wer sagt denn so was?»

«Sagt ihr nicht so zu Jungs?»

«Oh Gott!»

Melina verdreht die Augen bis unter die Stirn.

«Keine Ahnung, was die machen, keine Ahnung, was du meinst, sollte dich aber irgendwas zu interessieren haben, wirst du's schon rechtzeitig erfahren, keine Angst!»

Dem ist nichts hinzuzufügen.

Als Melina wenig später in ihr Kellerzimmer geht, um den Tag schlafend zu verbringen, entscheide ich mich, noch an diesem Morgen zu Maik Fichtenaus Eltern zu fahren und sie persönlich über die Verhaftung ihres Sohnes zu informieren. Bisher haben sie nur einen knappen Anruf erhalten.

Wieder kommen mir Horrorschockerfilme in den Sinn, die ich nie gesehen habe, als ich die abgedunkelte Stube der Fichtenaus betrete. Es herrscht dieselbe Trostlosigkeit wie bei meinem letzten Besuch, nur dass es diesmal noch stärker nach Altmännerschweiß riecht. Richard Fichtenau, der recht schnell als Auslöser ausgemacht werden kann, deutet stumm zu dem traurigen Sofa, auf dem ich schon das letzte Mal sitzen durfte.

«Warte Se mal», sagt er und verlässt die Stube. Dann passiert nichts. Ich sitze da und warte. Die Augenlider werden schwerer und schwerer, und während ich auf den gekreuzigten Jesus an der Wand blicke, nicke ich im Ticken einer Wanduhr ein. Dann macht es «Kuckuck», ich erschrecke und denke erst, es sei Jesus gewesen, doch es war glücklicherweise der kleine Holzvogel, der aus der Kuckucksuhr nebenan schaut. Kuckuck, kuckuck.

Nun endlich röcheln die Fichtenaus heran.

«So, was soll der Maik denn nun wieder gemacht haben?», hustet mich Irmtraud Fichtenau zur Begrüßung an.

«Guten Morgen, Frau Fichtenau.»

Ich berichte, wann und wo wir ihren Sohn verhaftet haben und dass er sich seitdem in Untersuchungshaft in Gießen befände.

Dann sage ich: «Wir wissen noch nicht genau, für welche Vergehen er angeklagt wird. Er hat vermutlich, und das sage ich Ihnen in aller Demut, er hat vermutlich sehr lange unschuldig gesessen.»

Die Eltern Fichtenau starren mich an.

«Ja, wir glauben zu wissen, dass Ihr Sohn die Kirsten Gruber damals nicht erwürgt hat.»

«Ja, wer war's dann?», fragt Richard Fichtenau mit gerunzelter Stirn und riecht weiter nicht gut.

«Wir vermuten, dass es ihr Bruder war. Jochen Gruber.»

Ich sammle mich noch einmal kurz und gehe in mich, um jetzt nur keinen Fehler zu machen.

«Auch die Morde in Berlin können von Ihrem Sohn nicht begangen worden sein. Das wissen wir inzwischen. Er hätte aufgrund seiner langen Gefängniszeit eine Wiedergutmachung verdient, wenn nicht ...»

Ich setze eine Kunstpause und gebe mir alle Mühe, nachdenklich auszusehen.

«Wenn net was?», drängt Mutter Fichtenau auf die Antwort und hustet.

«Na ja, wenn Maik nicht unser Hauptverdächtiger in der Mordsache Jochen Gruber wäre. Wissen Sie, er war auf einem Rachefeldzug. Er hatte meinen Vater entführt, um ihn für die Ermittlungsfehler von damals büßen zu lassen, und dann wollte er sich natürlich bei Jochen Gruber rächen, für dessen Mord an seiner Freundin er ja unschuldig ins Gefängnis musste. Er ist mit großer Sicherheit der Mörder von Jochen Gruber. Er hat für die Tatzeit auch kein Alibi. Vermutlich wird er diesmal lebenslänglich bekommen.»

Eine lange Stille macht sich breit.

Irmtraud Fichtenau beugt sich langsam und bedächtig über den Couchtisch.

«Sie und Ihr Drecksverein, ihr macht schon wieder einen großen Fehler.»

Sie zündet sich eine weitere Zigarette an. Ihr Mann schweigt und starrt regungslos auf seine zeitlose braune Cordhose.

Plötzlich, wie aus dem Nichts schreit Mutter Fichtenau los, mit einer ähnlichen Vehemenz, wie ich sie schon bei der Beschimpfung von Vater Gruber in der Polizeidirektion erleben durfte.

«Er war es net. Mein Junge war das net. Die Grubers sind an allem schuld, die treiben uns dahin. Maik war das net, Gewitter nochema.»

«Nein?», frage ich zögerlich nach.

«Nein», röchelt Irmtraud Fichtenau. «Weil ich es war.»

«Wir waren es», knurrt ihr Mann leise.

«Ach, gar nix warst du», herrscht sie ihn an. «Du warst noch nie irgendwas.»

Richard Fichtenau blickt ins Leere.

«Lasse Se den Jungen frei. Der war das net», wiederholt sie. «Ich bin in aller Herrgottsfrüh, nachdem ich mal wieder kein Auge zumache konnte, zu dem Gruber-Jochen gefahren. Ich wollte von ihm wisse, was er diesmal mit Maik wieder gemacht hat. Ein Leben lang tut er den schon quäle. Angetriebe vom gottverdammte Vatter.»

Nun spricht sie ganz leise und verbirgt ihr Gesicht dabei in beiden Händen, aus denen kleine Rauchwölkchen emporsteigen.

«Ich dacht, er hat es wieder getan und wird es immer und immer wieder tun, ihm immer wieder was antun. Nun, wo er wieder frei ist, der Maik. Deswegen war ich bei ihm. Ich wollt wisse, was er mit meinem Jungen gemacht hat.»

Sie berichtet, dass Gruber indes keine Anstalten machte, mit ihr zu reden, und ihr stattdessen die Tür vor der Nase zuknallte. Sie sei darauf zurück zum Auto gegangen, habe gewartet, bis er wenig später seine Wohnung verlassen habe, ins Auto gestiegen und Richtung Bad Salzhausen gefahren sei.

«Dann bin ich ihm hinnerher. Unbemerkt. Vielleicht fährt er ja dahin, wo er den Maik versteckt hält, dacht' ich. Und dann ist er irgendwann in die Büsch' und hat sein Gewehr auf dem Weg liegengelasse. Ich hab das dann gepackt, uff ihn gezielt und geschosse. Fertig! Und ich sag Ihnen eins: Ich hab's noch *keine* Sekunde bereut.»

Ich lehne mich zurück, atme tief durch, soweit das in diesem Haus möglich ist, greife dann zum Handy und rufe die Kollegen, um Irmtraud Fichtenau verhaften zu lassen. Ich warte auf ein Gefühl der Erleichterung, der Zufriedenheit oder des Stolzes. Doch ich fühle nichts. Zu traurig, zu trist ist das Ganze. Aber ist es das nicht immer, wenn Morde passieren?

Ich habe gepokert. Es war das Gespräch mit Melina vor ein paar Stunden über den Totschlag ihrer Mutter, das mich auf diese Idee gebracht hat. Unser Gespräch über «Dexter», über Selbstjustiz und das, zu dem man fähig sein kann, um seine Kinder zu schützen. Da fiel mir Mutter Fichtenau ein. Ihr Ausbruch im Präsidium, ihre Wut und ihr unauslöschlicher Hass auf die Familie Gruber. Nüchtern betrachtet, war es eigentlich recht unwahrscheinlich, dass sie sich zur gleichen Zeit mit Jochen Gruber an diesem frühen Morgen am gleichen Ort aufhielt, aber ich war unausgeschlafen und übermüdet genug, um es trotzdem zu probieren. Was hatte ich zu verlieren? Außer einer fanatischen Tierschützerin hatten wir keine Verdächtigen. So tischte ich ihr eben die Unwahrheiten über eine angebliche Unschuld ihres Sohnes auf und machte ihn zum Hauptverdächtigen des Jochen-Gruber-Mordes. Ich wusste: Sollten sie oder ihr Mann etwas mit dem Mord zu tun haben, dann würde ich sie aus der Reserve locken können.

Markus Meirich trifft mit zwei weiteren Kollegen ein und lässt die traurige alte Frau abführen. Ihr Mann sitzt noch immer regungslos am Couchtisch, rührt in seinem Kaffee und stinkt. Schon jetzt weiß ich, dass dieses trostlose Bild das nächste sein wird, das sich in meine schlaflosen Nächte schleicht.

Ich erzähle Markus alles, was geschehen ist. Er fängt an, mir zu gratulieren, doch ich will nur nach Hause.

Dort angekommen, lege ich Berlusconi und Charlie an die Leine, lass mich von ihnen durch den Regen zum Park ziehen und wieder nach Hause, bis ich ins Bett falle, tatsächlich einschlafe und träume, dass Ulrike Drillinge auf die Welt bringt, die alle wie Teichner aussehen.

Sechs Monate später
und fast so etwas wie ein Epilog

• • •

Mein Vater ist inzwischen vollständig genesen. Vielleicht hat sich durch all diese Vorfälle etwas an unserem Verhältnis verändert, bestimmt sogar, nur merke ich nicht viel davon. Jedenfalls kommentiert er wieder unentwegt kritisch seine Umwelt. Und auch an mir nörgelt er wieder herum.

Das ist gut so. Wir sind froh, dass er wieder der Alte ist.

Die verwegene Liaison zwischen meiner Schwester und Manni war kurz und heftig, scheiterte schließlich dann aber doch an den kleinen Gegensätzen und führte somit nicht zu Drillingen.

Das ist auch gut so.

Ulrike ist nach Dresden zurückgekehrt; sie plant nun allerdings, in Polen ein, wie sie sagt, tibetisches Kloster zu eröffnen.

Rike hat zum Glück Ruhe gegeben. Na ja, fast, sie schrieb mir einen Brief. Einen langen, netten, wirren Brief, über den ich mich sogar ein bisschen gefreut habe. Schließlich hat sie mit ihrer Stalkerei das eine oder andere Leben gerettet.

Sie schrieb, dass es ihr gutgehe und sie nun ehrenamtlich in der Gefangenenfürsorge tätig sei.

Auf unsere «kleine Affäre» blicke sie mit gemischten Gefühlen zurück. Ich sei wirklich ein sehr netter Kerl, aber als Mann könne sie mich einfach nicht ernst nehmen.

Ist ja auch gut so.

Melina hat tatsächlich in Gießen mit ihrer Polizistinnen-Ausbildung begonnen. Sie klagt zwar ein wenig darüber, dass sie noch nicht auf Anhieb Mörder jagen darf und auch dort mitunter die Schulbank zu drücken hat, doch im Grunde ist sie glücklich damit.

Laurin wurde als hochbegabt eingestuft. Nachdem er eine Klasse nach oben versetzt wurde, macht ihm die Schule deutlich mehr Spaß. Mit dem Fußballspielen hat er aufgehört, lieber schreibt er kleine Geschichten.

Auch das ist gut so.

Franziska kommt bereits morgen, viel früher als in den kühnsten Träumen erhofft, auf Bewährung nach Hause. Sie musste nur die Hälfte ihrer dreijährigen Haftstrafe absitzen. Vor allem *das* ist sehr, sehr gut so.

Ich habe zusammen mit den Kindern das ganze Haus blitzeblank geputzt. Überall stehen Blumen.

Ich weiß nicht, wie alles nun werden soll. Doch eines weiß ich. Ich liebe sie, ich will mit ihr zusammenleben, und ich werde alles dafür tun, dass sie es auch möchte.

Ach ja, und Berlin kann mich mal. Würde mich nur noch nervöser machen. Ich gehöre hierher, in den Vogelsberg. Hier will ich sein, hier will ich bleiben.

Und seit gestern liegt folgender Brief bei Onkel Ludwig Körber in Alsfeld auf dem Schreibtisch:

Sehr geehrter Herr Kriminaloberrat Körber,

hiermit kündige ich fristgerecht zum 31. 10. 2013 meine Stelle als Kriminalhauptkommissar in der Polizeidirektion Alsfeld. Ich wünsche Ihnen für die Zukunft alles Gute!

Mit freundlichen Grüßen
Henning Bröhmann

Das ist erst recht gut so.

MIX
Papier aus verantwortungsvollen Quellen
FSC® C083411

Das für dieses Buch verwendete FSC®-zertifizierte Papier
Lux Cream liefert Stora Enso, Finnland.